En el ESPEJO de OTRO

Un enigma del siglo XX mexicano

En el ESPEJO *de* OTRO

UN ENIGMA DEL SIGLO XX MEXICANO

BEATRIZ GRAF

MÉXICO · BARCELONA · BOGOTÁ · BUENOS AIRES · CARACAS · MADRID · MONTEVIDEO · MIAMI · SANTIAGO DE CHILE

En el espejo de otro. Un enigma del siglo XX *mexicano*

Primera edición, julio de 2014

D.R. © 2014, Beatriz Graf

D.R. © 2014, Ediciones B México, S.A. de C.V.
   Bradley 52, Anzures DF-11590, MÉXICO
   www.edicionesb.com.mx
   editorial@edicionesb.com

ISBN 978-607-480-664-9

Impreso en México | *Printed in Mexico*

...al final, uno responde a todas las preguntas
con los hechos de su vida
Sándor Márai

Lo más siniestro del espejo es cuando se rompe
en forma de telaraña
Ramón Gómez de la Serna

TOMO LA PALABRA

¿Cuánto hay que pagar si la entrada al mundo tiene el precio de una vida?

Pido narrar esta historia. Soy la voz que todo lo sabe.

Y yo uno de los herederos de la deuda, me pertenece el relato porque me afecta directamente la pregunta inaugural. Es la novela de mi familia. Se escribirá en primera persona.

Es verdad que eres víctima del legado, pero no el único. Hay que detallar la trayectoria de varios personajes y así se sabrá qué lugar ocupa cada quien dentro de este laberinto. Por eso será mejor una narración en tercera persona.

A mí me interesa contar lo sucedido.

Yo quiero hacerlo; es el sentido de mi existencia. Me limitaré a puntualizar lo que ocurra, tú concéntrate en vivir; no te distraigas en la técnica, la forma, el espacio o el tiempo, que para eso estoy yo, hecho de palabras. Al terminar me desvaneceré en un punto.

¿Desaparecerás en cuanto consideres que finaliza la historia?

Sólo viviré en función de ella y mientras la cuento.

Pues entonces toma la palabra, yo no estoy dispuesto a tanto. Quiero seguir vivo aún después de que escribas la última palabra.

Veremos qué fuerza adquieres como personaje tú, Eric Nilssen.

CAPÍTULO 1

El destino abre su propia ruta
VIRGILIO

¿Cuánto hay que pagar si la entrada al mundo
tiene el precio de una vida?
¿A cuántos acarrea este mal?

LA HISTORIA DE SVEN NILSSEN, tu padre, será la boca del laberinto. Entraremos en línea directa. Comienza en Suecia, con la vida y la muerte. El fin, consecuencia del inicio.

Los padres de Sven protagonizaron una de esas historias inusitadas en las que el amor mutuo es posible y nada ni nadie se interpone a la dicha. Se conocieron en una quinta alejada de la ciudad, donde se celebraba el año nuevo con disfraces, luces de velas y fuegos de artificio. El maestro de ceremonias era un mago; entre tantos asistentes los eligió a ellos:

—Usted, la señorita de hoyuelos en las mejillas. Y ése joven de ojos color olivo.

Cubriéndolos con una inmensa manta roja les cuchicheó una confidencia; la clave de la pericia demostró que pueden fugarse dos personas ante la mirada de una concurrencia estupefacta. Nunca revelaron el secreto de su bienhechor. En cambio, dejaron al descubierto su atracción: se enamoraron en el trayecto del desaparecer y el aparecer. A partir de entonces, se citaban en el arroyo congelado delante de todo el que iba a patinar en hielo. El engreimiento de él se exaltaba con la mirada y los elogios que ella diseminaba en su persona. Su virilidad se llenaba de sangre con un resultado rígido, continuo, punzante. Ella amanecía húmeda y recorría con su mano lo que se le antojaba que la de él explorara. A todas luces querían emparejarse, eso era claro para la comunidad, así que ambas familias prefirieron dar el beneplácito:

—Será mejor que contraigan nupcias cuanto antes, no sea que los tiente la lujuria.

La vida fue así más real. Se mantuvieron unidos aún a la hora de comer porque él aprendió a tomar la cuchara con la zurda. Hacían el amor cada uno de los días que vivieron juntos, de tarde, de mañana, en cualquier lugar donde los hallara la prisa, sin vergüenzas.

Hasta que ella quedó encinta. El sangrado, las restricciones al coito, los desmayos frecuentes de ella, los hacían temblar encogidos, abrazados a la noche de su miseria. A ella se le iba la vida. A él se le fue el habla. En setenta y dos horas destruyó la tormenta su mundo, desclavaba las tejas del techo, arrancaba raíces de los arbustos pequeños, helaba todo, hasta el carbón con que se calentaba ese cuarto donde él permanecía oyendo el viento de los espíritus malos que susurraban: vete, es de mala suerte que el padre presencie el nacimiento. Setenta y dos horas estuvo la comadrona dirigiendo la batalla del parto. Perdió la madre. Se le escaparon los ríos de sangre que guardaba en el cuerpo. Él trató de inmovilizarlos y no pudo, no pudo, ¡deténganse! ¿Cómo pararlos? ¿Cómo? corrieron hacia fuera de ese cuerpo tan blanco, tan yerto, tan ajeno a lo real. Muerta. Ella estaba muerta. Él continuaría vivo.

Con las manos aún ensangrentadas, tomó una almohada y quiso asfixiar al recién nacido que era del tamaño de un cirio pascual; no, no, del tamaño de un leño para hacer fuego. Al verlo dormido como si nada hubiera pasado, optó por dejarlo vivir.

—Te condeno a perpetuar juntos la infelicidad. Te condeno a existir a mi lado.

Su vida tenía que seguir. Y siguió trece años más.

Una noche, el padre de Sven debía de asistir al baile de coronación del nuevo rey: el mariscal francés Bernardotte, casado con Desireé, la primera amante de Napoleón Bonaparte, se convertía en Carlos XIV de Suecia. El padre de Sven asistió al baile con más furia que la de su habitual manera de ser. No estaba de acuerdo en que un extranjero ocupara el trono de su venerado país. Y mucho menos llamar reina a una ramera. En el momento de la presentación de la pareja real, el señor Nilssen fue congruente, bajó la cabeza, sí, pero el surco de las mejillas se pronunció y mantuvo los puños apretados y el cuerpo erguido, a diferencia de los súbditos que inclinaban el torso. Esta actitud sorprendió a la corte, conocían sus desplantes aunque eso era el colmo. Desde ese momento y hasta que terminó la velada nadie le dirigió la palabra. Al regresar a casa, su hijo Sven lo esperaba despierto, ansiaba oír todo acerca del baile. Se había atrevido a desobedecer la orden de ir a la cama temprano.

—Es que... yo pensé... yo creí que ésta era una noche especial, Señor.

Y sí lo fue. Era tanta la cólera del padre al ver al chico en camisón y descalzo al borde de la escalera, que echó el brazo hacia atrás tomando vuelo para abofetearlo con la inmensa mano abierta, ¡por fin lo hacía! Él, que nunca lo tocó con una caricia, asentaba el golpe con el resentimiento acumulado. El hijo no apartó la mejilla ni se la tentó, solamente regresó la cabeza al frente y lo vio: su padre le dio la espalda, sufrió un infarto y murió desplomado con los ojos abiertos. Sven se acercó, lo tocó, le acariciaba el rostro por primera y única vez:

—Levántese, padre, por favor, levántese, papá.

Una escalofriante quietud del cuerpo tendido, tirado, le respondió que no le daba la gana, que se quedara solo, que se iba al infierno donde estaría mejor, que viviera él en su propio abismo. El hijo clavó la mirada en un espacio inexistente. Así, alteró el verde de sus ojos, de olivo a hiedra.

Cuánto pesa la culpa en quien, sin buscarlo, provoca la muerte. Sven Nilssen no pudo llorar. Nunca pudo volver a llorar.

Creció. Creció en soledad. Creció con el legado que él mismo se impuso: juzgar a los criminales de Estado. Dedicó su existencia a vigilar el dictamen pronunciado por los tribunales, revisaba minuciosamente las sentencias tratando de encontrar culpas sin perdón porque estaba a favor de la pena de muerte. Que los maten, se lo merecen.

Tenía veintiocho años cuando conoció a una joven de porte vivaz, tez fresca y ojos negros de mirada lúcida; hija de un comerciante rumano con el que tenía negocios de importación. Sanda Orsova era trece años menor que Sven Nilssen. La observó con perseverancia y surgió la convicción de que era tiempo de formar una familia. Ella fue dócil, se casó admitiendo que un poder celestial envía desde el cielo lo mismo gracias que desgracias, Dios todopoderoso ha dispuesto que unos tengan frío y otros tengan hambre…, así, los que mueran de frío y los que mueran de hambre van al cielo. Eso le enseñaron a Sanda Orsova. La tela suave de su oído aguantó los gritos del esposo y se permitió vivir atenta a escuchar los monólogos de su interior y aprender de los reflejos del exterior. Día a día Sanda Orsova continuó su recorrido, como la luna, a veces llena, a veces nueva; la más eclipsada. La relación íntima se consumaba a oscuras, pronto, ellos en absoluto silencio, únicamente crujían los tablones de la cama al meterse él dentro de ella.

Sven Nilssen y Sanda Orsova tuvieron hijo tras hijo hasta llegar al séptimo y el octavo, que nacieron el mismo prolongado día. Sven estaba furioso, no hubiera querido más hijos, con seis le bastaban, mas la irresponsable Sanda Orsova se había vuelto a embarazar y ahora dos bocas más, dos desgraciados más.

—¡Dos llorones meados a los que ya no quiero aguantar!

Esa sanción dictaminó la herencia de los últimos hijos de Sven Nilssen. Acarreaba y encarecía así el precio de la maldición. La madre, previniendo el daño, quiso convertirse en el reverso de este mal y cumplir la tarea de compensar a sus hijos gemelos. Los tomó en brazos y se fue a habitar a un cuarto alejado de la cama matrimonial.

—Mis chiquitos. ¡Madre de la divina gracia!, si son idénticos.

Eran rubios, largos y flacos, con ojos color verde hiedra. Tuvo que amarrarles en los tobillos unos lazos para identificarlos. A Per Erik el azul; a Oskar el amarillo.

Durante los primeros años se dio abasto con la ayuda de sus hijas Lucía y Anna. Cámbiale el ropón a Oskar que ya se vomitó... Tráeme aquí a Per Erik, debe tener hambre otra vez, ¡mi muchachito tragón!... Carga a tu hermano y al otro ponlo en el suelo, voy a preparar sus papillas... Per Erik tiene frío... ¡Oskar está ardiendo en fiebre! Si físicamente eran dos gotas de agua, su esencia distaba de ser igual.

—Madre, ¿podemos bañarlos Lucía y yo?

Al dejar de ser bebés, el padre obligó a los hermanos varones a hacerse cargo de los niños, no fuera que se volvieran afeminados por estar cerca de las mujeres. Esta misión fastidió a los cuatro por igual, así que los subían al tejado y allá los dejaban; Oskar se quedaba donde lo ponían y a Per Erik le atraía trepar alturas.

En cierta ocasión, Sanda Orsova quiso darle a la familia una sorpresa. Por días preparó a los gemelos: Oskar y Per Erik bailaron una danza tradicional con pasos fuertes y zapatazos firmes. El acto salió perfecto. Sven Nilssen notó lo estupendamente bien que lo hacían y gritó que se veían ridículos.

—No quiero artistas en mi familia. ¿Son idiotas o qué?

Con ese temor, les exigió estudiar las tablas y las cuatro reglas de cuentas; los obligó a aprender idiomas mortificándolos con un continuo chasquido de dedos si no pronunciaban correctamente el alemán, el francés o el inglés. Los gemelos conocieron la palmeta con que los golpeaba el padre y el aislamiento en el ático fue el castigo más común.

Sanda Orsova trataba de contrarrestar los malos momentos vividos en casa tantas veces como se pudiera. Las festividades populares fueron sus aliadas. El trece de diciembre abría la época más esperada con el encanto de la fiesta de Santa Lucía. La hija mayor de los Nilssen tenía el nombre de la patrona, así que Sanda le confeccionaba un vestido blanco, una faja roja y una corona de velas; los gemelos eran llamados *niños estrella* y, ataviados con ropas mágicas, servían tartas a sus hermanos; así reconocían que la estación de *Jul* estaba por principiar y alcanzaba su punto culminante en la Nochebuena con el smörgasbord, en un intercambio de regalos que confeccionaban bajo la supervisión de su madre.

—*Jultomten* es un duende que vive bajo la casa y pone en la puerta regalos esta noche fantástica.

Los chicos aguardaban impacientes a que el duende llamara a la puerta y les dejara el deseado regalo que pidieron especialmente. Habían sido obedientes, incluso en la mañana llevaron al padre una taza de café cargado, no tiraron ni una gota en el plato ni dijeron una palabra; dejaron la charola y se escabulleron como ratoncitos. No sabían que el trineo doble les sería negado porque, a pesar de sus esfuerzos, cometieron una falta.

En el árbol de navidad brillaban las estrellas de cristal. Estaba prohibido tocarlas.

—¿Por qué, *mor*?

—¿Por qué no hay que tocarlas?

—Las estrellas de cristal son frágiles, su lugar es el árbol de Navidad. Miren, mis niños, hoy yo dejaré que las tomen en sus manos un momento, que sientan su tersura y se reflejen en ellas. Pueden detenerlas con mucho cuidado para que no estallen.

Descolgó dos y las puso en las manos ahuecadas de los niños. Sanda los dejó solos, debía revisar si los pedazos de pan de azafrán para el caldo de jamón estaban de buen tamaño. Per Erik necesitaba saber qué tanto aguantaba su estrella un apretón. *Crac* hizo la estrella, *crac*. El padre entró a la sala e instintivamente el chico cruzó los brazos en la espalda; demasiado tarde, el hombre se acercó y muy despacio tomó la cara del culpable, le clavó las yemas de los cinco dedos que parecieron mil alfileres hundidos en la quijada; con un reflejo animal Oskar se lanzó encima de su padre: ¡Déjelo, déjelo! Lo golpeó en el pecho con el puño cerrado una y otra vez; ¡Déjelo!; el hombre tenía la izquierda libre y con ella repitió lo que hizo la derecha y no los soltó hasta que a los gemelos les chorrearon lágrimas de impotencia.

A Sanda le gustaba mucho ir al teatro, cosa que jamás hizo desde que vivía en Suecia. Años. Aprovechando una ausencia de Sven Nilssen, llevó a sus hijas y a sus gemelos a una matinée: *Henry V*, de Shakespeare. Los chiquillos estaban literalmente encantados frente a la representación, tanto, que la madre tuvo una gran idea, enseñarles a actuar. Eligió una escena, hizo que aprendieran de memoria el mismo parlamento y la recitaran. Así fue, la declamaron juntos mas no en armonía, uno se adelantó, quería ganarle al hermano las palabras, robárselas, quitarle la voz, el otro se dio cuenta y avanzó aún más rápido y los alaridos crecieron en velocidad y volumen hasta que Sanda los paró en seco.

—¡Momento! ¡No! No hagan eso, ustedes no pueden competir de esa manera. ¡Dense un abrazo y pídanse perdón!

Per Erik chasqueó la lengua. Oskar tragó saliva. Se abrazaron. No quedó claro quién tenía que pedirle perdón a quién. Por lo tanto, el indulto quedó escondido, profundo, en alguna parte del cuerpo.

Los muchachos entraron a esa edad en que su voz chillaba y se quebraba en tonos ridículos; en que se cubrían con pelusa el bigote, las axilas y allá, entre las piernas; en que se les quemaba la cara al ver en el templo a esa muchacha que les gustaba a ambos y ella miraba de más a uno de los dos ante el enojo silencioso del rechazado, quien trataba de convencer a su gemelo de que, después de todo, ella no era tan bonita. Luego, juntos, se escondían en la oscuridad del ático que bien conocían, y cada uno dedicaba tiempo a la autocomplacencia, a consentirse, en compañía del otro, echado en distinta esquina. Lo hicieron tantas veces, tantos años, que se habituaron a ello con libertad sin que nadie se enterara. Siempre hay una primera vez. ¿Por qué no escucharon los pasos en las escaleras? ¿Por qué no vieron brillar la furia de Padre, que echaba fuego? Se fue directamente contra sus miembros y les dio un garruchazo y manotazos impactantes, intensos hasta el colmo, dolorosos hasta que el hombre, agotado, se vio satisfecho y Per Erik pudo gritar:

—¡Ojalá se calcine usted en el infierno!

Sven Nilssen recuperó las fuerzas. El rictus de la boca lo decía. Te arrastró de los cabellos, te torció un brazo, te levantó y te obligó a caer de rodillas. Tu gemelo se sentía peor que trapo sucio, lo paralizaba el asombro y tuvo que hacer un esfuerzo sudoroso y reaccionar. Suéltelo, suelte usted a mi hermano, y ¡qué iba a soltarlo!, Sven Nilssen lo golpeó en la cara con el puño una y otra vez. Le fracturó la mandíbula. Pida usted perdón, canalla, pida usted perdón. Lo rindió el cansancio sin lograr el arrepentimiento del hijo.

Pues entonces, Eric Nilssen, hiciste el juramento de nunca pedir perdón.

CAPÍTULO 2

Cómo son...
...las noches para los que no duermen
El terror invade aun a los que guardan limpio
su corazón...
RAINER MARIA RILKE

—HUYAMOS DE CASA —le planteaste a Oskar algo que ya habías digerido tú a solas.

—¿Cómo? ¿Huir, Per? ¿A dónde? ¿No me atrevo a dejar a mamá?

—Mamá va a entender.

—Sí, va a entender, aunque también va a sufrir.

—Ella no puede escapar de su destino. Nosotros sí. Mira, Oskar, si no quieres venir me voy solo.

—No, espera, no me dejes. Está bien, no estoy muy convencido pero...iré contigo.

Los gemelos comunicaron a su madre lo que habían decidido. ¡Pobre Sanda Orsova! Juntó sus manos de golpe: ¡clap! Abrazó a sus hijos. Ya eran mucho más altos que ella y los retuvo elevándose de puntas. Los hermanos no pudieron ver la mueca de su rostro, sólo escucharon el grito agitado de su corazón que contrastaba con un hilo de voz.

—Mis niños... mis chiquitos...

Secó el sudor de sus manos en el delantal. *Till glädje,* les dijo. Hacia la alegría, repitió mientras los tupía de besos en cachetes, frentes, manos; hacia la alegría.

Al quedarse sola decidió:

—Si Dios permite que mis hijos sean maltratados, yo no. Mi vida es menos valiosa que la de ellos.

Trabajó durante un mes en el desván en tanto Sven Nilssen roncaba. ¡Que no se despabile, Virgen Santa! Cosía dos bolsas de viaje, guardaba en ellas guantes forrados de piel de conejo, calzoncillos que cubrían hasta los tobillos, gorros esteparios; remedios para la tos y la diarrea; frascos con arenques, cocoa. Una noche estuvo a punto de ser descubierta: levantaba una baldosa suelta de la alacena donde había ocultado unos ahorros que generosamente le dieron Lucía y Anna, ya casadas, cuando oyó pasos. Se echó los billetes entre los senos y salió a la cocina. Dos de sus hijos mayores llegaban a escondidas de una parranda y fue tanta la sorpresa al ver a su madre a esas horas y se sintieron tan culpables, que pidieron dispensa en vez de explicaciones. Sanda los mandó a dormir.

Concluyó el ajuar de los gemelos con la reparación de dos espejos de mano que ella, como descendiente única, había heredado de sus antepasados. Dos espejos idénticos. Les adjudicaban propiedades de protección; sus dueños originales, una mujer y un hombre, desaparecieron misteriosamente y nadie supo más de ellos. Sanda Orsova ignoraba este dato, sólo creía con una certera esperanza que los espejos protegerían a sus hijos. Los reparó. La superficie quedó brillante. En ellos se reflejó y vio lo de dentro como lo de fuera, la luz y la oscuridad frente a frente. Exhaló un hálito de vida, su bendición.

La madrugada en que terminó el menaje, las palomas aleteaban en las ventanas y el cielo ofrecía sonidos silenciosos.

Entró a la recámara de Oskar y Per Erik. Dormían y los vio dormir. Dejó las bolsas al pie de las camas. Habló con el pensamiento. Sé que no los volveré a ver. Importará sólo si me torturo con eso. El tiempo restante, la distancia dejará de existir.

Sanda Orsova lloró escondida entre las sábanas de su habitación vacía.

Los hermanos huyeron en un barco de carga que navegaba a temperaturas bajo cero entre islotes y escollos por el laberinto de la península escandinava. Llegaron primero al continente europeo, a Warnemünde; se detuvieron allí apenas unos días y decidieron escapar aun más lejos del contacto sombrío y represor de los sajones, que les recordaba la severidad de su padre. Cruzaron el Atlántico. En los Estados Unidos de Norteamérica tampoco quisieron quedarse, con lo que vieron en Nueva Orleáns fue suficiente: les repugnó la manera como los blancos trataban a los negros. ¿Hasta dónde llegaremos, Oskar? Ten paciencia, hermano, ten paciencia, mamá nos cuida desde lejos.

Durante los siguientes días de navegación su espíritu fue cambiando en cuanto cambiaba la calidez del océano. Comenzaron a deshacerse del abrigo forrado, la bufanda en torno al cuello, las botas impermeables, hasta acabar con el pecho desnudo, los pies descalzos y las heridas guardadas, tal vez nunca cicatrizadas del todo.

Llegaron a México. Ignoraban todo acerca de este país estudiado únicamente de pasada en libros de geografía de Padre. En el barco recibieron noticias contradictorias de la nación donde desembarcarían. Unos dijeron: es un pueblo inculto y salvaje; otros aseveraban en voz suave: es una tierra mágica; y entre suspiro y suspiro no estaban dispuestos a dar el brazo a torcer a tal creencia.

Los hermanos resolvieron descifrar la verdad por sí mismos y desembarcaron en el Puerto de Veracruz. Al tocar tierra, Oskar volvió la mirada hacia atrás. Dijo: adiós, madre. Per Erik dio un paso hacia delante y jaló a su hermano de la manga: vamos, no seas niño.

La primera llamada de atención tuvo que ver con el color: el azul en la raya del mar, los bermellones tibios del atardecer, los sepias del barro, cientos de verdes en la selva. Las manos del color jugaban con el paisaje. Después fue el sabor: probaron mangos, cocos, metieron la cara en sandías desparramadas entre labios y dientes; comieron tostones de plátanos fritos sobre una cama de arroz blanco y ese huachinango del Golfo de México que nadaba en una gustosa salsa entre cebollas, pimiento rojo, aceitunas y chiles güeros. Los sonidos del arpa, la marimba y la vihuela alegraron sus pies y aprendieron a bailar ritmos diferentes a aquéllos que les enseñó su madre. Luego perdían horas viendo el horizonte al tiempo que metían la lengua en nieves de zapote, uno, y de limón, el otro.

—Deberíamos quedarnos en esta tierra.

Hubo algo que reforzó la determinación: los gemelos observaron que a media mañana salía de quién sabe dónde un puñado de muchachas sosteniendo sobre la cabeza cestas de ropa. En el caminar bailadito, sus piernas se movían como bronce pulido, el cabello grifo danzaba a su paso y sus pechos erectos, obuses de acero, apuntaban de frente. Indagaron su procedencia hasta llegar al río y las vieron azotar telas contra las piedras, fregar y refregar mientras el agua corría entre sus muslos. A Oskar le brotó la imaginación a borbotones; a Per Erik le bullía la sangre y le gustaba sentirla caliente.

—Nos quedamos en esta tierra.

Varios meses después de su llegada ya se arreglaban bien con el español. Sin mucha dificultad consiguieron de qué vivir: Oskar pescaba camarones cuando éstos buscaban la luz nocturna y se acercaban a la superficie. Per Erik los vendía en el mercado, obtenía los mejores precios pues los colocaba de una manera atractiva encima de camas de hielo que le regalaban en una fábrica. Y el tiempo pasó fresco. Frecuentaban prostíbulos donde fueron alentados, consentidos, adiestrados en deleites, extenuados por aquellas hembras tendidas junto a ellos. Se mecían en hamacas, en parejas, y bajo las faldas encontraban los cuerpos que exponían sus formas para ser amasadas con las manos y comidos por las bocas y ellas se entregaban ahí, donde los gemelos pedían placer definitivo. Las mujeres acariciaron lo que en tiempos solitarios fue pelusa y ahora era vellosidad definitiva de hombres, los llamaron hermosos y ellos se echaban sobre la playa, encallados.

—¿Sabes qué me gustaría, Per?

—¿Qué?

—Mandarle a mamá unas peinetas de carey.

—Estás loco. Ni se te ocurra. Padre sabrá dónde estamos. ¡Olvídate de ella! Olvídate del pasado. Para nosotros sólo hay presente.

—Sí, pero...

—Ya te dije que no.

Empezaba el verano. Oskar regresaba de trabajar, acalorado; tenía *törst* y se metió a la cantina del puerto; necesitaba refrescarse con la plácida modorra que produce la cerveza. Pidió una helada. Al agotarla hasta el fondo exhaló un aaahhhh satisfecho, seguido por un eructo. Su vecino de banco le sonrió.

—Es buena la cerveza Victoria, ¿verdad? —afirmó el hombre con un evidente acento germano.

—Sí, realmente buena —confirmó Oskar en su perfecto alemán.

—La fabricamos en la Cervecería de Toluca. Seguramente usted conoce los tipos Lager y Pilsner, también los fabricamos nosotros.

—¿Nosotros?

—Permítame presentarme —el hombre retiró la pipa de su boca con la mano izquierda y ofreció la derecha—, mi nombre es Germán Roth, trabajo en una empresa particular recién constituida como sociedad anónima. Fíjese usted, fabricamos cerveza con variedades calificadas de cebada, poseemos departamentos de germinación, disecación, limpia y molino de malta, cocimiento con aparato de batición, enfriamiento y oxigenación del mosto. Además de producir la cerveza Victoria, creamos otra de marca propia: la Toluca I.

—¿Es muy antigua la fábrica?

—Un grupo de emigrantes suizos y alemanes la construimos de manera muy modesta hace algunos años. Estamos preparándonos para el mañana, necesitamos crecer para que a principios del siglo veinte tengamos ochocientos obreros. Los obreros de nuestra fábrica ganan sesenta centavos.

—Es un buen salario.

—Mucho más alto del que obtienen los trabajadores en las haciendas de dueños criollos; allá los jornaleros ganan veinticinco centavos diarios y sus condiciones de vida son deplorables, de gran miseria y pobreza. ¿Qué pueden hacer con ese sueldo si el kilo de carne es de veinte centavos, el de pan veintidós y el de azúcar doce? —Oskar hizo cuentas y movió afirmativamente la cabeza frente al alemán en señal de aprobación. La suma de lo que costaba la carne, el pan y la azúcar, restada del salario diario, permitía ahorrar.

—¿Y qué hace usted tan lejos de su negocio?

—Queremos establecer una fábrica de vidrio para surtir las botellas y ser autosuficientes, además de fabricar también nuestras propias etiquetas —parecía que Germán Roth tuviera tiempo que dedicar y Oskar la prudente conveniencia de escucharlo—. Vine a Veracruz a arreglar trámites con la aduana. Necesitamos traer maquinaria de Alemania e instalar la fábrica de envases. Pero ha sido muy difícil, muy tardado, muy enredoso.

—Pues, mire usted, Herr Roth, yo conozco al jefe de la oficina de permisos. Si usted quiere puedo ayudarle a conseguir la aprobación con sellos, timbres y demás; en un máximo de dos días tendrá usted la autorización de la aduana.

Germán Roth no sólo aceptó la ayuda, también convenció a Oskar de irse a trabajar con él. Le garantizaba un futuro exitoso. Las posibilidades de trabajo en la ciudad de Toluca se abrían en abanico: haciendas dedicadas a la explotación de la tierra, empresas industriales al mando de la burguesía extranjera que invertía en distintas ramas: alimenticia, textil, minera, la construcción de la vía del ferrocarril y, por supuesto, la industria cervecera, la suya, la de ellos, qué mejor que trabajar en una empresa de europeos serios, emprendedores. Sí, claro, qué mejor. Fueron de inmediato a la oficina de permisos. Oskar platicó con "su amigo" el encargado. Lo hizo con tal elocuencia, que el alemán quedó admirado.

Oskar fue a buscar a Per Erik al prostíbulo. Entró al cuarto donde su hermano descansaba tumbado boca abajo sobre las piernas de una mujer de labios carnosos y pezones morados. Recibía caricias en la espalda. Oskar le explicó que según Herr Roth, Toluca era un valle fértil y risueño, repitió casi de memoria que "allí se yergue un volcán cuyo aliento se ha apagado, una cima altiva que eleva su frente coronada de nieve hasta esconderla en el azul del cielo"... Per Erik escuchó con la mandíbula apretada la decisión de su hermano, tomada sin consultarle, sin la mínima consideración hacia él, sin entender por qué lo hacía. ¡Qué rayos le pasa a éste! ¿Y mi opinión no cuenta? No se movió ni dio señal de aprobación. Oskar notó su enojo. Creyó que podía convencerlo.

—¿Vamos, Per?

—No.

—¿Por qué?

—Porque en Veracruz me siento bien y no estoy dispuesto a irme a un pueblucho frío lejos del mar.

—No seas mentiroso, no es por eso, te conozco bien, la causa es otra. Jamás permitirás que yo tome decisiones propias.

Un mosco pasó sobre tu cara, Eric, y en vez de ahuyentarlo lo aplastaste con ambas manos, le ordenaste a la mujer que se fuera, te pusiste los pantalones a toda prisa, le gritaste a tu hermano por primera vez:

—¡¿Cómo te atreves a decirme mentiroso?!… lárgate si quieres… puedo arreglármelas sin ti… yo también tengo planes ¿sabes?… ya verás que llego más lejos que tú… te demostraré que mi ambición es mayor que la tuya…

Oskar se sintió infeliz y vulnerable. Aún así no cedía, no quiso ceder. Si esta vez condescendiera, le conferiría a Per Erik un poder que lo volvería su tirano. No más. Supo lo inútil que resultaba insistir. La situación era irreconciliable.

—Pues sí, me voy. En cuanto me instale te aviso. No dejaré que dispongas de mi vida, lo has hecho siempre, ya no, no más concesiones.

Te cayó como un cubo de agua fría, Eric. ¿Habías dispuesto siempre de la vida de tu hermano? ¿Cuándo? En tu mente se aprisionó un sentimiento novato que por más que no lo reconocieras ni lo expresaras era intenso, tan intenso, que hubieras querido morir en ese momento. Agarraste un zapato, fuiste a un rincón donde recordabas haber visto un nido de hormigas, y las las fuiste eliminando en cuanto salían de su escondite. Las mataste una a una.

En los días previos a la partida de Oskar, no volvieron a dirigirse la palabra. Per Erik se escondió hasta que observó a su hermano subir en la diligencia. Una ráfaga de viento cruzó por sus ojos y lo hizo llorar. Adiós.

CAPÍTULO 3

Para ti las guirnaldas de oliva...
Frase de la estrofa décima
del Himno Nacional Mexicano

OSKAR NILSSEN LLEGÓ A LA PLAZA principal de Toluca un 15 de septiembre. Con la maleta en la mano descubrió un escenario novedoso, diferente a cuanto vio en su vida anterior. En las calles había puestos techados con telas de colores donde se vendían banderas, matracas, cascos militares de cartón, soldaditos de plomo y de chocolate. Un alboroto de chiquillos se metía por aquí y por allá armando bulla con cornetas que hacían cosquillas en la nuca de las muchachas. Sonriente, el recién llegado tuvo que ladear la cabeza y taparse un oído con el hombro; le cayó un puñado de confeti en la boca, lo escupió divertido, mientras serpentinas sopladas al aire pintaban bucles tricolores. Al pasar junto a un anafre donde se preparaban pambazos, se le hizo agua la boca. El extranjero se hallaba azorado con tanta boruca, llamaba la atención de los chicos, tenían gran afán por atender al fuereño y saber ¿Cómo le va?, ¿Usté de dónde es?, yo sé de un cuarto que alquilan, está en Los Portales, venga para acá, le propuso un chamaco bizco.

Así fue a dar a la casa de un hombre solo, solo sin mujer pues, vive con las tres hijas y es dueño de una tienda de abarrotes, es de este lado, en el Portal de la Constitución, al nivel de la calle, el señor y las tres señoritas viven arriba de la tienda, ¿sí me entiende? El chamaco bizco llevó al extranjero a Los Portales. Esta es la casa. En la fachada, los balcones con barandales parecían acostumbrados a estar abiertos, sus macetas de helechos vestían de fiesta. Se detuvieron frente al zaguán de cedro labrado. El chamaco le pidió que jalara el mecate con fuerza porque él no alcanzaba. La recia campana retumbó del otro lado. No tardó el zaguán en rechinar y apareció una india. El chamaco bizco le explicó algo en una lengua que no era castellano, señalaba al hombre. La india hizo pasar al hombre al patio embaldosado, abierto al cielo. El extranjero le dio una moneda a su guía, quien se puso muy contento. Gracias, patrón, gracias. Con movimientos de manos, la mujer le indicó que dejara la maleta en el suelo y con la cabeza le señaló a dónde dirigirse. Era una casa en cuadro, con patio en medio, las habitaciones estaban en el segundo piso comunicadas por un corredor con marquesina de vidrio, al que protegía un barandal de hierro forjado color verde. Subió en silencio la escalera de cantera que utilizaría a diario el resto de su vida. A partir de entonces, relacionaría el hecho de subir esos escalones con la imagen de las pulcras jaulas entre floridos macetones, el trino de los canarios y las palabras breves de los pericos enjaulados que lo acompañaban en el ascenso. Buenos días, niña, bendita sea tu pureza, prrrr, prrrr.

Una puerta abierta. Una sala de estar. Tres chicas, morenas, guapas, muy guapas, jugaban a los dados sobre una mesa cuadrada de marquetería. Oskar dijo buenos días. Ellas no devolvieron el saludo, siguieron echando los dados. Las miró jugar (Martina, Maura, Mariana). Un hombre venía hacia él por el corredor. La mirada de comprensión expresaba también autoridad. Su cabello era negro y se notaban los primeros síntomas de calvicie, en su frente se dibujaban las líneas del pensar o quizás del sentir profundo; dio la mano al extraño con el brazo extendido.

—Isidro Luna y Luna, para servir a usted.

Oskar le explicó que venía a trabajar en la Cervecería, necesitaba dónde vivir, no, no tenía familia en México, sólo un hermano que se quedó en Veracruz. Don Isidro Luna se peinó la barba de chivo con cuatro dedos, tosió. Súbitamente aceptó: sí, está bien, puede quedarse. El sonido de los dados (Martina, Maura, Mariana) le recordaba uno de sus lemas: en esta vida hay que saber jugar y ganar. De esta suerte, su futuro yerno se instaló en el área contraria a las recámaras de las niñas que lo miraban, dos de ellas con los dados en la mano.

Esa misma noche el señor Luna y Luna lo invitó a dar un paseo por las calles, ya que celebraban el aniversario del grito de independencia. En el kiosco del jardín principal, la banda tocaba viejas composiciones que eran el alma de otras épocas; don Isidro Luna las había escuchado cuando joven y a Oskar le pareció que, con esa música, el hombre quería revivir su existencia entera porque se le ensanchaba el pecho y parecía que fuera a estallarle:

Si a tu ventana llega una paloma
trátala con cariño que es mi persona,
cuéntale tus amores, bien de mi vida,
corónala de flores que es cosa mía.

—Esta canción no se debe de cantar… se suspira a dúo —dijo don Isidro con la voz partida y los ojos aguados.

Oskar Nilssen quedó conmovido, con ganas de abrazarlo, de estar a su lado y sentirse protegido. En el fondo de su corazón sabía que Per Erik no habría de seguirlo hasta esa otra tierra provinciana. Para confirmar que iniciaba una vida nueva, decidió llamarse Óscar a partir de ese momento.

Caminando por la alameda, don Isidro le contó a Óscar la historia de sus antepasados, los matlatzincas, que llegaron al Valle de Toluca y fundaron la ciudad en 1120.

—Los aztecas les pidieron ayuda para guerrear, se negaron y fueron sometidos por el emperador Tizoc, por lo que formaron parte del imperio, a la fuerza, y también a la fuerza fueron sometidos por la corona española. La Conquista fue la gran ruptura, y sin embargo no hay que lamentarse, es mejor contar la historia... Si usted me lo permite, joven Nilssen, le recitaré algo poético que tiene un valor especial para este enfermo corazón que llevo en el pecho. Mi difunta lo declamaba mejor que yo, pronunciarlo en voz alta encarna su presencia.

—Será una distinción que usted me haga. Lo escucho con respeto.

—*En medio del agua se pusieron a reinar los mexicanos. Donde se da el maguey, donde la serpiente se desenrosca, donde el águila está devorando sangre, en la región de la lluvia y de la niebla donde se hacen los hijos de los hombres. ¡Despiértense, levántense, apréstese sonoro el caracol!; los mexicanos se revuelven en giros entre macanas de obsidiana y penachos de pluma de quetzal, y la mazorca, nuestra madre, se estremece ante nosotros, tiene fija en nosotros la vista hacia valles, montañas y volcanes, para labrar en piedra sus pensamientos, para dejar sobre papel amate la historia de aquellos que repartieron las plumas con que habían de ataviar al caudillo de la guerra.*

Óscar Nilssen quedó cautivo con la serenidad sapientísima de este hombre bajito, de barba rala y cabello lacio —*no es cierto que vinimos a vivir sobre la tierra, sólo vinimos a soñar*— y supo que había encontrado su sitio.

Ninguna persona pudo afirmar que el extraño entró poco a poco en la familia. Lo hizo de golpe. Pareciera que lo estuvieran esperando. Martina, Maura y Mariana lo quisieron —¿o lo desearon?— al espiarlo esa noche desde el balcón de la casa de Los Portales.

—Moriría por enlazarme a esa enramada verde de sus ojos —dijo la pequeña Mariana, exhalando un largo suspiro.

—Tonta, yo no me fijé en sus ojos, me fijé en sus... ¡Ay, qué cosas digo! —Maura rió, tapándose la cara con las dos manos.

—Por fin llegó alguien interesante a esta ciudad ¿no les parece? Rubio, extranjero, ¿qué más se puede pedir? —certificó Martina.

Empinándose sobre la punta de los pies, lo vieron gozar la fiesta: un charro y una china subieron al entablado a bailar el jarabe tapatío. La solicitud del hombre y el coqueteo de la mujer se juntaban en un loco entendimiento nacido del alma, y eso contrastaba en Óscar con la supervivencia opaca del destierro. La china, colorada de contenta, zapateaba incansable aumentando su gracia; el charro parecía tener el firme propósito de morir antes que renunciar a seguir bailando. El extranjero vio en ese baile su destino. Dieron las once de la noche y campanadas de júbilo. ¡Viva México! ¡Viva! ¡Viva! ¡Que viva México!

Al quitase los botines y los tirantes, Isidro Luna se iluminó. Tendremos boda, mujer, tendremos boda, podré dejar ahora a tus hijas con este hombre confiable, le aseguró a la difunta presente en un retrato sepia. Durmió a pierna suelta, esperanzado en que alguien se hiciera cargo de tres sus hijas. Después, él podría reunirse con su mujer. Lo ansiaba.

Martina era diez meses mayor que Maura y Maura catorce meses mayor que Mariana y las tres eran diestras en mantener un misterio que Óscar no podía descifrar a primera vista. Así que rondó a Martina, por ser la mayor y por tener una extremada inteligencia que sabía usar a discreción. Rondó a Maura, por fingir ingenuidad y dejar al descubierto su coquetería. Rondó a Mariana porque adivinó en ella una delicadeza parecida a la cáscara de huevo y porque tenía pestaña arremangada, boca de dios te ampare y sonrisa perturbadora. Las escoltó, primero juntas y luego por separado, a visitar a su madre al panteón. Llena eres de gracia... Las acompañó al mercado, a dar una vuelta por la feria y subirse a la rueda de la fortuna, a probarse zapatos, a alimentar palomas con migas de pan, a misa en la iglesia de la Santa Veracruz —*Laudamus Domine*—. Las siguió hasta la cocina para verlas moler pacholas en el metate. Cada una hacía las cosas a su modo: Martina elegía zapatos cómodos, Maura prefería aquéllos más prácticos de amarrar, Mariana los blancos; Martina rezaba la letanía del rosario sin cometer faltas a la memoria, Maura le enseñó el Credo en español, Mariana recitaba el Ángelus de un modo celestial: juntaba las manos e inclinaba la cabeza. A las tres se les facilitaba moler la carne y los chiles en el metate moviendo manos, brazos y pechos hincadas en el suelo, si bien a cada una —observaba él— se le movían las partes de distinta manera.

¿Por cuál de ellas decidirse?

Le preguntó a don Santiago, un suizo arraigado en la ciudad, fundador y principal accionista de la Cervecería Toluca y México S.A. de C. V. Tenía un historial parecido al de Óscar, ya que también, muy joven, se marchó de la casa paterna y, al llegar a Toluca, se relacionó amorosamente con dos mujeres que eran hermanas; se casó con la mayor y, cuando ésta murió, contrajo nupcias con la otra. El suizo le aconsejó: escuche a su corazón, Óscar, el corazón no nos traiciona; y le prometió que el día de su boda le obsequiaría títulos de propiedad del negocio para que no tuviera problemas económicos. Óscar preguntó su opinión a Germán Roth. ¿Por cuál debo decidirme? Preguntó a su almohada. Preguntó a los muchachos de la Cervecería. Unos decían que Martina, por supuesto, es la mayor. Otros que Maura, sin duda, vea usted cómo se le mueven las caderas al caminar, comentario improcedente que a Óscar le hizo sentir celos. Los menos se inclinaban por Mariana. Mire, amigo mío, no es conveniente casarse con la menor, dicen que chivo brincado chivo quedado, las hermanas podrían quedarse solteras. A medida que pasaban los meses crecía la incertidumbre. Él tenía ganas de quedarse en esa casa, bañarse con zacate en su baño, desabrocharse los botones del chaleco por las noches y colocar los zapatos debajo de la cama. Pero ¿con cuál?, se preguntaba reflejado en el espejo que Sanda Orsova le dio como amuleto, ¿con cuál de las Tres Lunas?

De pronto, Mariana comenzó a tratarlo con una insolente indiferencia, se negaba a devolverle los buenos días, se oponía a aceptar que la ayudara con el aseo de las jaulas de los canarios y los pericos. Al abrir el portón, Óscar sólo veía el relámpago de la falda cruzar el umbral de la recámara, seguido del golpe de la puerta. A la hora de la merienda, Óscar platicaba con don Isidro cosas de todos los días. Martina y Maura actuaban como si nada, como siempre:

—¿Le fue bien hoy, Óscar?

—Pruebe usted una tostada de manita de puerco.

—¿Me acerca el platón de la natilla, por favor?

—Ya le remendamos sus calcetines.

Mariana, en cambio, mantenía la vista en el pan y la sal. A veces, Óscar podía descubrir que lo vigilaba; al levantar los ojos, ella devolvía un segundo la mirada, volvía a su displicencia y sonreía de tal manera que Óscar se perturbaba.

¡Cómo lo trastornaba! Cada vez que trataba de hablar con ella, Mariana se le quedaba viendo un intenso segundo. En seguida, su mirada volaba a otro destino.

Óscar le escribió una carta. Varias versiones. Desde la más audaz, que rompió por indebida, hasta la que creyó atinada, discreta y contundente:

Mariana, ¿por qué tortura Usted mi corazón? ¿Por qué me tiene en medio de esta horrible incertidumbre, prolongando mis sufrimientos cada día? No adivina Usted la inmensa felicidad que vestiría mi alma el día que, conmovida, murmure por sus labios una sola palabra de consuelo. Pero, ¡ah, Mariana!, Usted me niega esa felicidad. Su excesiva modestia tal vez le impida dar a conocer sus sentimientos. ¿Qué importa que viva oculto este amor cuando, en nuestras miradas, mudo lenguaje de las almas, nos hemos comprendido ya? Solamente le pido que, en medio de esa apacible dicha que disfruta, piense en mí.

Suyo O. N.

No tuvo respuesta.

La primavera estaba en su apogeo. Se acercaba el baile que el Municipio ofrecía cada año. Óscar le dejó a Mariana un recado en la mesa de juegos:

Mariana: mañana en el festejo le solicitaré que baile conmigo, ¿una pieza al menos? Para saber que no me rechazará le ruego que ponga en su peinado una flor blanca. Así, mi corazón estará preparado para saltar de dicha. Si Usted no portara ese detalle, confíe en que desaparecerá mi ilusión sin que por ello usted tenga que sufrir alguna pena. Yo me retiraré de su vida para siempre.

Suyo O. N.

Era víspera de luna llena. Bajo las enramadas del jardín municipal, Martina, Maura y Mariana vieron llegar a Óscar con los compañeros del trabajo. Las dos mayores se alejaron. Mariana llevaba una flor blanca... en la mano. Miró a Óscar como quien mira el mundo girar y no puede subirse porque todavía no sabe hacerlo y le suplicó ayuda con la mirada sostenida. A Óscar lo alarmó una sacudida de exaltación, le corría sudor por la piel del pecho para luego caerle en la balsa de su ombligo. La banda municipal tocaba un vals de Macedonio Alcalá. Se acercó a ella.

—*Fröken* Mariana —le susurró apresando flor y mano—, ¿quiere usted hacerme el honor de casarse conmigo?

El padre entregó a su hija frente al altar. Martina y Maura, una a la derecha y la otra a la izquierda de la pareja, se unieron al lazo matrimonial. Don Isidro Luna cedió a los desposados la recámara que había sido la de su matrimonio. Allí, a puerta cerrada, la más pequeña de las hijas conoció un misterio que la desató con movimientos desconocidos. Mas se detuvo en el umbral del vértigo. Con las manos apretando al pecho una gran devoción, quiso decirle a su esposo; te amo. No lo hizo. Porque en el pasillo un ruido de dados la desalentó y la frase se fue perdiendo en el silencio. A Mariana se le desapareció la sonrisa.

Óscar reconoció esa noche la felicidad, la placidez de compartir con su nueva familia un largo camino.

Al poco tiempo, Isidro Luna habló a solas con las hijas, con las tres juntas —a Mariana se le abrieron goteras en el corazón—; posteriormente decidió morirse en un suspiro, sin un dolor ni una queja. En su testamento nombró a Óscar administrador de los bienes materiales: tres casas, la tienda de abarrotes, decenas de monedas de oro y plata. También lo nombraba tutor de las hijas solteras. Martina y Maura vivieron con la pareja en la casa de Los Portales. No se casaron. Guardaron lealtad a la familia unida de Óscar Nilssen. *Per secula saeculorum.*

Pero ¿qué sucedió? ¿Por qué Martina y Maura se doblegaron con docilidad y no volvieron a insistir en su pretensión por conquistarlo?

Se oculta lo que no se quiere contar; lo que no se cuenta al viento se convierte en secreto. Un secreto que se esconde debajo de viejos colchones, en los rincones consentidos por pelusillas y arañas, entre juegos de té incompletos o en los repliegues de la ropa vieja abandonada en el cuarto de trebejos. Una verdad sobre la que se conjetura o da qué pensar, de la que hay que hablar en voz baja, quedito, para no molestar a los muertos. A veces llega la ocasión. Un día distante donde esa verdad ya no puede molestar a nadie. Habrá que adelantar la historia, únicamente por esta ocasión, pues sólo de esa manera se pueden conocer los secretos. Así sucedió muchos años después.

En el cuarto de televisión de una casa en Toluca, platican dos mujeres: Lucero, la nieta mayor de Óscar Nilssen, y Julia, una de las múltiples bisnietas, que ha escuchado rumores sobre una hermética sospecha. Lucero desenreda un estambre de lana gris nube. No necesita más ayuda que sus lentes, es diestra para hacerlo sola. Coloca los extremos de la madeja entre sus brazos extendidos y mueve codos y dedos con agilidad sorprendente.

—¿Cómo pudieron mis bisabuelitos tener una familia tan grande, tía?

—Entre las hijas, el hijo, y sus descendientes, éramos un montón. En ese tiempo las familias grandes vivían mejor. Y la nuestra en extremo. Las hermanas de la abuela Mariana cumplían sus obligaciones con excelencia, a veces tocaba cuidar niños, o ir al mandado, o dar órdenes a las criadas o atenderlo a Él —no lo llamaba Óscar, o mi abuelo, decía Él.

—¿Y por qué no se casaron?

—No sé, decían que jamás encontrarían un hombre igual a su querido cuñado —contrario a la costumbre, el estambre se le empieza a hacer nudos entre las manos.

Julia se levanta, va a la mesita, sirve una copa de anís, del que se prepara en casa. Se acerca a la tía por detrás.

—Bueno, sí, ¿y la intimidad? —extiende la mano.

—¡Niña!, ¡qué cosas dices! —agarra la bebida en un acto reflejo y se la toma de un golpe.

—Nada, tía, nada de asombros, estamos solas y podemos hablar, o ¿a poco a ti no se te hace raro? ¿Vivir toda su vida para servir a su cuñado nada más porque sí? ¡Ya parece! —y con una suave transición de voz— ¿Otro anisito?

La tía asiente, distraída.

—Sí, es cierto, se rumora que las dos se enamoraron de él antes de que se casara con la hermana menor. Aunque Martina y Maura aceptaron sin chistar que Mariana se lo había ganado a ley y prefirieron el sosiego. Fíjate, vivieron tan felices, ¡Dios sabe cuánto!, que su casa era una eterna alegría, yo no recuerdo ni un pleito, ni una mala cara, todos se adoraban. ¿Sabes que él murió mucho después que ellas, verdad? Primero Mariana, siguió Martina y al final Maura, que fue la más fuerte. Como quien dice: se las acabó de tanta dicha que les daba —la pobre Lucero no sabe qué hacer con la madeja—. Él era muy austero, no le gustaba fumar y prefería cerveza que vino. ¿Me sirves tantito más, Julia? Otro sorbito de anís me caería de perlas.

—Claro, tía.

—El único vicio que tuvo, ya que ellas lo indujeron a eso, fue el de jugar a los dados —se toma dos sorbos de anís, baja la voz, mira de izquierda a derecha cuidando que nadie esté cerca y añade—, era como una manía de ellas. No decidían nada si antes no jugaban, fuera lo que fuera: quién llevaba a las niñas a la alameda, quién se quedaba a cuidarlo a Él, quién le leía el periódico. Todo. Todo era resuelto con el juego de manos.

—¿Entonces es cierto? Tía, ¿tú crees que se hayan jugado al bisabuelo con los dados?

—¡Eso sí no te lo voy a contestar, Julia! ¡Ni me lo preguntes porque ofendes! Y mejor cambiamos de tema.

Sus manos se esfuerzan por coger la bola gris nube y la copa, la sobrina le quita la primera para que siga tomando su anís y, con dos dedos, tira de un extremo. La madeja comienza a desenredarse por arte de magia.

—Ay, mira, Julia, yo nunca he hablado con nadie de esto, de veras, pero creo que mereces saberlo. Lo guardarás para ti, no se lo contarás ni a tu sombra, ¿verdad?

—Lo juro, tía.

Le entra un ataque de llanto. Sus lágrimas brotan como chorro de agua de manguera, sorbe los mocos y se suena con mucho ruido. Su pañuelito queda bañado.

—Ya tía, no llores, ya pasó.

—Es que, es que… ¿cómo te lo explico? Mira: cuando murieron Mariana, Martina y Maura, Él se volvió cliente especial de la casa de citas de El Oro, que parece que era muy lujosa. Ahí era bien recibido. Puntual. Discreto. Amable. Muy amable. Dicen que todas las muchachas conocían su perfección, que él podía complacerse y complacerlas al mismo tiempo. ¡Uy, Julia, me siento algo mareada! Parece que a cada una le daba su lugar. Los hombres lo envidiaban. No se supo por qué esa tarde pidió que lo sirvieran tres chicas a la vez. La madame no quería aceptar, le parecía una imprudencia debido a su edad, un exceso, pues. Él no hizo caso, estaba entercado en hacerlo con las tres. ¡Figúrate!, bueno no, mejor ni te lo figures. En la madrugada llegó a la casa de Los Portales. Se encerró en su pieza, se quitó los zapatos, tomó los tres retratos, el de Mariana, el de Maura, el de Martina. Los abrazó. Se metió en la cama y se quedó dormido, soñando tal vez. ¡Pobrecito! Cuando lo encontraron tenía el perfil de un hombre satisfecho. ¡Y nadie me lo contó!: yo lo vi. Vi su bendito rostro. ¡Que de Dios goce Óscar Nilssen!

CAPÍTULO 4

… no existe lazo ya…
Todo está roto
Gertrudis Gómez de Avellaneda

Nunca seguiste a tu hermano gemelo a Toluca, Eric. Jamás quisiste ir a esa ciudad. Te quedaste en Veracruz, conociste a Catalina Cué y, con ella, al más hermoso amor.

Después de que Oskar lo abandonara, se quitó el Per que usaba su hermano al nombrarlo, se llamó Eric, sin la k. Su plan era trabajar en la fábrica de hielo, comenzó desde abajo: cargaba bloques congelados en su espalda. Luego ideó una mejor manera, subirlos con tenazas de hierro a la carreta de mulas. Así se le facilitó entregarlos a pequeños establecimientos. Más tarde se las ingenió para que le pidieran ayuda en las oficinas de la gerencia. Su empeño lo convirtió en tenedor de cuentas. Se fue ganando la confianza del dueño, Charles Morris, un inglés sin descendencia; Eric era el único empleado con quien podía practicar otros idiomas además del español. Día a día, Morris se hizo consciente de que el chico podría aprovechar, bajo su protección, siempre bajo su protección, la bonanza del momento que transitaba México, gracias al proyecto de prosperidad del presidente Porfirio Díaz. Veía en "el muchacho" al hijo que no tuvo.

45

Los domingos, Eric se alejaba de la cotidianidad. Se iba al Puerto de Alvarado. Le divertía sentarse en una cantina, un café, un parque, a escuchar conversaciones en un lenguaje desenfadado, tan opuesto al trato solemne de todos los días.

—No tienen madre.

—Se necesitan güevos.

—Pinche presidente municipal.

—Pinches ánimas benditas.

Y, le gustaba, sobre todo, ir a un manglar solitario que Oskar y él habían descubierto en la desembocadura del río. Una inmensa ceiba derrumbada por un ciclón cruzaba el manglar; los hermanos jugaban a hacer malabares; perdía el que cayera al agua, generalmente Oskar.

Ahora, Eric regresaba solo. Árboles y arbustos crecían junto a las aguas salobres de poco fondo, sus raíces se enroscaban entre sí, quedaban al descubierto durante la bajamar y formaban una espesura tapiada, fresca, cobijo del sol, refugio de peces, hogar de monos aulladores, territorio en el que las aves construían nidos. A la hora más dura del sol, se quitó el sombrero de palma, los botines de agujetas entramadas, prenda a prenda hasta quedar desnudo. Se metió a disfrutar agua y soledad. Lo consideraba su rincón privado, en él podía sentir o soñar, a solas. Ese ambiente lo inducía a ser libre, estar contento a pesar del abandono de Oskar; no tenía que demostrarle nada a nadie. Ni a ti mismo. Era como si el río pudiera lavar la ambición y el miedo, tus aliados en la pelea por la vida. Regresaba cada sábado.

Cierta mañana, al acercarse al paraje vio a una chiquilla. Color tamarindo. Entre las raíces de un mangle, con las piernas enredadas en sargazo, lloraba en sollozos cortados con un hipo que le estremecía el cuerpo flacucho. Su vestido flotaba. Sostenía algo en las manos. Eric se acercó con sigilo, pensando en que si lo hiciera de golpe la muchacha volaría al igual que las gaviotas cuando se asustan.

—Es un sinsonte mimo, está desmayáo. Yo lo apachulé, qué desgraciada soy. De veldá quisiera molilme, la diosa del río me va a castigá, Ochún vendlá por mí, es la salación.

Eric tomó el ave haciendo un cuenco entre las manos, le sopló en el pico al tiempo que con el meñique le daba masaje en el pechito. Se oía el zumbido de los insectos y el resoplido de Eric en un intento de reavivar al pájaro a como diera lugar, con tal que la chiquilla dejara de gemir. El cenzontle reaccionó piando apenitas con su pico abierto, la chamaca veía al hombre y a su sinsonte mimo, con las cejas alzadas. Eric volvió los ojos hacia ella y se encontró con una carita ladeada, que le sonreía mirándolo de pies a cabeza. El aroma de la vainilla alteró el ambiente. Ella le quitó el cenzontle con extremo cuidado; sin parar de hablar tomó de la mano a su salvador, lo apuró a dirigirse de prisa por un camino entre la maleza, hasta llegar a una choza de tallos de palma y techo de penachos de cocotero y yaguas. Algunos guajolotes gritaron al oírlos llegar ¡gooordogordogordo! De la choza salió un hombre negro, de pelo blanco, con la camisa abierta ajada por el trabajo, los pantalones arremangados; en los brazos cargaba una hamaca que estaba reparando.

—¡Catalina, hija, da grima verte todita mojada!

—Mira, pipo, este señol me ayudó, lo mandó Eleggúa, el rey del destino, que no quiso que muriera mi sensonte. Entonse el señol lo revivió sin má na —satisfecha, liberó al cenzontle impulsándolo a que volara.

Padre e hija convencieron a Eric de tomar un trago de julepe de hierbabuena y de, si quisiera, quedarse a comer. La chica calentaba el alimento sobre un bracero con carbón, comían boniato relleno de tasajo y fufú de plátano verde.

Aristide Cué contó su calamitosa historia. Había nacido en el Estado Libre del Congo, propiedad del rey de Bélgica; vendido como esclavo, lo confinaron a la isla de Cuba.

—¿Y el apellido Cué?

Fue un malentendido. Un día, el capataz del ingenio donde realizaban sus labores decenas de esclavos, vociferó: ¡oye, tú, Cué! Aristide levantó la cabeza en ese momento y el vigilante lo siguió nombrando así. La chiquitica y él llegaron a Veracruz desde Cienfuegos huyendo del último amo, un rico cafetalero que los quería matar, pues su esposa había dado a luz una niña mulata. El dueño del cafetal creyó que la bastarda era hija de Aristide. La mujer no lo desmintió, de seguro para proteger a su verdadero amante. Tampoco defendió a la niñita de pelo encarrujado y ojos negros que la avergonzaba. Aristide pidió auxilio al hermano dominico de la parroquia; el padrecito le consiguió una embarcación con la consigna de que se llevara con él a la inocente criatura, a quien rescató y bautizó con el nombre de Catalina, su santa patrona. Hacía ya catorce años que estaban en Veracruz. Trabajaba de remero, ayudaba a los pescadores a ir y venir del mar, a veces por las tardes, a veces por las noches. Sacaban jaibas; en temporada, pescaban tortugas.

—¿Tiene usted enemigos, don Aristide?

—Sólo el tiburón y el huracán.

Se pasó la tarde sin prisa. Cuando el sol se despedía rojo en los límites de la selva, Aristide Cué preguntó tu nombre.

—Eric Nilssen.

Catalina soltó una franca carcajada y se tapó la boca, entre risas dijo que qué clase de nombre era ése, qué difícil de pronunciar, ella lo llamaría Mimo.

—Má bonito ¿veldá?, porque salvaste al sensonte mimo.

Eric aprobó la ocurrencia con otra risotada. Aristide encendió una lámpara de aceite para acompañarlo de regreso, pero Catalina insistió en que debía quedarse esa noche en la hamaca del portal; ella le pondría al lado una candela. ¿Cómo negarte, Eric? ¿Cómo decirle no a la hermosa criatura, si proponía un amparo que encapuchaba tu soledad? Mecido por el letargo, acompañado del aire fresco y la noche tibia, se quedó dormido, oyendo a lo lejos el arrullo del río.

Regresó todos los fines de semana. La buscaba en el manglar, y la encontraba con el sol escurriéndole en la espalda. Niña refrescante como el agua de tamarindo. Catalinda, la llamaba. Se fueron enamorando. Ella le enseñó a quererla de manera incuestionable y, a su vez, lo amaba sin esperar a cambio nada más que su presencia; no existían juicios ni prejuicios en esa relación silvestre, entre un joven que se descubrió capaz de ser feliz y una chiquilla que descubría su naturaleza de mujer. Eric Nilssen ya no vivía nada más por vivir. Su enamoramiento se reflejó también en la eficacia con que desarrollaba la administración de la fábrica de hielo; Charles Morris observó que su muchacho manejaba el negocio de una manera instintiva e inteligente.

Catalina quedó embarazada. Mimo quiso responsabilizarse, darle su apellido, casarse con ella. Aristide Cué se opuso argumentando que, si lo hacían, sería la desdicha de ambos, ¿para qué?, preguntaba, que siguiera todo igual, conocía el amor que se tenían, el cariño y el respeto eran suficientes. Eric no insistió. Atesoró lo que consideraba su vida íntima, sin platicarlo en la fábrica o en los círculos sociales donde acompañaba a Charles Morris. Se dirigía, sábado a sábado, a gozar los instantes más dichosos de su existencia. Ayudó a Aristide a ampliar la choza; antes era una sola pieza, ahora la dividieron por áreas: cocina, un pequeño comedor, dos dormitorios. Llevó una cama de latón que suplía el catre de Aristide y otra, más ancha, se acomodó en el cuarto de su

Catalinda; transportó dos mecedoras de mimbre y un butaquillo con asiento de cuero, donde el viejo se sentaba a tocar su jarana; entre los tres construyeron la cuna y dos puertas que separaban las habitaciones; echaron cal en el piso, así se ahuyentaban los insectos y otros bichos.

El niño nació en su ausencia. Cuando Catalina se lo puso en los brazos, Mimo vio a un pequeño ser de carne morisca, pelo encrespado y un lunar en uno de sus ojos color hiedra. Movía los labios buscando qué comer. Le pusiste el nudillo del dedo dentro de la boca y el niño comenzó a succionar creyendo que tú, su padre, eras el alimento deseado. Ya que llegó al mundo el 29 de junio, Catalina quería ponerle Pedro o Pablo. Lo dejaron a la suerte: águila o sol. El águila decidió el nombre. Aristide, el apellido: Cué, de esa manera no se acarrearían batahola. Mimo vio crecer a su hijo semana a semana y reconoció los cambios que milagrosamente obraban en su Catalinda; la chiquilla del manglar germinaba como madre y amante, prodigiosas una y otra.

Charles Morris le pidió a Eric que fuera a su privado después de que todos los empleados hubieran salido. Necesitaba hablar con él. Eric estaba inquieto, queriendo adivinar de qué se trataba el misterioso propósito. Si habían descubierto su secreto se iría de inmediato al Puerto de Alvarado, haría lo que fuera con tal de vivir con Catalina. Al dar las siete exhaló el aire que le quedaba en el tórax y entró a la oficina de Morris.

—Muchacho, necesito que me acompañes a la capital.

—¿A la capital, señor? ¿Tan lejos? ¿Para qué?

—La ciudad crece. Me he enterado que, si bien a principios de siglo tenía diez kilómetros cuadrados, ahora abarca veintisiete; la gente ya no quiere vivir en la zona del centro. Se dice que la banca apoya la inversión extranjera.

Eric se distraía contando los lápices de la caja de metal, de izquierda a derecha, de derecha a izquierda.

—Con el gobierno del presidente Díaz la capital se ha modernizado, mira, mira lo que dice aquí: "mejoramiento del alumbrado que en algunos sitios ya es eléctrico, ampliación de calles, construcción de edificios de almacenes y joyerías, inicio de obra del desagüe central". Según este reportaje —prosiguió buscando una página para leerla—, "...se está especulando en tierras que fueron agrícolas y ahora son potreros, bien comunicados por avenidas como el Paseo de la Reforma y Bucareli, donde la burguesía va a exhibirse en recorridos de moda...". Colonias, le llaman ahora a los nuevos barrios. Mi querido muchacho, ¡es tiempo de especular! Quiero conocer bien la ciudad, quiero saber dónde adquirir terrenos, esperar un plazo razonable y revenderlos o construir casas para rentar. Quiero viajar cuanto antes. Te necesito en mi negocio.

Con ánimo taciturno, Eric se despidió de Catalina, Aristide y Pedro, quien de la mano de su mima caminaba a su encuentro. Prometió no tardar, prometió traerles regalos, prometió mandarles telegramas, prometió recordarlos cada día.

Entre el viaje en tren, visitar lotes baldíos en la colonia Guerrero y la Santa María la Ribera, averiguar posibilidades de crédito, solicitar información sobre la apertura de cuentas bancarias, estudiar contratos de compraventa y asistir a restaurantes con gente adinerada, pasaron seis prolongados meses. La ciudad resultó una tentación para Eric. Fue fácil imaginarse en ella, exitoso. Hasta cruzó por su mente la idea de buscar a Oskar y que ambos se instalaran ahí... sin embargo, pensó una noche mientras el resplandor nocturno jugueteaba en el cielo raso, sería difícil cambiar a su Catalinda por la ciudad. Tenía muy claro que no podrían mezclarse ambas. Y eligió a Catalina.

Al llegar a Veracruz, se detuvo apenas en su habitación, se mudó de ropa, desempacó los regalos que traía. Recogió el espejo de su madre, quería obsequiárselo a Catalina en señal de compromiso eterno. Se desplazó al Puerto de Alvarado con un ansia, con una conmoción amorosa jamás experimentada. Llegó al manglar donde los changos aullaban y se peleaban trastornados entre sí. Corrió a la choza de Aristide Cué y un silencio inusual lo aterró secándole la boca. La puerta estaba abierta. Se dirigió al cuarto de su Catalinda. Estaba tendida en la cama, boca abajo, respiraba con dificultad. Al oírlo llegar se incorporó con gran esfuerzo.

—¡Mimo! ¡Mimo de mi corazón! Estoy derrengá.

Tenía erupción en todo el cuerpo, úlceras en la boca, verrugas en los senos, fiebre. Eric Nilssen la abrazó sin decir palabra, sin preguntar porque no quería saber, posponiendo la información que acaso sospechaba. Lloró abrazado a ella como nunca lloró antes o después en su vida. Catalina le acariciaba el pelo, lo mecía y cantaba:

Centilla que bá bané
Yo sumarela sube
Centilla que bá bané

Así los encontraron Aristide y el niño. Al ver a su papá, Pedro salió tapándose la carita con las manos. Eric no hizo el menor intento de seguirlo. El abuelo torció el gesto ante lo que sospechó una despiadada dureza. Ya vendrá al ratico, aseguró. Catalina se quedó dormida; los hombres salieron al portal y se sentaron en las mecedoras. Mirando un punto indefinido, Aristide describió lo sucedido hacía cinco mareas altas. Ese día se llevó a Pedro al cayuco. El niño quería ir con su pipo a pescar. Dos marineros de uniforme blanco llegaron al manglar donde Catalina cortaba orquídeas; adornar la choza con flores era una costumbre que adquirió después de que Mimo se fue. La agarraron. Uno por uno. Varias veces. La halló todavía en el manglar lavándose y lavándose y lavándose. Decía: "yo soy Catalina, yo soy una mulata muy bonita, yo soy Catalina Cué". A las tres semanas comenzó a aparecer el chancro, dolores terribles de cabeza y una erupción que la volvía loca. Aristide supo pronto que su hija había contraído la maldita sífilis. La curandera le permitió ingerir una dosis de arsénico, lo único que la mantenía con vida; él puso veladoras a Obatalá, la virgen de las Mercedes. En cuanto a los hombres, averiguó por aquí y por allá hasta encontrarlos. Su machete cobró el ultraje; quedaron irreconocibles. No había nada más que hacer.

Eric pidió vacaciones y, sin dar detalles de adónde iba o por qué, se mudó con su familia. Catalina resistía; las horas frágiles grababan su marca en instantes irrepetibles. Pedro miraba de lejos a su padre. Una sola vez, una última, Eric cargó a su mujer hasta el manglar. Tú, de navío sobre su poza de cristal; le frotaste la piel con brotes de orquídeas; le limpiaste las sombras ocultas de su espanto; ahuyentaste la arena que giraba bajo los pies de Catalinda: se hundía, naufragaba en esa dulce extinción que la desecaba, como se desecan los árboles de tamarindo.

Fue al atardecer. Aristide había ido a traer leña. Eric y Pedro, mecidos en la misma hamaca, custodiaban el silencio de aquella noche prematura. En un instante el aire se volvió musical, un sonido débil, un adiós sin despedida, grabó su marca huyendo por el hondo laberinto de la desesperanza del padre y del hijo. Pasmado por lo que no comprendía, Pedro tomó la mano de su papá. Le dio un apretoncito. Eric sintió el apretón y deseó que no corriera sangre por sus venas, que la sangre no se le agolpara en la sien, que la sien dejara de brincarle por la mente, que la mente rechazara la palidez acerada de su impotencia para expresarle al niño que no podía, que no quería abrazarlo en ese momento. Retiró la mano.

Al día siguiente guardaron el cuerpo de Catalina debajo de la tierra.

El dolor era insoportable. Te estaba matando, Eric. Tanto, que, con todos los tensores del sufrimiento agarrotados, aceptó irse a la ciudad capital e iniciar el supuesto negocio de bienes raíces. Cuanto más lejos mejor. Cuanto más se enajenara de trabajo, mejor. Eso creía. Dejó a Pedro con Aristide. Por miedo. Sería mejor no verlo. Cómo ibas a tratarlo, no te sentías hábil. Podrías repetir con el niño lo que sufriste con tu padre, no podías ser responsable de esa criatura. No. Le pareció más justo dejarlo con el abuelo. Los abandonó, esta vez sin prometer regresar o comunicarse con ellos.

—Ay, Pedrocué —dijo Aristide cuando su nieto dormía—, tus padres te han traído a la muerte.

Frente a la taquilla de la estación del tren no había ya quien formara fila. En el andén, los pregoneros vendían nieves, rebanadas de piña y coco, pepitas de calabaza en cucuruchos de papel periódico; los tamemes, vestidos de calzón de manta, esquivando perros roñosos, sostenían baúles y maletas en la espalda o en la cabeza, apurados por los pasajeros que apenas llegaban a tiempo. En el pullman las rejillas del equipaje colmaban su cupo, allí se guardaban desde sombrereras hasta jaulas con guacamayas. Sentado en un compartimiento para seis personas, mister Morris fumaba su pipa aspirando y exhalando sabor y olor a maple. Frente a él, Eric escuchó el largo silbido de vapor, anunciando la hora de partida, y el ¡vámonooos! del maquinista se le atoró en la garganta. La gente que se quedaba en el puerto sacó pañuelos, los agitaba insistiendo: adiós, adiós.

Entre palmeras y cafetales, la cadena gris de los vagones se deslizó por curvas ligeras. Desde la ventana de su asiento, Eric miró la locomotora con la creencia de que era ella quien lo apartaba de lo vivido en Veracruz. Sin embargo, lejos de alejarlo de su dolor, el paisaje le recordaba la experiencia: los órganos verdes de la pendiente de Maltrata le parecían alfileres clavados en su espalda al recordarle el abandono de su hermano; helechos gigantes que competían espacio con las ceibas en un hermoso bosque, fragmentado por las vías paralelas del ferrocarril, suavizaron el rictus de su cara, le trajeron de nuevo el tinte esmeralda del manglar, donde fue amante y amado. Una gota de rocío, nítida, se aferraba a un inmenso tronco por donde no quería caer. Pedro. Al cruzar el inquietante puente de Metlac, vio el barranco y retuvo la tristeza. No hay vuelta de hoja, Eric, tu vida traspasa un umbral irrecuperable. La breve vida en el manglar fue una tregua. Estuviste en el Jardín del Edén. Y lo has perdido.

De pronto, los pasajeros salieron al pasillo y se apretujaron contra las ventanillas, urgidos, haciendo alboroto con expresiones sonoras.

—Es una aberración, una barbarie.

—Son órdenes del general Díaz. Dondequiera que se corten los hilos telegráficos, el culpable debe pagar de esta manera.

—¡Qué crueldad!

—¿Don Porfirio cree que esto es justo?

—¡La paz es indispensable!

Eric se levantó de su asiento. Colgado de un poste pasaba un bulto blanco, delgado, largo, parecía un cirio, luego otro poste y otro cirio, y otro más. Quedó aturdido sin atreverse a aceptar que aquello era una hilera de hombres fusilados y ahorcados. Por los pies de los hombres goteaba algo, rojo, mientras la humareda del tren subía una loma. La imagen se diluía y el cielo se peinaba de gris. El Citlaltépetl vigilaba a lo lejos. Por allá llovía.

CAPÍTULO 5

¿A qué si lo sabemos, luchar contra el destino?
dejemos que nos marquen
Los vientos el camino
MANUEL GUTIÉRREZ NÁJERA

AL DÍA SIGUIENTE DE SU ARRIBO, Charles Morris despertó nervioso. Eric le preguntó la razón y Morris le mintió, contestó que, por el asunto de la colonia Santa María la Ribera, quería comenzar lo más pronto posible a seleccionar lotes y adquirirlos. Antes se daría una vuelta por las oficinas del Ayuntamiento para averiguar cuándo se iniciaban las obras de drenaje en la colonia. Si le fuera posible, concertaría una cita con el ministro de Fomento.

Eric mismo estaba alterado. Al despertar creyó que era porque su cuerpo no dejó de zarandearse en toda la noche, sentía aún el meneo del tren. Una miscelánea de sentimientos le formaba un amasijo en el estómago. Su mente intentaba alejar las sensaciones desagradables —sobre todo la cobardía, Eric— y concentrarse en la ciudad de México. Única realidad que le importaba ahora.

Desayunaban en la esquina del Portal de Mercaderes y Plateros, en el Café del Cazador, sitio frecuentado por burócratas, agentes de negocios y escribanos. Morris escogió una mesa contigua a la vidriera donde se podía ver la Plaza de

57

la Constitución. Tomaba café con leche servido hábilmente con dos jarras de plata, conocía bien el procedimiento, fue una costumbre irremplazable que adquirió en Veracruz: desde una altura amplia el mesero vertía un pequeño chorro de café negro muy fuerte, luego llenaba el vaso de vidrio con leche entera al que se le añadían dos terroncitos de azúcar. Eric prefirió probar el chocolate de metate en un tazón grande, le gustó conservar la espuma adherida en los labios y lamerla con disimulo. En medio de la mesa, un panero cubierto con una servilleta bordada quedaba vacío de molletes, tostadas con manteca, roscas, huesos y bizcochos. Morris había sacado de un sobre de piel montones de papeles, los dispersó revolviéndolos con el propósito de discernir una decisión correcta y elegir las posibles tendencias de su jugada especulativa. De querer, lo que se dice querer, él hubiera comprado en el Paseo de la Reforma pues, según datos transmitidos por un empleado del Banco Nacional de México, dieciocho años atrás el metro de terreno se vendía en un peso cincuenta y ahora había aumentado mucho, andaba casi en veinte. De cualquier forma resultaban caros para mister Morris. Así que la otra posibilidad era la Santa María.

—Veamos pros y contras, muchacho. Aunque no es una colonia nueva ha tenido buena aceptación porque se le está metiendo infraestructura moderna; en el 86 la vara cuadrada costaba a razón de doce reales, a once años de distancia el metro cuesta trece pesos y va en aumento; según parece, pronto se cambiará el alumbrado de hidrógeno por el eléctrico, los vecinos han solicitado al gobierno el cambio de los faroles de trementina, que dan una luz muy endeble; además, la colonia se verá beneficiada por el cruce de las vías hacia Tacuba; la población va en aumento, como en toda la ciudad, casi al doble de lo que tenía hace ocho años. Los contras: me preocupa la situación actual de las calles, algunas están adoquinadas y tienen banquetas, pero en general la situación es mala, sobre todo en tiempo de aguas, cuando cuesta trabajo salir puro de las charcas. Por eso quiero averiguar qué pasa con este problema. En resumen, hay más pros que contras, ¿no te parece?

—Sí, mister Morris.

—Quiero saber si ya le han otorgado la concesión del pavimento de asfalto a una empresa suiza, sí es así sería garantía de buena calidad. Mira, muchacho, quizás voy a tardar algunas horas en el Ayuntamiento y tengo después una cita para comer en el café La Gran Sociedad con la señorita Ortiz de Montellano. No sé si recuerdas que conocimos a sus padres en nuestra visita anterior, mi buen amigo don Fernando y su esposa Louise.

—Sí, mister Morris —¿cómo olvidar la cara ridícula del inglés cada una de las veces que se dirigía a él doña Louise Leconte y Ducasse? Una francesa guapa y cálida. ¿De manera que a eso se debía el nerviosismo de la mañana? ¿A doña Luisa?

—María Juana quiere verme. Pobre Marujita, parece que le es urgente comunicarme algo. Su nota era muy extraña —se quedó pensativo por tres, cuatro segundos e inmediatamente agregó en tono juguetón—. Te doy el día libre. Nos vemos por la noche en el hotel. En tanto, ve y cómprate un vestuario más completo, de moda, más de ciudad. ¿Sabes cómo les nombran los mexicanos a los hombres de gran talento?

—No, mister Morris.

—Cabezones; así que, aquí junto está la sombrerería Toussaint, esto es un adelanto a nuestras futuras ganancias: puedes iniciar por la cabeza —al tiempo que le daba varios billetes de diez y veinte, rió con el típico humor británico que Eric bien reconocía.

Eric hizo un fingido mohín. Los empleados de gobierno pagaban la cuenta y se disponían a salir, señal de que las oficinas estaban próximas a abrir sus puertas.

Esperó a que el inglés se alejara por la izquierda del portal de Mercaderes y llegara a la esquina de Tlapaleros. Morris se metió a fisgonear un inmenso almacén que estaban por inaugurar, El Centro Mercantil. Lo perdió de vista y decidió no obedecer la orden de entrar a la Toussaint ni al Sombrero Colorado ni a ninguna de las sombrererías vecinas, ya que primero tendría que comprarse trajes y luego elegir los sombreros apropiados. Así que tomó hacia Empedradillo, el lado opuesto.

Al ver las alacenas de juguetes adheridas a las pilastras de la arquería, no puedes evitarlo, te acuerdas de Pedro. Rechazas, como quien ahuyenta un padecimiento dañino, la última imagen de tu hijo. Solo. Con la manita que quiere decir adiós y no puede. En cambio, persevera en la memoria esa mirada color hiedra que quiere treparse a la tuya, ese lunar en el ojo izquierdo pidiendo clemencia. Tú le diste la espalda.

Eric dio la espalda a los juguetes y caminó entre la gente. Deambuló curioseando anuncios de todo tipo que invadían la ciudad: "Se limpia calzado con prontitú"; un aviso del Teatro Principal, participaba la presentación del "notabilísimo transformista italiano" Leopoldo Frégoli: butaca en primer piso cuarenta centavos. Atravesó la calle que a esas horas de la mañana tenía un agitado movimiento de carretones de basura tirados por mulas; jinetes en sus cuacos vestidos de traje de charro. *El Tiempo,* diario católico, confirmaba hechos que todos sabían de sobra: "El calor es mucho", aunque no pronosticaba lo que la naturaleza haría al día siguiente, receló Eric. Cuantiosos aguadores provistos de botes hacían su recorrido diario. Distraído con tanto deleite, casi topó con una mujer de enagua azul oscuro, rebozo azul cobalto, un chiquihuite en la espalda y su agudo y penetrante pregón: "¡mercaraaán chichicuilotitos, vivsss, a doooos por cinco centavvvs!". El sonido lento de un organillo de manubrio tocaba un vals de Strauss. ¡Ah, la ciudad de México!, tan varia invención.

En el jardín central de la Plaza Mayor la concurrencia paseaba bajo la espesa sombra de fresnos y eucaliptos. Una Catedral majestuosa y un Palacio de Gobierno solemne eran símbolos de los grandes poderes de México. Entre los andadores que rodeaban cuatro fuentes, una banca de hierro lo invitó a sentarse un rato y a examinar el movimiento de la concurrencia fina del Zócalo: pulcros militares, ministros y embajadores entraban al Palacio Nacional; feligreses con libro y rosario ingresaban al arbolado atrio de la Catedral. En ambos grupos, sobre todo, Eric notó que los setenta y cinco años de guerras, invasiones extranjeras, bancarrotas, desórdenes, habían quedado olvidados y miró un camino halagüeño. Se reconoció a gusto con la vida que le esperaba. El ambiente lucía propicio gracias a la estabilización política, la presencia del capital europeo era evidente para el desarrollo económico; extranjeros que, como él, encontraban en México una posibilidad de ser "alguien", cosa que en sus países de origen no tenían por una u otra razón. En su caso esa razón tenía nombre y apellido: Sven Nilssen, su padre. ¡Hacía tanto que no pensaba en él! Se lo imaginó pequeñito en la distancia, lo figuró una cagadita de mosca.

En el centro de la ciudad que te deslumbra, extiendes el pecho, entusiasmado, dispuesto a jugar las batallas necesarias. De las torres de la Catedral suenan resonantes campanadas que se multiplican en eco, seguidas por otras, las que tocan en iglesias y conventos; las palomas se levantan en vuelo y tú lo haces con aliento renovado, con ganas de inaugurar una vida nueva.

De los almacenes de ropa que abundaban en el centro eligió uno, su nombre le pareció oportuno al ánimo que traía: "La Primavera y la Sorpresa Unidas". Frente a los aparadores adornados con gusto delicado, miró las etiquetas que marcaban el precio de los guantes, dos pesos; las corbatas, tres cincuenta; los paraguas, cinco pesos; los trajes, de once a treinta y cinco. Entró. Un empleado se le acercó asegurándole que ahí encontraría:

—...elegancia y cortes irreprochables, garantizados por la numerosa clientela que favorece a la casa.

—Necesito varios ternos según la circunstancia y la hora del día.

—Vamos a ver —el empleado se puso la mano en la barba observando a su cliente, especuló la talla correcta y a continuación empezó a seleccionar diversos conjuntos apilados en extensas mesas de madera.

—Si el señor me permite auxiliarlo y aguarda en el salón probador.

Era la primera vez en su vida que lo atendían como a un caballero. Aceptó, fingiendo indiferencia, que fuera el empleado quien eligiera el vestuario, se notaban sus conocimientos, en cambio él... no tenía idea de qué se usaba a qué hora.

Seguía actuando mientras se ponía y quitaba sacos, chalecos, pantalones, conforme a la experiencia de Justino.

—Si el señor tuviera la bondad de llamarme por mi nombre.

Le llevó las correspondientes camisas de cuello de palomita y corbatas. ¡Eric quería todos los accesorios! Contuvo su entusiasmo, no fuera Justino a creer que...

—Esta Paul Marnat anuda a la perfección —le ayudó a abotonarse los puños duros de la camisa con mancuernillas de concha—. Ayer mismo don Pedro Rincón Gallardo, gobernador de la ciudad, nos hizo la deferencia al comprar unas parecidas, sólo que él eligió de oro. Por acá nos visitan clientes muy finos, sin agraviar al presente, hay ocasiones que vienen juntos banqueros y ministros, uno escucha cosas no publicadas en los diarios.

—¿Y hablan abiertamente, sin precaución?

—Uno ha aprendido a ser de aire, señor. Este conjunto lo hace verse muy apuesto.

Justino marcó el largo del pantalón con alfileres. En la postura física de la imagen del espejo, Eric descubrió cómo se parecía a su padre. Cambió de posición.

—Si el señor desea puede ir a la zapatería en tanto se le arreglan las bastillas.

—No, gracias, prefiero permanecer aquí.

Esperó. Y mientras el sastre cosía sus pantalones estuvo conversando con Justino, o a decir verdad, le hizo un sinfín de preguntas y se enteró de considerables beneficios. Eligió llevarse puesto el traje color almendra, que combinaba con el tono de sus ojos, resplandecientes de satisfacción.

—De verdad es usted todo un caballero, señor Nilssen. En la sombrerería encontrará un Henry Heath, correcto compañero de este conjunto. Le sugiero un Mossan para el negro. Un Stetson le quedará bien con el traje gris oxford. Y, desde luego, necesitará unos guantes Jouvin. Yo personalmente le enviaré mañana sus prendas al hotel Guardiola. Al recibirlas podrá saldar la cuenta. Le aseguro que no se arrepentirá de haber comprado el jacket y el sombrero de copa, prendas que cimientan honorabilidad y prestigio social, le auguro que pronto las va a usar.

Eric se sintió otro, se veía otro. Por fuera y por dentro. Le dio una generosa propina a Justino. Después de todo, le había sido de mucha utilidad.

Ataviado de cabeza a pies, recorrió el camino de vuelta a la Plaza de Armas, sólo que ahora de la mano de un elegante bastón y la seguridad de que, aunque se había acabado sus ahorros en el ajuar, la transformación de su persona era magnífica. Tenía la imperiosa necesidad de comprobar los dichos de Justino, quien, en una cándida actitud, le refirió lo que había escuchado en boca de aquéllos que conocían bien el negocio de bienes raíces. De ser cierto, pensaba al llegar a la estación de tranvías, sería su día de suerte. Poseía una certera intuición de que sí, así sería. Subió a un tranvía tirado por mulitas, el de la línea La Mariscala. Pasó revista al interior del vagón. Una vez que pagaban los seis centavos del transporte, los pasajeros se apiñaban en las bancas de asientos de madera, donde cabían hasta treinta personas; los que quedaban de pie, se sujetaban de las agarraderas de cuero del techo, equilibrándose en las frecuentes detenciones del tranvía a solicitud del pasajero, en cualquier puerta, sin paradas fijas. Mientras el tranvía cruzaba la espalda de la Alameda Central, un viejo parecía meditar apoyado en el puño de su paraguas; una matrona de treinta años iba cubierta con un velo negro, detrás del cual se mordía los labios gruesos y encarnados; opuesto a ellos, un hombre los contemplaba como si fuera un poeta imaginando sus historias. Eric los veía a todos: qué diferentes eran los mexicanos a los suecos, qué nueva energía le esperaba.

Bajó donde terminaba la Avenida Juárez y comenzaba el Paseo de la Reforma, frente a la estatua de Carlos IV, "El Caballito", le decían los capitalinos para restarle importancia al monarca español. Por fortuna encontró una carretela de sitio de bandera colorada, un *trois-quart,* cuya tarifa era de cincuenta centavos la hora. Le pidió al cochero que lo llevara por Bucareli a recorrer las colonias que, según informes de Justino, se unirían en el futuro inmediato, conformando un territorio cercano a un millón doscientas varas cuadradas. En los terrenos revoloteaban las aves, una recua de mulas caminaba lentamente por veredas de terraplén. No olía al estiércol ni a la basura del centro, se sentía la diferencia del aire limpio que Eric respiraba cada vez más orgulloso de su hallazgo. Preguntó al cochero si sabía dónde le podían dar informes sobre los predios en promoción. Al mandato de su dueño, el caballo trotó hasta llegar a un palacete estilo francés que pertenecía a la Chapultepec Land Improvement Company. El gerente de ventas vio llegar a un hombre alto, muy bien vestido, a todas luces extranjero. Lo invitó a pasar a su oficina; inmensos planos de urbanización mostraban el proyecto. Sentado en un cómodo sillón de piel, bebiendo una copa de oporto y fumando un habano, obsequiados por el gerente, Eric se enteró de que en pocos meses se marcaría de manera definitiva el trazo, ya que la oficina en Nueva York autorizara la fisonomía de la colonia. El capitalista contaría con el apoyo franco del Estado que iba a vigilar el cumplimiento de los términos legales, en coordinación con la Dirección de Obras Públicas y la Junta de Saneamiento. Todo estaba reglamentado. Las familias acaudaladas emigrarían poco a poco. Sería la colonia de la élite porfirista. Desdichadamente los lotes contiguos al Paseo de la Reforma los había adquirido el Banco de Londres y México, pero la Chapultepec era dueña de la mayor parte de los terrenos que en los siguientes años se convertiría en un solo fraccionamiento: la Colonia Juárez.

En la misma carretela, de regreso al centro, Eric imaginaba el semblante de sorpresa que pondría Charles Morris con tamañas noticias. ¿Para qué invertir en la Santa María la Ribera, una colonia de clase media, de conservadores, si existiría otra de mayor abolengo? Al pasar frente a la Alameda, vio el Quiosco Morisco, donde se llevaba a cabo el sorteo de la Lotería para la Beneficencia Pública; movió la cabeza en señal de que él ya había sacado el premio mayor, aunque, se dijo, le caería bien tener su propio capital e independizarse del inglés. Por ahora necesitaba salir de un pendiente que lo agobiaba. Pidió al cochero que lo dejara en la Avenida 5 de Mayo, a la puerta de la oficina del telégrafo.

Señor Óscar Nilssen Orsova punto Portal de la Constitución Número Diez Ciudad de Toluca punto Hermano dos puntos Estoy en la ciudad de México Hotel Guardiola punto Gustaríame un encuentro contigo punto Comunícate a la brevedad punto final.

¿Estaría aún Charles Morris con la mujer de varios apellidos? Valdría la pena indagar el comportamiento misterioso del inglés. En compañía de una dama no iba a reprenderlo. Además, a esa hora de la tarde le caería bien una copa de vino. El Café de la Gran Sociedad funcionaba también como hotel. La noche de su inauguración, se encontraba en el piso de la entrada el Escudo Nacional hecho de mosaicos de colores, mismo que el dueño mandó quitar al día siguiente, pues el presidente, don Porfirio Díaz, lo rodeó, torciendo el gesto, para no cometer el desacato de pisar el emblema sagrado. El interior era jactancioso, afrancesado sobre todo, virtud que consistía en elevar el nivel de elegancia en torno a la mesa: vajilla de porcelana, cubiertos, candelabros de plata, encarrujadas servilletas en forma de alcatraz, el menú escrito en francés que los huéspedes nacionales podían descifrar apenas: un *petit marmite* era caldo con verduras y menudencias; el *pot au feu,* un simple cocido; si pedían un gigot de volaille les traían pollo guisado; aunque, eso sí, los platillos se servían con salsa *mornay, béchamel, bearnaise u hollandaise*. Destapar una botella de *champagne* era el estallido de la nueva conquista. En cuanto a la concurrencia, en su mayoría eran hijos de casas grandes, *dandys* y *fifís* con gardenias en el ojal de la levita que "iban a echar tipo" frente a señoritas con sombreros de tricornio, chaqueta de corte recto, faldas plegadas a la cintura, reducida por apretados *corsettes* con los que difícilmente podían respirar o comer, tal vez por eso se expresaban con carcajadas artificiosas y mal actuadas, pensó Eric.

Un capitán de casaca negra y guantes blancos le señaló el camino al gabinete de mister Morris. Al fondo del salón el inglés se encontraba solo, los ojos rojos, despeinado, el cuerpo abatido. Levantó la mirada.

—¡Muchacho! —se sorprendió como si estuviera viendo a un extraño—. Estás irreconocible. Siéntate, ¿ya comiste?

—No, mister Morris —y, dirigiéndose a un mesero de pelo engominado con raya en medio y un delantal blanco que le llegaba a los tobillos, añadió—: Muéstreme la carta menú.

Con perfecta pronunciación, pidió *consommé fontagne, asperges* y *poisson sauce normande;* de beber, una botella de *Sauterne*. Charles Morris esbozó una leve sonrisa de agrado, y volvió a su abatimiento anterior.

—¿Qué le sucede, señor? ¿Dónde está la señorita Ortiz de Montellano? —preguntó Eric, en verdad preocupado por el mal aspecto de su mentor.

Pareció que no lo había escuchado, Charles clavó la mirada en el mantel, jugaba con la cuchara removiendo un café imaginario, consumido hacía una hora. Eric esperaba con paciencia a que hablara, sabía que lo haría cuando su ánimo se lo permitiera, así que le pidió al mesero que sirviera vino en las dos copas y empezó a tomar el caldo. Después de un largo suspiro, Charles Morris le confió su historia.

Hace muchos años viajaba en barco rumbo a México. Había alrededor de seiscientos pasajeros en el "Aurora". La mayoría, al igual que él, viajaba en segunda clase, apretados e incómodos. Había suizos, franceses, ingleses, algunos españoles. Durante el día perdía el tiempo en cubierta, leyendo o estudiando el idioma español. Charles conjugaba el presente del verbo llegar. Lo hacía en voz alta: yo llego, tú llegues... "Tú llegas", oyó que lo corregía una voz. Así conoció a Fernando Ortiz, un asturiano de su edad; iba a trabajar con un tío que se hizo rico en poco tiempo. En unos días se volvieron amigos inseparables. Durante la travesía hubo una tormenta que fue creciendo poco a poco hasta convertirse en miedo, las olas eran del tamaño de las montañas, los pasajeros de segunda estaban atemorizados, se ahogarían si alguien no les ayudaba, pidieron clemencia y se les permitió subir al salón de primera mientras amainaba la tempestad. Empapados, calados hasta el tuétano, Charles y Fernando se sentaron frente a la chimenea. Una señorita se les acercó ofreciéndoles café caliente. Louise Leconte y Ducasse. Venía con sus padres, soberbios, altaneros, codiciosos. Louise parecía diferente a ellos: cálida, sobre todo cálida.

Charles y Fernando se enamoraron de ella (frente a la chimenea era llama danzante), con amplia ventaja para Fernando que se atrevió a expresarlo primero. Fue la primera vez que Charles supo lo que era estar enamorado. Y la única. Lo escondió hasta para él mismo (¿cómo explicar lo inexplicable? ¿Cómo revelar el miedo a ser rechazado? ¿Cómo decir la rabia sentida al verlos besarse en proa mientras las nubes agotaban su llanto?). Al llegar a México se quedó en Veracruz. Ellos siguieron hasta la capital. Mantuvieron contacto a través de cariñosas cartas firmadas a veces por Fernando, a veces por Louise. Supo que iban a contraer matrimonio (arrugué la carta hasta hacerla un amasijo empapado de sudor). Asistió a la boda con tal de verla vestida de blanco marchando hacia el altar al compás de Mendelssohn. Conservaron una bella amistad (preferible a nada). Se reunían al menos tres veces al año; en semana santa, en navidad y en el cumpleaños de Louise. Fernando hizo mucho dinero en el pueblo de San Ángel, tenía huertas, criadero de marranos, una fábrica de velas y otras inversiones. En realidad fue él quien aportó el capital económico de la familia, los padres de Louise no eran adinerados, pero sí snobs, así aceptaron a Fernando con tal de que le añadiera a su apellido Ortiz un "de Montellano", eliminando el simple Montes. Charles fue padrino de su única hija, María Juana, y aunque la veía poco la apreciaba. La muchacha tenía su genio, educada por su abuela francesa se volvió rebelde y caprichosa; quizás quería llamar la atención de sus padres porque éstos se amaban tanto que excluían de su entorno a cualquiera. En una ocasión Louise habló a solas con Charles, le confesó que la mortificaba su hija. No sé qué sería de ella si se quedara sola, despilfarrará en caprichos lo que Fernando ha construido con tanto esfuerzo, es una calamidad. Charles terminó el relato con voz apenas audible:

—Y ahora ambos están muertos —al oír el tono de mister Morris, Eric apartó lo que quedaba de postre en el plato. Nunca imaginó su vida personal, ni siquiera creyó que podría tener una vida íntima y, menos aún, secreta.

María Juana le acababa de relatar cómo murieron. A Fernando lo mordió un marrano contagiado de rabia. Por azares del destino la vacuna escaseaba y no pudieron inyectársela a tiempo. La agonía fue espantosa: Fernando tuvo dificultades respiratorias, espasmos musculares, y, lo más terrible, un miedo irracional al agua. Tenía sed y no podía tragar, porque si lo hacía creía que lo estrangulaban. Murió en una incontrolable convulsión. Después de una prudente espera, Eric preguntó:

—¿Y la señora Louise?

—Mi adorada Louise se suicidó esa misma noche. No quise saber cómo. ¿Para qué? Me basta comprender el amor que le tuvo a Fernando.

Guardaron silencio hasta que el capitán llegó a ofrecerles un coñac. El inglés cambió de postura, contestó que sí, dos Martell. Charles le pidió a Eric que lo acompañara al día siguiente a la Quinta de San Ángel, necesitaba que lo ayudara a estudiar la situación económica de las propiedades, se leería el testamento y el notario necesitaba que Morris estuviera presente.

—Te lo agradecería, muchacho... Eric —corrigió.

En el camino de regreso al hotel, la luna había llegado al cuarto creciente y parecía tajada de melón. Un sereno los saludó con una leve inclinación de cabeza.

—Las nueeeve y en caaaalma —avisaba moviendo su farol.

CAPÍTULO 6

Le jour de gloire est arrivé
Frase de *La Marsellesa,* himno nacional francés

El vehículo de la señorita Ortiz de Montellano recogería a mister Morris y al joven Nilssen en el Hotel Guardiola. Ambos aguardaban en el salón fumador, vestidos de negro. Morris se sentía visiblemente intranquilo. Pidió a Eric que saliera a esperar en la banqueta.

La procesión de carruajes en la calle de Plateros era mayúscula, hacía insoportable el tránsito de coches. Enfrente se encontraba la casa de azulejos del Jockey Club y un desfile aristocrático de caballeros acudía a esa hora, a jugar ajedrez o practicar esgrima. Eric los observaba. Se juró que pronto sería socio del club. La fila de coches de ida y vuelta incluía a las berlinas de las señoras que llegaban hasta la puerta del templo de San Francisco para visitar al Santísimo. Los "lagartijos", que no conocían más ocupación que la de acicalarse, perfumarse y andar vagando el día entero, hacían tertulia en las esquinas. La marea humana obstaculizaba el flujo de la calle, provocando desconcierto entre los lacayos, quienes, vestidos con calurosas libreas, tenían que atender a sus amos en un lento bajar y saludar o despedirse y subir a los vehículos. Con cochero y criado en el pescante, el carruaje de lujo de los Ortiz de Montellano no fue la excepción del bloqueo al tránsito.

71

—Tardaremos alrededor de una hora y media en llegar a San Ángel, mister Morris —previno Benigno, el viejo y rechoncho criado que se limpiaba el sudor de la cara con un paliacate—; tendremos que parar un momentito en el pueblo y recoger unos encargos de la niña antes de llegar a El Retiro.

Por fin en el carruaje, Eric le narró a Morris la aventura del día anterior. Mientras platicaba, imaginó la escenografía de la futura colonia Juárez: calles de veinte metros de ancho trazadas en escuadra a partir del Paseo de la Reforma; plazas con fuentes, glorietas, banquetas, pavimento y terraplenes de impecable limpieza; los postes de diseño berlinés del alumbrado eléctrico. El corte en chaflán en las esquinas le parecía una idea magnífica, además de que facilitaría el tránsito, haría que la colonia se viera elegante. Vislumbró los diferentes tipos de casas de influencia europea que se podrían edificar. El más genuino eclecticismo arquitectónico europeo flecharía a los mexicanos ricos.

Te figuras propietario de alguna de estas casas, fantaseas paseando en frac negro y sombrero de copa, haciendo molinetes con el bastón, saludando a tus vecinos, lo mejor del chic mexicano. No cabes en ti de júbilo.

—Yo opino que deberíamos elegir terrenos entre el Paseo de la Reforma y la Calzada de Chapultepec. Las calles tendrán nombres de ciudades europeas: Berlín, Versalles, Londres, Liverpool. Y, ¿sabe usted? se considera que en el primer año del siglo veinte habrá cincuenta casas construidas. ¿Qué le parece, mister Morris?

—Charles, llámame Charles, hijo —puso su mano sobre el hombro de Eric—. Y, respondiendo a tu pregunta: me parece que vamos a vender la fábrica de Veracruz, nos mudaremos definitivamente a la Ciudad de los Palacios. Sólo necesitamos tiempo y suerte.

El trote del carruaje se volvió fatigoso al llegar a la entrada de la municipalidad de San Ángel. Asomados en sus respectivas ventanillas, la mirada de los ocupantes se entretuvo en el laberinto de vergeles, el verde de las milpas y el oro de los trigales, arroyos que atravesaban en todas direcciones, el cielo zafiro. Los indios vivían en jacalitos, entre flores. El coche rodó lento por el empedrado. Era aquél un sitio tranquilo, callado, de dulce temperatura, con callejones estrechos cercados por bardas de piedra y muros de adobe, donde las mimosas y las campánulas se enredaban, trepaban, se unían en maridaje con arbustos de bugambilias. Portones con aldabas y ventanas de ojos cerrados por los oscuros de madera, delimitaban la calle. Los balcones eran testigos de versos improvisados y serenatas nocturnas; la mayoría de las casas eran ocupadas por sus dueños sólo cuando se trasladaban al campo. Con absoluta codicia deseas una, Eric, habitarla en temporada de verano, invitar gente, lucir tu espléndido físico y...

Había que pasar por los encargos de la niña María Juana. En cuanto los caballos detuvieron su marcha en la plaza grande donde se hacía el mercado, los vendedores concurrieron al carruaje. Gente color bronce llenaba el ambiente de boruca. Los barrenderos levantaban nubes de polvo y lo transportaban de un lugar a otro. El criado bajó del pescante y rechazó a un indio que insistía en comerciar milcui. Eric se asombró de tantas novedades, ignoraba que se mercaran ranas, se entularan sillas o se comprara ropa usada. Acompañó al criado entre los puestos de hortalizas, verduras, hierbas. El olor era delicioso. Sentado sobre un petate, un chiquillo le ofreció cacahuate tostado. Prebe. Eric mordió, retuvo y se deleitó con aquel sabor intenso.

Primer encargo: los buñuelos. Vecina de la tamalera y la quesera, afanada en estirar en las rodillas una masa de harina, la buñolera formaba un disco delgado, lo echaba a freír, le daba la vuelta en la manteca requemada. El criado le pidió dos docenas de buñuelos que ella sacó de una canasta, puso en un plato de barro, envolvió con papel estraza y entregó junto con un tarro de miel diáfana. Segundo encargo: en una esquina del mercado, un hombre, con el cual parecía que acababan de barrer el piso, tenía huellas de tinta en cara y manos, guardaba su mercancía en un cajón rebosante de tinteros, puntas de plata, plumas de aves con las que se escriben letras mayúsculas, manguillos de madera, de metales, de diferentes largos. Benigno pidió tinta de huisache. Roja. El hombre se la entregó en un pocillo de loza poblana. Tercer encargo: en el puesto de vísceras se exponían con desenfado colorados hígados, ubres, panza, riñones, carnosos sesos. El criado pidió moronga.

—¿Qué es moronga? —inquirió Eric alzando una ceja.

—Es una morcilla hecha con sangre de puerco. Se come frita en taco. Sabe muy sabrosa. En El Retiro se prepara pero la niña prefiere la de este puesto. Le gusta así nomás, sin tortilla —Benigno recibió el paquete.

—Oiga, Benigno, ¿por qué no viene con nosotros en el coche y me cuenta más de los gustos culinarios de la señorita?

El carruaje reanudó su paso por una calle amplia, flanqueada por sombras de álamos y fresnos; sólo se escuchaba el ruido de los cascos de los caballos y el sonido de aquella brisa que vagaba entre las hojas de los árboles. Charles aprovechó la presencia del criado para informarse de hechos que no había preguntado a María Juana. ¿Cómo fue el sepelio, los enterraron juntos, dónde?

—Parecía que el cuerpo de mi señora Luisita tomara el mando al ver que La Parca le había robado a don Fernando. Fue como si hubiera abandonado su capacidad de seguir con vida. Agarró la escopeta, con ésa mató al marrano, se la puso en el corazón y en lueguito se disparó.

Horror. Abatimiento. Desolación. Charles Morris transpiraba. Eric levantó la mano y la acercó al hombro del inglés, debía consolarlo. No lo hizo.

Benigno y Seferina, su mujer, embalsamaron los cuerpos y los acomodaron en la alcoba principal. Creyeron piadoso velarlos en el lugar que a ellos les hubiera gustado. Como a don Fernando y a doña Luisita les llovían empeños de padrinos de bautismos y casamientos, por parte de los trabajadores de la casa y los principales de las fábricas, muchos asistieron al funeral. Pusieron flores. Encendieron un montón de veladoras en torno al baldaquín de la cama. Con tanta luz los difuntos sabrían qué rumbo tomar, podrían presentarse al sitio de su destino. Los sepultaron debajo de aquel nogal grande, el que estaba en la barranca y tenía grabados sus nombres dentro de un círculo. Aunque la niña María Juana parpadeaba, le temblaban los labios y no aflojó el gesto, enterró a sus padres sin soltar una sola lágrima.

—Tan entera y tan macha, asegún notaron muchos. Todavía su gesto no se me borra de la memoria.

De frente, abierta, espaciosa, la boca de entrada a la Quinta El Retiro. El terreno de la finca superó lo que Eric sospechaba: hermosos jardines con rosas, manto de virgen, hortensias, gladiolos, amapolas; huertas de árboles frutales dondequiera: tejocotes, capulines, membrillos, ciruelos, zapotes. En contraste, el interior del *chalet* descubría un rostro lúgubre. A dos meses de muertos Louise y Fernando, su hija había hecho modificaciones notables para Charles; recordaba un cuadro al óleo, colocado encima de la chimenea del *hall* principal; el pintor retrató a sus amigos, tomados de las manos. Ahora tan sólo se veía la mancha del marco, ennegrecida.

Varias salas estaban cerradas, con llave, confirmó Eric al dar vuelta a las perillas. En aquella donde fueron llevados por Benigno, los muebles parecían ánimas en pena. El sol no entraba a la habitación, lo ocultaban cortinas de piso a techo, insuficiente luz provenía de quinqués con velas a medio consumir. Había un cuadro, uno solo, a tinta roja, la figura de una niña en un jardín de flores muertas.

Los huéspedes acentuaron su asombro con el ruido de objetos que caían en la parte superior de la casa, gritos atropellados y carreras de pies que retumbaban en el techo, blasfemias, embrollo. Eric tuvo la instintiva necesidad de subir las escaleras y ayudar —quién sabe a quién, quién sabe a qué demonio que chillaba en el segundo piso—, Charles le jaló el saco, le gritó que no lo hiciera.

—No subas, no, no, déjala.

De pronto, nada. Les pareció prudente salir a la terraza. Eric no se atrevió a preguntar y Charles no se arriesgó a dar explicaciones. La vista los ayudó a mantener el silencio: las bóvedas del Convento del Carmen discrepaban con el edificio de la fábrica de papel que remedaba un castillo feudal.

Llegó Seferina, la custodia de las cargas de dinamita que se almacenaban en la hondura de los secretos y las conciencias de El Retiro. La cabeza erguida, la frente alta, el cabello trenzado, las canas apenas perceptibles, con sus eternos chiqueadores para combatir el dolor; vestida con falda de manta, blusa holgada y chal de lana. Saludó al inglés en tono afectuoso.

—Señor Moris. Ya me avisó mi viejo que llegaron. Sea bienvenido. Asté también, joven.

—Seferina. Por usted no pasan los años.

—No, señor, se me quedan ancina nomás y atropellan mi probe alma cansada.

—¿Qué sucede? ¿Otra manía de mi ahijada?

—Ni menee el agua. Anda como alma que se la lleva el diablo, apenas Dios amanece y mi niña quiere regresarse al tal París. Mucha ruina le hizo su abuela francesa al chiquiarla tanto y sus padres en ignorarla. En mal'ora se la llevó l'abuela a tanto viaje. Nomás piensa en vivir por allá.

—Ya, mujer, se le pasará al rato, así es ella.

—Vaya asté a'crer. Mejor pásenle a la oficina de mi amo don Fernando, don Nachito no tarda en llegar. Les tengo preparada una jarra de agua de chía y un tentempié pa' que aguante l'hambre.

En efecto llegó el notario, un hombre de metro y medio, con un redondel calvo y arrugado, los espejuelos rayados. En una proverbial torpeza de manos depositó de golpe el grueso libro de testamentos encima del escritorio, resopló, inclinó la cabeza en un seco saludo y se aposentó en la butaca sin decir palabra. Charles Morris y Eric Nilssen tomaron asiento en el sofá de enfrente, Benigno y Seferina quedaron de pie junto a ellos. Una mosca zumbaba contra la ventana tratando en vano de salir. Se escucharon pasos en las escaleras y Charles anunció lo que todos esperaban:

—Hela aquí.

La viste, Eric, detenidamente viste a María Juana: vestida con una túnica de bordados y encajes, se presentaba sin ataduras, liberada de corsés y modas fastidiosas. Era una con su cuerpo ligeramente delgado. Alta. La cabellera rojiza —larga, rizada, suelta— te produjo una seña de admiración, que reprimiste. El color de su piel ponía acento en su pálida blancura; sus inmensos iris azul claro, extremadamente claro, se confundían con la córnea y hacían que sus ojos, muy separados uno de otro, se vieran azules, azules, igual que los cielos, o igual que algunos ciegos a los que se les llena de azul la mirada y parece que miran, aunque estén ciegos. Dos perras negras de raza gran danés y tamaño excepcional, pasaron detrás de ella. Levantó la barbilla y repasó que todo estuviera en orden. No te vio o, si lo hizo, fingió muy bien no verte. En un súbito cambio de actitud se lanzó a los brazos extendidos del inglés.

—Padrino, necesito que acabemos con esto lo antes posible.

—Sí, Marujita, hagámoslo. Mira, él es Eric Nilssen, de quien te hablé ayer, mi administrador.

María Juana notó que las perras se dejaban acariciar por el desconocido. En un visible enojo las llamó a su lado, golpeando con la mano su muslo.

—Mesalina, Salomé, acá, chiquitas —lejos de obedecer, las perras se ovillaron a los pies de Eric.

—*¡Diable!* No lo puedo creer... —hizo mueca de niña insolente y añadió—: Don Ignacio, comience usted a leer la voluntad de mi padre.

Con los nervios como cuerda de piano viejo, el notario tragó gordo y comenzó a leer nombres, fechas, generalidades. Hasta que llegó a:

"Tercera. Que el matrimonio procreó una hija única, de nombre María Juana Ortiz de Montellano Leconte y Ducasse, que a la fecha cuenta con dieciséis años.

Cuarta. En la actualidad, forman el cuerpo de sus bienes: una quinta llamada El Retiro, con terrenos de huertas de árboles frutales que se le han anexado; una propiedad llamada La Providencia, criadora de ganado porcino y ovino; acciones al portador de la fábrica de velas de estearina, parafina y sebo, llamada La Santa Perpetua, cuyo número no se expresa por ser variable, pues se venden y compran según las conveniencias mercantiles; la totalidad de acciones de La Claridad, fábrica de cerillas fosfóricas y sus accesorios de cajas de cartón, ubicada en el pueblo de Chimalistac."

Volviste a reprimir, esta vez un silbido, Eric.

"Quinta. Nombra por albacea al Señor Charles Morris, con las facultades que expresa el artículo novecientos noventa y cuatro, del Código Civil del Estado Mexicano. Sexta. Declara que es su voluntad designar a su cónyuge heredera universal, siendo ella la única que decida cómo emplear el usufructo económico, aconsejada, si así lo requiriera, por un administrador que ella nombrara. Séptima. En caso de que a la lectura de éste su esposa hubiera fallecido, la herencia se le entregará a la señorita su hija, bajo las siguientes condiciones irrefutables"

El notario tomó vuelo y leyó con rapidez:

"Una. Declara que la totalidad de la herencia se le aplicará a la señorita hasta que tenga un hijo legítimo producto de un matrimonio constituido bajo la ley civil mexicana. Remarca el testador que no se le otorgará herencia alguna si contrajera matrimonio en el extranjero. Dos. Que si la señorita promoviere algún litigio, pleito u oposición judicial, por sí o por interpósita persona, quedará privada por ese solo hecho de la herencia paterna y ésta pasará al orfanato de..."

—¡Que qué!, a ver, recítemela más despacito, don Ignacio, ¿cómo que me condiciona el viejo?, ¿esto lo decidió hace dos tiznados años y nadie me advirtió? ¿Mi madre sabía y no dijo ni mú? ¡Claro, qué iba a decir ella! Me urge largarme a París, Padrino, tú sí me entiendes, ayúdame — y, pegando con el canto de la mano la jarra de agua, saltaron los hielos, la chía, una hebra de sangre y un gritó: — ¡dónde *merde* voy a conseguir un esposo y un hijo! ¡*Merde!*

El notario se quitó las gafas y las limpió con brusquedad, Charles se mantuvo sentado sin saber qué decir ni qué hacer, Benigno abrazaba a su mujer y Seferina se tapó la cara con el chal, Mesalina y Salomé ladraban fortísimo, María Juana se chupaba la sangre con la lengua. Eric se acercó a ella, le dio su pañuelo y dijo:

—María Juana, me pongo a sus órdenes.

—¿Cómo que te pones a mis órdenes? ¿Qué quieres decir? —preguntó ella después de una breve pausa, para estar segura de lo que significaba el ofrecimiento.

—Que yo me caso con usted.

Entonces el notario bufó, Benigno cerró los ojos, Seferina los abrió grandes, Mesalina y Salomé dejaron de ladrar. Charles se tomó la cabeza con las manos.

—¡Cielos, Nilssen!, es prodigioso lo que escuchan mis oídos —expresó ella embarrando las palabras, retando a Eric a sostenerle la mirada.

Y se la sostuviste, Eric, con un desafío de competencia, con ganas de jugar el juego que te ponía la vida en bandeja de plata, con un apetito voraz. María Juana sonrío por dentro al atrevimiento del recién llegado, se aguantó bien el expresarlo. Dio órdenes:

—Don Ignacio, encárguese usted del papeleo. Benigno, llévate afuera a las malditas perras. Padrino, si me permites voy a mi habitación y después te alcanzo en el comedor. Nana, que le sirvan la comida a mi padrino, a mí súbeme un plato de moronga y dos buñuelos.

Cuando desapareció por las escaleras, todos se acercaron a Eric al mismo tiempo:

—Necesitaré los generales del señor Nilssen —previno el notario.

—Voy a preparar una infusión de ruibarbo que apacigüe la impresión —puntualizó Seferina con el entendimiento entre nieblas.

—Se metió usted en camisa de once varas —aseguró Benigno.

Sólo Charles Morris no supo qué decir.

En el piso superior se comenzó a escuchar música procedente de un fonógrafo; una risa larga de María Juana se convirtió en una carcajada dirigida a sus padres, a quienes imaginó retorciéndose entre llamas. *Touché mon père, touchée, ma mère, allez vous a la merde.*

Por fortuna, pensó Eric, a los invitados ni les sirvieron moronga ni los llevaron al oscuro comedor. En un pequeño salón de té alejado de la cocina, comieron gazpacho —degustaste el sabor del pepino, el pimiento y la cebolla—, lechón al horno —que se deglutía bien con el acompañante tinto del Rioja color picota y de olor intenso—, legumbres aderezadas con el mejor aceite de oliva; y una crema catalana, exquisita. ¡Ah, la comida española! Mientras comían, Charles habló cuidando que nadie lo oyera.

—No dejas de sorprenderme, Eric. ¿Sabes en lo que te estás metiendo? No lo harás por mí, ¿verdad?

—Páseme la botella de vino por favor, Charles —era la primera vez que lo llamaba por su nombre y aunque el propio inglés se lo había pedido, le sorprendió el tono de confianza con que lo hizo. La última pregunta parecía estúpida, por supuesto que no lo hacía por él. Le acercó el tinto.

—¿De verdad te vas a atrever?

Eric puso las cartas sobre la mesa.

—No voy a mentirle, Charles, a mí me interesa el negocio de bienes raíces en la capital, siendo marido de María Juana podré hacerlo. Por otro lado, la más beneficiada será ella. Es a quien más le urge "largarse a París" según sus palabras. Una vez casados, se le puede depositar en una cuenta bancaria la cantidad que requieran sus exigencias en el extranjero.

—¿Y eres capaz de sostener este tipo de arreglo?

—¿Por qué no? Nos conviene a todos. Tal vez usted no tenga que vender la fábrica de hielo.

Al oír esto, el inglés se quedó pensativo. Trajo a su mente esa escena a solas con Louise, escena que no confió completa a Eric. Louise lo había sorprendido al tomarle la mano y él tuvo que cruzar las piernas de prisa. Fue cierto que ella dijo; no sé qué sería de María Juana si se quedara sola, despilfarrará en caprichos lo que Fernando ha construido con tanto esfuerzo, es una calamidad. Pero también añadió: si hubiera sido tu hija, Carlitos, tú habrías sabido mimarla. Desde entonces, a Charles se le metió la idea de que Marujita era como su hija. Y de Louise. En una avalancha de pensamientos se dijo: estaré al pendiente de lo que suceda, iré cuanto antes a Veracruz a dejar un encargado en la fábrica, regresaré antes de la boda, apretaré los tiempos, Eric no debe desdecirse, sería fatal, si el muchacho está dispuesto salvaremos la situación. Y en voz alta:

—Bien, Eric, no se te olvide: yo soy el albacea.

Sí, recordó Eric sin aclararle: sólo mientras yo me despose con la heredera y le dé un hijo.

María Juana llegó delante de un criado que traía la charola con copas y brandy. Como si hubiera escuchado los pensamientos de su padrino, propuso que Eric debía quedarse de una buena vez en El Retiro, para estudiar los libros de contabilidad y "conocer al dedillo mis negocios". Enfatizó el "mis".

—Las facturas y demás documentos están en el apartamento que usaba mi padre de despacho, al fondo del jardín. Allá encontrarás lo necesario, Nilssen. Desde libros de contabilidad, hasta baño y cama.

—Pues si todos estamos de acuerdo me voy a Veracruz y regreso en tres semanas, un mes cuando mucho. ¿Te parece, hija?

—Sí, Padrino.

Antes de partir, Eric le pidió a Charles Morris que mandara el baúl con sus pertenencias y un telegrama que le habría llegado al hotel.

Se quedaron solos. En son de burla, echando la melena hacia atrás, María Juana interpeló:

—Así que, ¿estás dispuesto a todo, Nilssen?

—¿A todo? No. Pongamos reglas.

CAPÍTULO 7

Naranja dulce
limón partido
Dame un abrazo
que yo te pido
Ronda infantil de autor desconocido

Lo primero era adentrarse en los negocios. Eric estuvo varios días encerrado en el apartamento del jardín. Revisaba. Estudiaba. Aprendió, deslumbrado, nuevas prácticas de administración; en la minuciosa cuenta de sus libros especiales, el difunto Fernando Ortiz resultó un maestro. Mucho más inteligente que Charles Morris. Y más sensible. Con razón Louise lo había preferido. Don Fernando tenía una libreta de apuntes donde glosaba datos reales y especulaciones personales sacados, tal vez, de lecturas de estudios económicos y políticos: "El país es hijo de un proyecto liberal, republicano, abierto al progreso. Hoy está contrahecho. La democracia tiene cara de dictadura; su sociedad es supersticiosa, obediente a una ley divina dictaminada por los intereses de la iglesia de Roma." En otra escribió: "La inversión extranjera en 1884 era de 110 millones de pesos; se presume que en 1910 suba a más de 3,000 millones."

En "el bungalito", así lo llamaba Eric, un orden armónico se sentía a la vista. Desde un estante de caoba, algunas fotografías le presentaron a Louise, espigada, bellísima: de puntas queriendo alcanzar un nido de golondrina abandonado en el hueco de un tronco; encima de un burro riendo a carcajadas; en una barca de remos durmiendo la siesta con aire de Helena de Troya; disfrazada de arlequín; tan fresca, tan viva.

El escritorio estaba dispuesto para ser utilizado en cualquier momento: el nuevo habitante colocó un tintero de plomo; al lado puso el étui de plumas tajadas de distintos gruesos; en el otro extremo el cortaplumas, las barrillas de lacre con su respectiva caja de cerillas y una botellita con polvos de goma. En un estuche de latón, dos rectángulos negros de macizo regaliz quedaron sin ser comidos por los dueños originales. El baño era amplio, había lavamanos, inodoro con tapa de madera y larga cadena, el lavatorio para abluciones urgentes. Un baño muy iluminado, inclusive de noche, porque la parte del techo en pendiente tenía vidrio. Así lo diseñó Fernando Ortiz. Eric se bañaba de noche, se recostaba en la tina, dejaba que la luna se le acomodara en el pecho.

Acompañada por dos macetones de cerámica, rebosantes alguna vez de flores blancas, una cama abarcaba el espacio cercano a la ventana. El matrimonio Ortiz la habría destinado a aquellos momentos en que Louise llegaba a sus juegos: citas amorosas, supuestamente clandestinas y reservadas. Actitud muy original sin duda, pues a la mayoría de las mujeres casadas les horrorizaba que sus maridos se treparan en ellas, así que optaban por no reclamar que ellos satisficieran su necesidad de hombre en otras camas. Costumbre de la época.

María Juana había espiado a sus padres detrás de la gasa transparente de la cortina. Después, se metía vestida en el estanque de los patos.

Un agradable olor resaltaba de cualquier otra percepción de los sentidos. Eric no adivinaba a qué olía. ¿A qué? En cuanto al sonido que llegaba hasta esa parte del jardín, lo más cercano era el piar de pájaros, incrementado a la hora en que éstos despertaban o se iban a dormir, provocando una algarabía escandalosa. En ocasiones, Eric escuchaba el fonógrafo y suponía a través de la música el ánimo de María Juana: si ponía una tonadita hispana y comenzaba a cantar: ...*a mí me picó un mosquito... muy chiquitito, muy querendón...* conjeturaba que estaba de buen humor; pero ¡ay!, si el Dies Irae de Verdi y sus cuatro voces de coros, sus clarines—trompetas—cornos—tamboras hacían sonar el lamento de la tierra que ardía en cenizas, si se conjuraban las palabras de David y la Sibila, ¡ay!, si una y otra vez, proclamaban el día de ira, el día de lamento, *Dies irae, Dies illa,* ¡ay!, Eric cerraba la puerta y se persignaba cien veces, remedando a las beatas que se escandalizaban en Alvarado con las majaderías de los pelados; luego, retozón, se compadecía de la servidumbre y los objetos rompibles que se hallaban al alcance de la niña.

En ocasiones se oía salir el carruaje de El Retiro. Silencio.

Los negocios de Fernando Ortiz marchaban como un reloj preciso al que sólo había que darle cuerda. Era viable mantenerlo puntual. Fue tanto el deslumbramiento encontrado en los libros, en los apuntes, en las bitácoras, que no Eric salía del encierro ni a comer. Seferina llevaba los tres alimentos, una botella de tinto al día y un coñac con la cena. Una tarde lo observó sumergido en la asimilación de los detalles, anotando en cuadernos, comía extendiendo la mano al plato sin percatarse de lo que metía a su boca. Una barba y un bigote ralos ocuparon su rostro.

—Joven, ¿no se cansa asté nunca?

—¿Cansarme? No, doña Sefe, esto me alimenta, me apasiona. ¿Qué día es hoy?

—Ya ve, ni siquiera sabe en cuándo vive. Ya es miércoles.

—Mañana tendré que bajar a la ciudad. Dígale a Benigno que prepare el coche.

—Debo avisar primero a mi niña. Ella es la que manda.

—Le aseguro que ella dirá que puedo salir —afirmó Eric. Al ver la cara de incredulidad de la mujer, añadió con un guiño juguetón—. Es una de las reglas: libertad mutua para salir de El Retiro sin cuestionar.

—Ah, así pos sí.

—Va a decir usted que soy un pedigüeño: ¿puede conseguirme un barbero?

—Mire nomás, está de suerte, resulta que el cochero es también barbero. Y yo, ¿tampoco puedo preguntar a dónde va?

—A encontrarme donde me quedé.

—Pos asté sabrá. ¿Se lo mando mañana o diun vez?

—¿Qué?

—Al barbero.

—Mañana a las ocho al barbero. Y a las diez al cochero.

Por la noche el calor era intolerable. Eric se quedó nada más con los calzoncillos puestos y aun así no podía dormir. Abrió la puerta y entró la brisa fresca de media noche. La dejó abierta. Lo volvió a despertar un cosquilleo, humedad en la cara. Reaccionó incorporando medio cuerpo, se sentó de golpe en la cama ¿Quién anda aquí? Mesalina contestó dándole otro lamido ¿Qué diablos haces? Fuera, vete, fuera. Echada en el piso exterior, Salomé aguardaba. Él se paró en la puerta y, con el brazo erguido, repitió: ¡fuera! ¡Fuera las dos!

A lo lejos, en la ventana del segundo piso del *chalet*, un soplido apagó una vela.

El barbero llegó retrasado y locuaz, con tijeras, navaja y delantal blanco. Pidió disculpa diez veces y que Eric se sentara en la silla alta. Sucedió que tuvo que auxiliar a los muchachos de una de las fábricas ya que necesitaban terminar un pedido de velas de sebo y se les acabó el material, entonces alguien debía ir donde los cerdos, y quién más que yo que sirvo de comodín, para averiguar si tenían grasa de los animales sacrificados en el rastro; sí había, gracias a San Francisco de Asís. Al retornar a la fábrica lo llamaron porque necesitaban que apoyara en lo de la inmersión de las mechas en la grasa fundida, urgía, repitió, entregar las velas. Eric se asombró de la actitud del barbero, en la fábrica de hielo de Veracruz era inconcebible que algún trabajador se prestara a un servicio extra. Con excepción de él, que de cargador llegó a administrador, nadie más se acomedía a nada. Le intrigó saber hasta dónde llegaban los conocimientos y habilidades de este hombre ingenioso, cochero, barbero, comodín y sólo Dios sabe qué más.

—¿Tú conoces cómo es el proceso de fabricación de cerillas, Jesús?

—Mire, déjeme y le explico —respondió dando a la cara soberana jabonada que apenas dejaba libres ojos y orejas—; en tiempos del viejo Ortiz, tío de don Fernando, las primeras cerillas que se fabricaron fueron de azufre. Don Fernando, que en paz descanse, quería unos fósforos de mayor seguridad, de forma que la cabeza sólo prendiera al rasparla contra esa tirita que viene en la caja y que contiene vidrio en polvo, fósforo colorado y cola; así que, al frotar la cerilla, el calor vuelve el fósforo rojo en blanco que arde y prende la cabeza... —siguió hablando atento a la raspa del acerado filo de la navaja.

Eric cuestionaba qué tan bueno sería dejar que los obreros se implicaran en el negocio al grado de sentirlo suyo, porque era obvio que si el comodín sabía lo que sabía, con mayor razón los superintendentes estarían involucrados. Según los libros de contabilidad, Fernando Ortiz le daba bonos a los trabajadores, aguinaldo y vacaciones una semana al año. Él ignoraba que un patrón pudiera ceder ese tipo de beneficios. Charles Morris jamás lo hacía. Pensó que era urgente reunir a los obreros, conocerlos y que lo conocieran.

El barbero terminó de arreglarlo. El cochero llegaría puntual a las diez, juró. Confiaba que así fuera pues quería pasar a la Chapultepec Land Improvement Company y puntualizar el apartado de lotes. Después se reuniría con Óscar. Se miró una vez más en el espejo, regalo de Sanda Orsova. ¿Seguiría idéntico a su gemelo? El telegrama que Óscar respondió, especificaba: Reunámonos jueves semana entrante punto De una a cuatro punto Salón de Peter Gay punto final.

Eric lo leyó en diferentes momentos y no encontró en él una clave que lo ayudara a predecir el ánimo de su hermano. Óscar le había escrito a Veracruz varias postales: al dorso vistas de Toluca y sus alrededores; en el revés la letra redonda que bien conocía. Él nunca respondió. Por las tarjetas supo que se había casado y era el más feliz de los mortales. En el trabajo le iba estupendamente bien y hasta había adquirido acciones de la Cervecería. Sus cuñadas querían conocerlo. ¿No le gustaría visitar Toluca? Tenía varias hijitas, Eric no se acordaba si dos o tres, una se llamaba Lucía, por cariño a la mayor de sus hermanas, con quien se escribía a menudo. Padre murió. De su madre ni una palabra. No recibió más noticias. Tal vez Óscar se cansó de no lograr respuestas. Sentiste un dejo de dolor. Querías ver a tu hermano para... no, para nada específico. Sólo verlo.

A la una treinta de la tarde, Óscar Nilssen se entretenía curioseando a los parroquianos de la cantina. El dueño, Peter Gay, vestía de blanco; era un republicano francmasón, que exhibía en uno de los muros del salón el nombramiento de soldado expedido por Garibaldi, del que incluso había un retrato: nacionalista revolucionario, vestigio de los camisas rojas. Los hombres se recargaban en mostradores altos con barra de metal pulido a sus pies o se sentaban en sillas austriacas frente a mesas cubiertas de mármol; en una de ellas, cuatro jugadores hacían la sopa del dominó y tomaban las fichas. Comenzó el juego un gordo con papada de tortuga vieja, puso sobre la mesa la mula de seis, la alineó a caballo, el segundo jugador no pudo poner ficha. Paso. Manifestó su contrariedad lanzando un escupitajo que no atinó a caer dentro de la salivadera de bronce. Continuaron jugando. Óscar creía que el gordo con papada de tortuga vieja debería poner el cinco-dos, no lo hizo y lo ahorcó el siguiente. ¡Uy! exclamó Óscar, y todos lo miraron como diciendo: no te metas en asuntos ajenos, así que volvió la atención hacia otra parte. Por lo general los hombres bebían vino, aunque se preparaban *cocktails, highballs, mintjulips* servidos en cristales apropiados. A los clientes habituales les procuraban vasos con el escudo del fugaz emperador austriaco, adquiridos en remate cuando desvalijaron el Palacio y el Castillo.

Óscar bebía cerveza, esperaba. Había esperado cerca de —sacó su reloj de leontina del ojal del chaleco— cuarenta minutos. Ojalá Per Eric no se haya contagiado de la costumbre mexicana de no llegar puntual a una cita, sabiendo que nadie más lo hará. A su lado, un hombre se puso a hacer pucheros y enseguida a llorar, le corrían lagrimones por los cachetes mofletudos, se los empapaba, se los secaba con el dorso de la mano, su compañero lo abrazó. Está ebrio, le aclaró a Óscar en el momento en que el mesero parlanchín que lo había estado sirviendo le llegó con la noticia de que allá del otro lado hay un señor igualito a usted, caballero, sí, sí, muy parecido. Óscar miró a la esquina señalada. Reconoció el perfil de su hermano. Se levantó, feliz, y otro hombre ofendido porque fue engañado en el juego alzó a su contrincante de la solapa, éste hizo el intento de golpearlo, Óscar esquivó los empellones, comenzaba el escándalo, los gritos iban en aumento, Eric volvió la mirada hacia la alharaca y vio a Óscar..., venía hacia él con la sonrisa abierta y los brazos adelantados para un abrazo.

Te dejaste rodear por ese cuerpo macizo, cálido, tan extrañado. Con el temblor de la mandíbula sofocaste un sollozo, respiraste hondo una vez, varias veces... varias veces hasta encontrar sosiego. ¡Hermano!, ¡mi querido hermano! repetía Óscar con la parsimonia de un chiquillo que ha encontrado lo perdido, con plena libertad escondió la cara en el hombro de su gemelo. Terminó el abrazo porque era demasiado para ti. Lo alejaste con el antebrazo. Se sentaron. Llegaron las miradas. Se miraban uno al otro, se reconocían. Moviste las manos sin encontrar palabras. Óscar te las tomó. Las puso en su boca... y tú se las arrebataste pensando: nada de escenas empalagosas. Así le arrancaste la naturalidad de ese gesto y él dejó de tener conciencia de su emoción. Se rompió el silencio demasiado prolongado:

—Vamos a brindar, ¿qué quieres beber? —preguntó Óscar, y el reencuentro tomó otra dirección. Lástima.

—Mientras no sea cerveza. Todavía se me atraganta —con un chasquido de dedos Eric llamó al mesero—: Dos *highball* con Johnnie Walker y agua de sifón.

En una mesa había varios platones: *roastbeef* entre rodajas de papas y cebollas, milanesas a la Viena, legumbres cocidas, fiambres, quesos olorosos sobre camas de lechuga. Podían servirse de todo lo que viniese a su antojo y en la cantidad que les apeteciera. A Óscar le crujían las tripas.

—Ya hace hambre.

—En realidad no tengo ganas de comer. Adelante, ve tú.

Óscar dejó una carpeta de cuero sobre la mesa y fue a servirse. Eric lo observó, tenía ya una larga barba, escaso pelo rebelde, una naciente barriga. Abrió la carpeta y fisgoneó. Contenía una serie de fotos de tres mujeres morenas. "Mis Lunas", decía un pie de foto con letra de Óscar. Todas guapas y él con todas juntas y por separado. Una, la más bonita, hermosa mujer, vestía de novia. Cerró. Su hermano volvía con un plato lleno de comida:

—¿Te has dado cuenta de que en estos lugares jamás se encuentran ni la tortilla ni el mole ni los chiles rellenos?, son platillos ignorados por la cultura francesa que ha impuesto champiñones, espárragos, berros y cosas por el estilo; Porfirio Díaz es el primero en favorecer lo extranjero.

—Y qué importa, mejor. Tú y yo jamás hubiéramos llegado hasta donde estamos si no hubiera sido por Don Porfirio y su apertura al refinamiento europeo. Nosotros somos los que sabemos hacer negocios, el capital extranjero le ha dado a México un lugar en el mundo. A los extranjeros nos beneficia la internacionalización de Díaz.

—¿Tú crees? Yo no. La inversión extranjera ha provocado una inflación que afecta el salario real de los obreros y las clases medias. Si el pueblo no es el beneficiado todo es un mero espejismo. Los que aportan la mano de obra son mexicanos, los que siembran son ellos, y ve qué pasa: el maíz alimenta a millones con la exportación mientras los pobres de México carecen de él. Ya va siendo tiempo de que alguien más gobierne. Y mientras don Porfis, como le dicen mis cuñadas, siga en la silla, esto se va a derrumbar. ¿Quién va a ser el valiente, o los valientes, que detengan su avaricia? Ya ves, en el 88 se permitió la reelección por un período, desde el 90 la prolongación indefinida, hace cuatro años fue candidato único. Ahora hay que esperar, a ver qué sucede en 1900.

—Vamos a cambiar de siglo —creíste que sería mejor modificar el rumbo de la plática, pues se veía claro que aunque de cara seguían iguales, en figura y tendencias eran diferentes.

—Pues cambiaremos de siglo, y espero que también de presidente —insistió Óscar sin distinguir las diferencias de opinión.

—Cuéntame de tu vida —apresuró Eric porque aquél no se daba cuenta del lío en que se podían meter si seguían hablando de política.

—¡Mi vida! Mi vida es un deleite, Per.

—Eric, sólo Eric, me quité el Per.

—¿Por qué?

—Llámame Eric nada más. Tú ahora eres Óscar ¿no? Conque ¿un deleite? —preguntó secamente.

En medio del barullo, Óscar extendió sobre la mesa las fotografías de su familia y le confió a su recuperado hermano anécdotas con las que él mismo se emocionaba. Eric lo escuchó pero no lo veía, estaba absorto en las fotos. Sus ojos se mostraban duros mientras decía sí con la cabeza, que le zumbaba un poco. Te comparaste con él, te dieron celos y envidia. Óscar se sentía aliviado de hablar con el hermano a sus anchas, como antes, como siempre.

—Estoy rodeado de mujeres que me miman, me cuidan, me aman tanto, hermano. Además tengo a mis hijitas que son una bendición. Sí, ya sé, no soy el único responsable de poblar la tierra pero...lo que la mujer quiere... Dios lo quiere: así es en mi familia.

—¿Cómo se llama tu esposa?

—Mariana. Las otras dos son Martina y Maura.

Se quedaron dentro de un silencio inquieto. Óscar no se atrevía a hablar, sabía que vendría la pregunta, que para eso lo había citado su hermano.

—¿Cómo murió Padre? —demandaste con la mirada perdida en un foco lejano.

—No te va a gustar —aseguró tu gemelo.

—¿Cómo murió?, no me ocultes lo que sabes.

La historia no iniciaba con la enfermedad de Sven Nilssen, sino con la fuga de ellos. Darse cuenta de que sus hijos menores habían huido fue el Apocalipsis, los cuatro jinetes cabalgando día y noche entre las paredes de esa casa convertida en azote, en ansia de venganza, en campo de batalla, en infierno. La víctima estaba a la mano: su madre. Golpeada y ultrajada, encontró refugio en el hogar de sus hijas Lucía y Anna. Los hijos varones le dieron la espalda argumentando que su ejemplo, la desobediencia, sería mala influencia para sus esposas. No la dejaron ver a sus nietos, aunque también se alejaron del padre, incapaces de soportar su amargura. La familia se desintegró. Tiempo después a su padre le dio una embolia. Quedó paralítico y mudo. Sanda Orsova regresó a su lado. Mientras lo alimentaba con papillas y le secaba la baba, toleró su indiferencia; mientras le pasaba por el cuerpo esquelético trapos húmedos, lo perdonó. Le tuvo compasión al moverlo de postura para que no sangraran sus llagas. Sven Nilssen murió incapaz de volver a hablar, ni siquiera con la mirada, a la que se le perdió el color hiedra.

Óscar lo reseñó con voz quebrada y ojos llorosos. Eric apretó la quijada. Se quedaron callados largo rato.

—Hace tiempo le mandé a mamá unos dulces de Toluca. Le gustaron tanto que seguí enviándole diferentes tipos cada Navidad. Preguntó por ti —con el comentario Eric volvió a tronar la mandíbula. En apariencia no se inmutó ni preguntó ni reaccionó. Chasqueó los dedos y pidió otro *highball*. Óscar no sabía qué hacer en esa situación perturbadora; no se le ocurrió más que observar a los comensales; algunos platicaban como si fueran simples conocidos que hacía tiempo no se veían, ¿así los verían a ellos, a los hermanos que nacieron el mismo día y de las mismas entrañas de su madre? ¿Parecerían llana y simplemente dos extraños? Volvió la mirada al frente y descubrió en su gemelo la imagen misma de su padre, como si su hermano se reflejara en el espejo de otro. Sintió un estremecimiento, le dio miedo y preguntó con el pensamiento: ¿qué piensas, hermano? dime algo, por Dios no te quedes callado.

—Tengo un hijo— soltó Eric.

—¿Tienes un hijo? ¡Qué dices!, ¡qué alegría me das!, ¿un hijo? quiero conocer a tu familia. ¿Está aquí, contigo?

Eric le contó a grandes rasgos su vida en el manglar, mientras la memoria de su dolor detallaba solamente para él mismo a la chiquilla y el cenzontle; Aristide Cué, la choza, la candela junto a la hamaca; Catalina y el sol, Catalina y el agua. Catalinda sabor a refugio. Pedro.

En cuanto avanzaba el relato, Óscar cambiaba del gusto al dolor; de la incredulidad a una velada decepción.

—No quiero repetir lo que Abuelo le hizo a Padre y Padre a nosotros, es la maldición de los Nilssen. Yo no quiero ser papá. No puedo, Óscar, no puedo.

Ahora era Óscar a quien urgía parar la conversación y notaba la diferencia de sentimientos que existía entre ambos. No pretendía saber más. Por ahora.

—Es tarde, me esperan en Toluca. Tenemos que seguir platicando. Con tiempo y calma. En dos semanas regreso, estoy encargado de instalar la casa que servirá de depósito de la Cervecería acá en México. Seré gerente de ventas foráneas. ¿Y tú? ¿Cuáles son tus planes? ¿Qué piensas hacer?

—No te preocupes por mí. Estaré en contacto contigo, yo te busco.

Consideraste prudente callar tus planes inmediatos. El abrazo de despedida que Óscar te dio confirmaba que la información que acababa de recibir rebasaba sus límites. Fue más bien un estrujamiento perturbado, rebosado de inquietud, que recibiste sin remedio. No te preocupes. No te preocupes por mí, hermano. Óscar te dio un beso en ambas mejillas y se fue sin decir más.

Eric esperó a que saliera del salón y pidió otro whisky y otro y dos más... La noche estaba por caer. Tenía que ir a orinar. Al hacerlo lanzó una carcajada:

—¡Qué tarugo soy!... para que se realicen mis planes ahora ¡debo! tener otro hijo...

En el carruaje rumbo a Toluca, Óscar Nilssen se hizo preguntas y se las contestó: la experiencia con Padre nos encaminó en sentidos opuestos, si Per Eric tiene miedo de ser papá yo quiero ser el mejor del mundo. Un hijo en el Puerto de Alvarado. Yo sé dónde está el manglar, voy a encontrar al niño y rescatarlo de la orfandad.

Al llegar a casa, las mujeres lo esperaban jugando sobre la mesa cuadrada de marquetería. Apenas entró supieron que algo deseaba.

—Quiero un hijo varón.

Fue el único comentario. Martina, Maura y Mariana echaron una a una los dados, los vieron rodar. Una se levantó a preparar la tina; otra le desabrochó las botas. Mariana fue a la recámara, se vistió con camisón y bata. Ilusionada. Óscar tomó un largo baño y un té de hierbas preparados por las mujeres, estimulantes ambos. Y no era que desconfiara de la sapiencia legendaria de ellas, sino que también quería incluir a su madre en el rito. Por eso levantó el espejo que Sanda Orsova le obsequió, sopló en él y le pidió complicidad Quiero un hijo varón.

Encontró a las mujeres en la sala grande, habían cubierto el diván de terciopelo con una sábana, puesto los leños en la chimenea. A él sólo le restaba encender el fuego. Una de ellas leyó el libro del conocimiento:

—Para que sea varón, debe hacerse en tres posturas: primero de pie, enlazados los cuerpos; después la mujer debe montar al hombre; por último el hombre, sentado, recibirá a la mujer.

—Que así sea.

Esa larga noche Mariana Luna sostuvo la felicidad tanto tiempo anhelada.

CAPÍTULO 8

La gallina ciega
es un pasatiempo en grupo;
consiste en vendar los ojos de un jugador
hasta que éste agarra al primero que se deja capturar
ya que por sí solo al jugador vendado le sería
imposible atrapar a su presa
Diccionario lúdico apócrifo

A la orilla de la Plaza de la Constitución la fila de carruajes era interminable. Simones, calandrias, berlinas, landós, esperaban a sus dueños. En las horas del atardecer se practicaba la costumbre: ellas habían ido a recorrer escaparates, a casa de gangas, o iban a probarse vestidos con Madame Droutt y Madame Gogol; ellos andaban oliendo dónde guisa o simplemente olisqueando y gastaban horas en juegos de *whist, poker* y *bacará* en alguna casa vecina. Mientras esperaban, los cocheros tenían demasiado tiempo libre, empleado de correo oral en una retahíla de habladurías, escándalos y noticias cuyas versiones se contaban hartas veces, el que las propagaba le quitaba o le ponía algo de su cosecha.

—...de Rosita Cruz, que no tiene que ver con los rosacruces, es una soltera que vive con la imagen de la Santísima Concepción como único testigo de sus encuentros con un coronel que no se siente tan manco cuando la visita los viernes

99

y repite, según la criada que la atiende a ella y lo oye a él: Rosita, vengo a que me haga el favor de ponerme mi inyección. Este coronel, dicen, se enfrentó a tiros con Pirrimplín, un enano que tenía un acto de pantomimas en el Circo Orrín, que porque según lo remedó, aunque eso no fue cierto porque el enano más bien imitaba a un sordomudo, muy prieto él y muy simpático, "Fra Diávolo" de apodo, favorito de algunos ricos que lo sientan en sus mesas en los restoranes para reír de sus voces guturales. Uno de los que se burla del sordomudo es un caballero de nariz colorada así de grande, del que he oído que se encama ¿con quién creen?, Juvencia su sirvienta.

—¿Y lo mató?

—¿A quién?

—¿Cómo a quién?, a Pirrimplín.

—Ah, pos eso sí no sé.

—Que a principios del otro año van a quitar las lámparas de trementina y a poner alumbrado eléctrico en toda la ciudá y en casas de particulares, ¿lo ha oído, Miguel?

—Pregúntele al Rómulo, el cochero del regidor del Ayuntamiento, quien por cierto no está de acuerdo en que derriben el Teatro Nacional, que para que la avenida Cinco de Mayo se vaya derechito hasta la Alameda.

—Ya no saben qué inventar, pa' mí que lo nuevo hace olvidar a lo viejo y descuidarlo.

—Yo opino que había que hacerse igual a doña Juanita, la tía de don Guillermo Prieto, que era íntima de San Judas Tadeo y le rezaba pa' que se enfermara de viruelas una célibe que atraía las atenciones de uno de los padrecitos de su parroquia o pusiera en pobreza a tal otro que porque la veía con desdén. Me lo platicó el señorito de mi casa, dice que don Guillermo se pasaba horas pendiente de los labios de su tía, oyendo cómo ella contaba los pleitos entre la Virgen de

Guadalupe y la de los Remedios, una partidaria de los insurgentes y otra de los españoles: "¡Necia, cacariza!", le decía la Guadalupe. "¡Ordinaria, mala sangre!", replicaba la otra. "Aprende de mí que soy generala con mi banda y mi bastón." "¿Será que la dicha de la fea, la bonita la desea?"

—¿Y eso a qué viene con lo anterior?

—De venir venir, a nada... Es que quería contarles lo que oí de esta tía.

Jesús, el cochero de El Retiro, se divierte con las ocurrencias. Aunque de su lengua jamás sale una indiscreción relacionada con sus patrones. ¡Y si supieran que hay de qué hablar! Benigno y Serafina lo tienen bien aleccionado: puede oír, pero no hablar. Puede comunicar novedades de otras casas, no de la suya. Si llegan a preguntarle algo... se sale por la tangente, se hace el tonto y contesta: yo no sé. Con la tertulia ha descansado del trajín del día. Primero el asunto de las velas, luego hacerle de barbero, más tarde, traer a la ciudad al joven Nilssen, regresar a San Ángel, comer un caldo y un taco, platicar con Ramona que se está poniendo bien chula y tiene una boca tan roja, recoger a la niña María Juana, traerla también al centro. Mucho en un día. Por suerte, el joven se ha tardado. Ojalá acepte esperar un rato, ir por la niña y que los regrese juntos a El Retiro. Así podrán conocerse un poco, porque eso de que van a casarse y no han cruzado miradas... De verdad que hay gente rara... Jesús echa un oído al gato, otro al garabato y vigila la puerta del Salón pues cree que el joven saldrá de un momento a otro, cosa que sucede, ya viene Eric Nilssen ebrio y descolorido, con ganas de arrellanarse en el carro y dormir en el trayecto de regreso a San Ángel. Se lo comunicó a Jesús. Éste tuvo que hacer gala de toda su astucia para, sin preguntarle si estaba de acuerdo o no, convencerlo de ir a dar una vueltecita por el Paseo de la Reforma.

—Así podrá respirar el aire lozano antes de pasar a recoger a la niña María Juana que está en su convite mensual.

La noticia tomó por sorpresa a Eric, no tenía ánimos para lidiar con los desplantes de la niña, ni quería que lo viera desaliñado. Sopló estoico y se metió al carruaje.

¿Se quedó dormido? No supo a qué hora dejaron las calles céntricas, el ruido citadino era mínimo. Clap clap, chasqueaban los cascos de los caballos sobre la línea recta de la antigua Calzada del Emperador austriaco, misma que don Porfirio amplió a lo ancho. Clap clap, resonaban otras herraduras sobre la alejada vía poco transitada. ¿Se quedó dormido? Tenía los ojos cerrados, a veces los abría y se ubicaba, la estatua de Cristóbal Colón señalaba el horizonte, le mostraba un futuro de grandes alas; clap, clap, clap; custodiando al descubridor de América, los cuatro apóstoles de la evangelización le revivían lo que su madre advirtió que se debía evitar: no codiciar, no aspirar cosas ajenas, no pretender ser quien no eres, no perderte en la avaricia. Tus pecados no obedecen a una disposición a ellos sino a una preferencia por ellos, Eric. Tu vida se bebe a sí misma. El espejo de tu madre sigue empañando tu respiración. Quizás hasta ahora no elegiste un plan de vida en forma intencional, el laberinto te ha llevado por la travesía y sigues vivo, lo menos que puedes hacer es mirar la vida de frente.

¿Qué cosas ven los ojos cuando están cerrados? Te tocas la entrepierna. ¿Hace cuánto que no te ejerces como hombre? La última vez que amaste a Catalina la hiciste gozar quizás más que nunca. Tu mano y sus dedos se encargaron del recorrido que lleva el placer al éxtasis. El tiempo, su tiempo, acababa y era lo único que podías hacer por ella que disfrutó hasta la frontera del umbral. Luego quiso retribuirte y ¡demonios! lo hizo y tuviste que ser cauteloso y no pudiste metértele dentro. ¿Hace cuánto de eso, Eric? Te frotas la entrepierna. Clap clap, clap clap. El monumento a Cuauhtémoc. Potente y riguroso, viste con el atuendo de su jerarquía, su cabeza coronada del copilli, el penacho de plumas de quetzal; la coraza de víboras vela su cuerpo, se oculta por el manto real atado en el hombro izquierdo y de ahí parte el brazo con la mano en alto. Ésta empuña una lanza en actitud de combate, de defenderse contra quien se interponga en su camino, Cuauhtémoc va a descargar el arma y tú eres un blanco idóneo, Eric, clap clap. Clap... Alto.

Se escucharon balbuceos apremiantes. Siete personas rodean a un hombre derrumbado en la calle:

—Ayúdenlo, por caridad, ayúdenlo.

—¿Qué pasó?

—Lo atropellaron.

—Pobre hombre, ¿de dónde salió?

—Venía despistado.

—No oyó el carro, eso sí les digo, no lo oyó.

—Venía pasmado. ¿Será sordo?

Los jaguares de bronce, centinelas del emperador azteca, podrían expeler un rugido, pero tienen el hocico cerrado. Entre el sueño y la embriaguez, Eric advirtió un bulto en la tierra. Era un viejo. El sombrero y el bastón quedaron a su lado arrojados de su percha, y ¿la cara?, ¿el rostro? Eric Nilssen notó su parecido con el hombre, el parecido que tendrían si Eric fuera viejo. No estaba muerto. Eric sabía, como si fuera su vida misma, que no estaba muerto y su pecho se elevaba en un esfuerzo imperceptible, ínfimo. En soledad comprobó el leve movimiento de los párpados de aquel hombre y el momento en que la palma de la mano se cerró terminando con la existencia. Sintió que el sudor le escurría por la sien mojando sus mejillas y tomando el lugar de unas lágrimas que no querían manifestarse pues sería absurdo. ¿Lo soñó? Apretó ambas manos. Las uñas le dañaban las líneas de la vida. Era él, era un viejo sordo arrollado por un recolector de basura a los pies de un monumento del Paseo de la Reforma. Trató de abrir los párpados. ¿Estoy muerto? Lo sobresaltó la voz de Jesús con el aviso de que habían llegado a recoger a María Juana…

—La niña dispone que entre usted a la casa —informó Jesús.

—La niña María Juana Ortiz de Montellano Leconte y Ducasse puede irse a la mierda —contestó Eric recuperando habla y vida.

—Don Eric, yo le sugiero que entre a buscarla, allá adentro hay personajes distinguidos que a usted le convendrá conocer.

—Aaaaah, mi buen Jesús, eso ya es otra cosa. Antes necesitaré que me arregles la fachada. ¿Vino contigo el peluquero?

—Déjeme buscarlo —Jesús se metió al carruaje y levantó los cojines del asiento contrario al que ocupaba Eric—; este carruaje se hace cama, don Fernando lo acondicionó para descansar en los viajes largos que hacía con doña Luisita. Acá está el cepillo —y no sólo cepillo, descubrió Eric, también almohadas, edredones de pluma y, ¿qué era eso?, una túnica de seda de las que usaba María Juana.

—Esto parece una posada rodante.

—No lo desmiento, yo soy quien la rueda —Jesús le arregló el cabello—. Quedó usted casi nuevo.

—Tendré que conseguir un baño antes de entrar y ver a mi prometida.

—Ora le averiguo dónde hay uno, aguánteme tantito.

Eric comenzó a sentir un cosquilleo en los labios, sonrió con cara de idiota, sabía que no era por la agonía sino porque la borrachera se cortó de tajo con la noticia que acababa de recibir: personajes distinguidos, noche de estreno. Genial. El destino no deja de perseguirte, Eric Nilssen. Lo quisiste evitar en el manglar, ¡carajo!, tú querías a tu Catalina como destino y él se ensañó contigo, desvió tu deseo de renovarte con ella, te eligió para jugar y a María Juana tu compañera de recreación. Pues bien: a jugar.

¿De quién sería esa inmensa mansión construida en un rumbo que Eric no ubicaba? Jesús tardó menos de lo esperado, traía una botella de agua de seltz, ahuyentadora de la cruda, y unas hojas de menta que hizo morder a Eric, lo ayudarían a recobrar el buen aliento. Le dio indicaciones de cómo entrar por la puerta lateral y dónde encontraría un baño apartado de la reunión.

El jardín, que tenía estanques y fuentes, era un zoológico en miniatura; el dueño tenía afición por los animales exóticos que se paseaban aún a esas desveladas horas, tal vez para que los personajes distinguidos del convite se asombraran de su colección: faisanes, pavorreales, dos tortugas enormes con la cabeza oculta en su caparazón, aves acuáticas incluyendo a zancudas ibis y cisnes de cuello negro; cinco perros San Bernardo, lanudos y somnolientos, dejaban que se treparan a sus lomos palomas de pecho purpúreo y gallinitas de Guinea.

Eric entró a la casa por un corredor de piso a cuadros negros y blancos, las chambranas de las puertas de caoba que daban acceso a los cuartos estaban labradas; el techo artesonado; pasó a un lado de la cocina donde una decena de personas, entre cocineros, galopinas y meseros, se estorbaban entre sí alrededor de un brasero en forma de herradura. Se asomó a los salones de billar y de boliche, lo venció un chiflido de asombro. Por fin llegó a un baño. En él encontró desde polvos dentríficos hasta una fina colonia, de manera que Eric quedó sobrio e impecable para su presentación en sociedad.

Se dejó guiar por la música de un conjunto de salterio que acababa de tocar *Viva mi desgracia* y comenzaba *Sobre las olas* de Juventino Rosas. Entró a una vasta sala rebosante de gente señorial. Formaban diversos grupos. Trató de disimular su fascinación: si bien los había visto en restaurantes y en la calle, nunca había estado en una fiesta privada con ellos. Personajes distinguidos: su vestimenta, sus poses gallardas, su manera de hablar, de expresarse, le parecieron el paraíso en la tierra. Detenido en la puerta, metió la mano derecha al bolsillo del pantalón, puso la izquierda en la barbilla, imitándolos. Buscaba a María Juana cuando una mujer, con argolla en el anular y esmeraldas en gargantilla y aretes, inició un leve coqueteo. Si bien bastante flaca y chaparrita, también era fina, madura pero sensual, apetecible... Lo malo fue que estuviera sentada al lado de un militar con cara de cónyuge, así que Eric fingió no estar enterado, al menos por el momento.

—*Chéri* —vio avanzar a María Juana. Una María Juana que no reconoció, el cabello recogido, el vestido rojo entallado. Los ojos más azules. Eric giró la cabeza buscando a quién se dirigía... detrás de él no había nadie. En cambio, con el grito, más sonoro que el de Dolores, una buena parte de la concurrencia encauzó su mirada al destinatario de la exaltación de la apreciada señorita Ortiz de Montellano. Eric entendió la argucia:

—*Ma Chérie* —se acercó con los brazos extendidos y las palmas hacia arriba. María Juana le plantó dos besos, uno en cada mejilla. Eric se sumó a la comedia rozando sus labios en los de ella. Ambos sintieron una descarga hormonal.

—Carajo. No te aproveches, Nilssen, acuérdate de que es una de las reglas, nada de besos en la boca —le susurró y él sonrió socarrón, enlazó sus cinco dedos entre los de la niña y dijo en voz fuerte:

—Preséntame a tus amigos, cariño.

María Juana se libró astutamente y lo tomó del brazo. La parejita paseó exhibiendo su figura, actuando su buena educación; en cuanto ella consideró que el lucimiento éra suficiente para que los presentes registraran en su memoria que estaba comprometida con un extranjero de buen ver, dejó que Eric se las arreglara solo. Así lo hizo, mezclándose entre los invitados.

La cadena de chismes variaba según la versión del de la voz.

—…les aseguro que don Matías es simpático y de bondad ilimitada. Todo fraternidad. Claro, supo elevarse con la ayuda de su esposa Pitín. Ya saben, el que tiene dinero pinta panderos.

—Eso no es de extrañarse en estos tiempos —acotó un caballero de enorme nariz colorada. El comentario le gustó a Eric.

—Bueno, pues este hombre cuenta que su tío don Mariano era antijuarista y que se enfermó del hígado a causa de la nacionalización de los bienes del clero, entonces, en una reunión donde había varios partidarios de don Benito, se le ocurrió un versillo que recitó con refinada malicia: *Dice un letrero dorado, Palacio de Justicia, ¡Y el edificio es robado!*, refiriéndose desde luego a que tal palacio fue antes un convento.

—No hable usted tan fuerte pues en la otra orilla están unos conocidos de don Delfín y don Pepe Sánchez, casados con Carmen e Isabel, hijas del Benemérito. Y miren lo que es la vida, ahora los dos yernos viven en el Paseo de la Reforma y se dan la gran vida.

—Creo que hasta uno de ellos quiso hacerse compadre de don Tomás Braniff. Por cierto, ¿saben ustedes que este hombre se ufana de haber sido albañil antes que millonario? —la observación hizo que Eric prestara oído: ¿de albañil a millonario?, ¿de cargador de hielo a millonario?

—Ni lo repita usted, a su esposa, doña Lorenza, le incomoda que se hable de esas cosas. ¿Será verdad lo que cuentan de una hermana de ella?

—¿Qué?

—¿Qué?

—¿Qué? Diga, mujer.

—Que es vegetariana. Aseguran que no come cadáveres.

—Pues entonces igual a los monos: nueces y frutas.

Mujeres y hombres ríen de tales burlas. Con la tercera copa de *Chateau Laffite* y un primer canapé de caviar, Eric cambió de grupo. Se acercó a la mujer de las esmeraldas; alejada del marido no ocultó su contento, extendió la mano y se presentó: Marta de Urdaneta. Apenas él susurró *Enchanté, madame,* cuando María Juana llegó como trompo chillador.

—Ven, Nilssen, necesito que los saludes porque ya se van. Ella quiere conocerte —sin dar explicaciones de quién, por qué, para qué, María Juana le quitó la copa, lo tomó otra vez del brazo y lo condujo a una habitación apartada.

El ambiente en ese recinto era distinto al resto de la tertulia. Se podría decir que hasta sagrado. Allí se hablaba en voz baja, los convidados se movían con lentitud y medían sus palabras. Cinco o seis de ellos acompañaban a dos personas sentadas en un sofá de terciopelo color oro, y, en una actitud de postración, los atendían. Él, grave y solemne; ella, afable y distinguida. Eric creyó reconocer al hombre. Una presencia imponente. Una mirada penetrante. Su bigote blanco tupía el labio superior y terminaba en puntas vueltas hacia arriba. Lo había visto en fotografías, aunque ahora no usaba su uniforme de gala ni estaba adornado por numerosas condecoraciones. Tardó en reaccionar, era...era...

—Don Porfirio, doña Carmelita, les presento a mi prometido, Eric Nilssen.

—¿Nilssen? ¿Sueco o danés? —preguntó el presidente de la República. Al ver que Eric no respondía, María Juana lo hizo al tiempo que clavaba el codo en las costillas del mudo.

—Sueco. Gerente de una fábrica de hielo en Veracruz e inversionista de la Land Improvement Company.

—Excelente. En esta ciudad en expansión necesitamos hombres resueltos como usted, joven Nilssen.

—Y ¿para cuándo es la boda? —terció doña Carmelita. Eric seguía sin responder a pesar de que las uñas de María Juana se clavaban con fuerza en su brazo.

—Todavía no tenemos fecha, ¿verdad, *chéri*?, pero será muy pronto. Les avisaremos, por supuesto.

—¿Sabías, María Juana, que mi hijastro Porfirito se casa con Luisita Raygoza en noviembre? Espero que nos acompañen a la ceremonia.

—Mire, joven Nilssen —intervino don Porfirio—, le aconsejo que haga usted contacto con el ingeniero Roberto Gayol. Además de que está en el proyecto de las obras del desagüe, tiene una visión puntual en cuanto a desarrollos residenciales. Dígale que va usted de mi parte.

—Gracias, señor Presidente, así lo haré. Tal vez se anime usted a comprar lotes en esa zona residencial y me deje asesorarlo —finalmente usaste la voz animosa y clara que entonabas para tu provecho.

—Tal vez, joven Nilssen, uno nunca sabe lo que puede pasar.

Eric inclinó la cabeza. Uno nunca sabe... uno nunca sabe... lo que puede pasar... hacía eco su mente.

¡Vaya día!, pensó Eric minutos después, recargado en un rincón sin más acompañante que una copa de *Veuve Clicquot*. El júbilo al apartar lotes de las mejores calles de lo que sería la Colonia Juárez. Evocar el abrazo con Óscar le hizo tronar la mandíbula. La reseña de la muerte de su padre y la culpa, la maldita culpa sentida con relación a su madre a quien nunca le escribió, ni le escribiría, porque no estaba seguro de qué decirle o cómo. Y luego, en el momento en que su mano iniciaba el encuentro con su miembro, inactivo quién sabe desde cuándo, y lo empuñó con una habilidad novedosa en un arqueo agónico, tuvo esa visión de su muerte, viejo atropellado. Para concluir, para cerrar con broche de oro, conoció a don Porfirio Díaz en persona. No podía moverse de la sala, se quedó allí, inactivo su cuerpo y activo su pensamiento, hasta que un mesero le ofreció otra copa de champaña y la cogió como si fuera la única aliada dispuesta a apaciguarlo.

—Señor Nilssen —lo regresó de su periplo mental una voz femenina—; no tuvimos oportunidad de platicar; así que aquí le dejo una dirección donde podrá encontrarme lunes y jueves en las tardes. Lo estaré esperando.

La esposa del coronel Urdaneta, Marta, recordó Eric, sostenía un papel entre los huesudos dedos vestidos con guante de raso. Se lo puso, con acopio de cautela, en el bolsillo izquierdo del saco.

Eric reiteró el *enchanté madame* y aproximó la cara a la mano cuando María Juana volvió a interrumpir:

—Nos vamos, *chéri*.

Si alguno de los contertulios, quienes ya recogían bastones, sombreros y demás propiedades, hubiera estado atento, podría haber visto la escena.

Sin inmutarse, la cara de Eric siguió su curso y besó la punta del guante de esa mujer que, en poco tiempo, sería la primera de las varias amantes que tuvo en su vida. María Juana le quitó la copa, se dirigió a la dama y, tratándola de "señora Martita", le avisó que su marido estaba ya en la puerta pues, según el coronel, había que hacerle caso al cuerpo que a esas horas pedía ya el anhelado recogimiento. Marta de Urdaneta le sonrió a Eric en un acto de provocación y sólo contestó con un gracias, linda. Ésta apretó el puño libre y lució los dientes de su mímica. Luego de que la mujer se alejara, Eric retomó su copa de champaña de la rabiosa mano de su prometida.

—¡Zorra! —exclamó ella con los dientes cerrados.

—Estás celosa, María Juana.

—Estás imbécil, Nilssen. No digas babosadas.

—Siento decirte que hiciste el ridículo.

—¿Ridículo?, ¿cuál ridículo? El ridículo lo hizo esa vieja estúpida. ¿Qué se cree la idiota?

—Cree que puede conquistarme.

—Y ya lo hizo ¿no?

—Todavía no, se necesita mucho para conquistarme. Lo que sí, es que ya me sedujo.

—Eres un cretino, *chéri.*

—Ya deja el *chéri,* no te va cuando estamos solos. Le va mejor a tu boquita decirme toda esa letanía de improperios.

—Herencia de mi abuela francesa. Qué, ¿te asusta que una señorita decente las diga?

—Qué va, me encanta, un día de éstos haremos una competencia a ver quién de los dos tiene más inventiva.

María Juana estalló en risa y se oyó un sonido, trrrrr, bajo sus ropas.

—Oh, oh. ¿Qué fue eso?, ¿se le rasgó alguna cosa, señorita María Juana?

—Ahora sí vámonos, Nilssen —respondió ella cruzando el brazo sobre su pecho—. La terca de mi nana quiso que me pusiera este maldito corpiño cuando yo sabía que estaba a punto de romperse, merde.

—*Merde* —imitó él con cara de compungido.

—Canijo Eric.

Separados por la reja de la mansión, personajes distinguidos y cocheros miran en corro algo que yace sobre el césped. Ambos grupos hacen alternadamente comentarios en tono lúgubre.

—Era el mejor macho de la casa.

—Ya estaba muy viejo.

—Todavía hace rato le comentaba a mi compañero de sus oros y platas en el cuello y el pecho.

—El ojo azul real de sus plumas parece ahora apagado.

—¡Quién iba a decir que apenas al entrar nosotros a esta casa lucía su pomposo abanico!

—Lo abría en sus rituales de cortejo frente a los demás animales.

—Dicen que mueren cuando se ven las patas, porque son tan horrorosas que su orgullo no soporta la fealdad.

—Estamos vivos... y en un santiamén.... ¿Cómo sabemos a qué hora llegará el final?

—Así es la vida... todos, hasta los más dignos, vamos a pasar algún día.

—Ni lo diga usted, ojalá don Porfirio nos dure una eternidad.

Los otros pavorreales lloraban en un escándalo agudo, como niños huérfanos: *Iaaao... Iaaao... Iaaao.*

CAPÍTULO 9

... La belle dame sans merci
te ha esclavizado
JOHN KEATS

UNA COSA ES PENSAR Y OTRA SENTIR. El peligro está en que primero se razone y entonces el cerebro comience a funcionar de tal manera que el pensamiento rechace al sentimiento. ¿Tendrá la mente una mínima idea de lo que es el sentimiento? ¿En qué momento se le ocurrió a los cerebros de María Juana y Eric pactar que no debían enamorarse? Lo malo es que cuando algo se enterca no hay forma de dar marcha atrás. ¿O sí? Claro que también una cosa es el sentimiento y otra, muy diferente, el deseo carnal. Cierto, en las reglas del juego estaba estipulado, en primer lugar, no enamorarse. La relación se formulaba como un simple tratado de conveniencia más económica que mercantil, te aclaraste en algún momento para no sentirte mercadería y sí centenario de oro. Pero del deseo no se negoció. Tal vez dieron por hecho que eso, tener deseos, no iba a ocurrir. Lo que no se pacta se vale. ¿O no?

Por fin salieron de la tertulia. A María Juana le urgía despojarse de las ropas que tanto le oprimían el pecho y ponerse su túnica, los trapos, dijo. En el carruaje, del lado opuesto al asiento donde se levantaban los cojines y surgía la cama de reposo —o retozo—, Eric se vio espectador de un acto a punto de comenzar.

Ella sacó la túnica de seda con bordados de alamares en forma de espiral. Él quería preguntarle: ¿cómo vas a cambiarte, María Juana? De su boca salió ¿estorbo? Ella le dio la espalda. Le pidió, con señas, que le desabrochara el vestido, cosa que él se apresuró a ejecutar con torpeza, porque su mano no podía desprender del ojal la veintena de pequeños botones y porque el carruaje iniciaba su marcha entre el adoquinado. Era difícil mantenerse quieto. No había suficiente luz. Ella descruzó los brazos que mantenía sobre el pecho, encendió el quinqué de aceite adherido en la puerta. Luz tenue. Él prosiguió su trabajo observando la nuca, tersa epidermis con pequeños lunares enfilados en la columna. Sus manos llegaban ya a la cintura, que encontró firme y apretada, faltaban pocos botones, los de la cadera, de corte perfecto. Exhalando un irreflexivo vaho, se pegó más a ella y ella se lo permitió, o al menos no intentó retirarse, hasta que la última botonadura se abrió. Dejó al descubierto el corpiño que ella había rasgado con su risa. El corpiño sostendría unos pechos colmados, repletos como copas de champaña, calculó él. Por un instante advirtió los hombros redondos dispuestos a cubrirse con la sedosa túnica. Él le vio los vellos de las axilas y un relámpago sin sonido lo hizo esperar el rugido del cielo, que no llegó. Ella, sentada, emprendió sin prisa la tarea de quitarse los botines de cabritilla, que dejaron a la vista corvas vestidas con medias; resaltaban la prolongación de sus piernas. En medio del calor y la alucinación, él las fantaseó enroscadas a su cuello. Sin remedio, tendría que cambiar de postura para que su enhiesta tensión no encontrara dificultad bajo los pantalones.

La luz la iluminaba y lo dejaba a él en la sombra. Se arrinconó, entrecerró los ojos, se hizo el dormido, fingió roncar.

María Juana prosiguió su faena. Desprendió de su cabello las horquillas y las mantuvo, una a una, en los labios; al terminar sacudió la cabeza de un lado a otro y la melena coralina volvió a ser libre. Levantó una pierna, dobló la rodilla, se la acomodó en el muslo contrario, se acarició la planta del pie. Cerró, ella sí, los ojos, y, ante un atónito mirón, depositó la mano sobre aquella cosita que tienen las mujeres tan bien colocada entre las piernas, en una ceremonia que a él le pareció que ella conocía bien. Entonces cerraste definitivamente los ojos. Y ella hizo un guiño, risueño y malicioso.

En El Retiro los días sucedieron uno tras otro sin mayor novedad. Eric se dedicó a conocer a los obreros de las fábricas, se aprendió sus nombres, los tuteaba, les hacía bromas y hasta, en el colmo del juego, taqueó con ellos en torno a un comal. El día de raya ordenó, a manera de salutación, que se suprimieran los vales de aquellos trabajadores que tenían cuentas pendientes con el pasado. Administrador nuevo, cuentas nuevas. ¡Viva el señor Nilssen! Eric había calculado que el total de la deuda era mucho menor que la ganancia: echarse a la bolsa a los asalariados, tenerlos contentos y que los negocios marcharan precisos. Esto tendría un sinnúmero de ventajas. Así él podría dedicarse a lo que en verdad le interesaba: en las cajas fuertes de La Providencia, La Santa Perpetua y la Claridad se encontraba ya el dinero necesario para liquidar los terrenos de la capital. Le urgía casarse y disponer del dinero.

Eric nombró a Jesús su asistente. Además de que lo creía capaz, necesitaba ganarse su confianza, que le fuera devoto y no anduviera de chismoso con la niña, pues estaba seguro de que había sido Jesús quien la había puesto al tanto de sus negociaciones con la Chapultepec; si no, de dónde iba ella a decirle al presidente que era "inversionista de la Land Improvement Company". ¡Ah, qué la niña! Ésta se encerraba en el segundo piso de la casa y permanecía tranquila. ¿Qué hacía? Eric no visitaba sus dominios, ni siquiera porque Mesalina y Salomé le mordían la manga del saco, al borde de la escalera, invitándolo a subir. Una semana después viajó a la ciudad, no quiso hacerlo antes, Martita de Urdaneta tuvo que esperar. El encuentro fue tal cual lo imaginó: una mujer febril ansiosa por tocarlo. Sin mayor chiste que eso, casi igual a lo vivido en el prostíbulo del Puerto, sólo que sin tener que pagar el servicio, en una cama blanda y con un vino espléndido. Tuvo la oportunidad de estrenar su jacket y su sombrero de copa, ya que la Urdaneta lo invitó a una reunión "privada" donde conoció y sedujo a otras mujeres, en un juego que, se echaba de ver, era permitido en esta graciosa sociedad.

Eric pensaba en Óscar casi todas las noches. En lo que sería su vida en Toluca. La decisión de ponerle un telegrama fue muy meditada: Improbable reunirme contigo punto Comunícome cuando pueda punto Guardo infinito gusto por nuestro abrazo punto final. Escueto mensaje sin domicilio remitente. Su hermano no debía enterarse de sus planes matrimoniales ni de algo más. No tenía caso. Además de que andaban por rumbos diferentes, le molestaba lo bien que le iba a Óscar con sus tres Lunas.

Estaba en el bungalito calculando las utilidades que dejaban al mes las flores, los frutales, los puercos, las velas y los fósforos. Un altero de ganancias. Seferina llegó a todas luces alterada, meneando con las yemas de los índices sus chiqueadores; detrás de ella, Benigno le dio la noticia de sopetón.

—Que el señor Morris está muy enfermo y que no puede venir a México; le mandan decir que vaya usted a Veracruz cuanto antes.

—Espérese, espérese, Benigno, no me venga con ésta.

—Ya decía yo que mientras estuvo por aquí se sentía muy malo —intervino Serafina aterida en su rebozo—; si hasta lo oí quejarse de dolor cuando entró al baño.

—¿Cuándo? ¿Qué? ¿De qué me están hablando? —estalló Eric—. Yo ni me enteré de que estuviera enfermo, ¿ustedes cómo supieron?

—La pura intuición de mi vieja. Llegó una carta timbrada en Veracruz y dirigida a la niña. Decidí abrirla porque a Seferina le latió que traía malas nuevas y si la niña se entera se arma la de san Quintín. Creo que hicimos bien ¿no?

—Con lo urgida que está de que llegue su padrino... ya ve lo mansita que ha'stado... con l'ansia que tiene de que sea el casorio... con lo urgida que está d'irse al tal París. Y ahora esto, ¡Santo Señor Crucificado! ¡Qué vamos a'cer!

—¿Me pueden explicar más despacio? ¿Qué carta? ¿Quién la escribe? ¿Qué dice?

—La carta que mandó un tal L. Gutiérrez y que le informa a la niña que el señor Morris está muy enfermo, que hasta en clínica, que él no sabe qué hacer; los médicos no le dan mucho de vida porque parece que en estas semanas se le ha agravado la enfermedad y necesita que vaya usted y se haga cargo. Dice que le manda copia a usted, pero ésa no ha llegado.

—¡Me parte un rayo con la novedad!... ¡el inútil de Luis!... ¿por qué no me la mandó nada más a mí? Ah, claro, no le conviene que yo vaya a la fábrica y tome el mando. Pero... sería catastrófico ir a Veracruz en este momento... puedo perder los apartados si no firmo en cinco días... además, María Juana se va a enfurecer.

—Le toca a usted decirle a mi niña.

—Sí, sí, es lo indicado.

—Pues ya me fastidiaron.

Seferina le avisó a la niña que el joven Eric necesitaba hablarle. María Juana ordenó que subiera él a su estudio, estaba muy ocupada. Eric agarró una botella de vino, dos copas y valor para entrar al enigmático aposento del segundo piso. Desde abajo Benigno lo encaminó, con señas, al salón correcto. Mesalina y Salomé se alegraron de verlo entrar a ese espacio abigarrado de pinturas, libros, papeles esparcidos en muebles y piso, tinteros abiertos, manchas de tinta roja, discos fuera de sus fundas, un desorden total. Le llamaron la atención tres óleos que colgaban de una pared, tres retratos de una misma modelo. Según la caligrafía al pie de cuadro, eran copias de los originales pintados por Dante Gabriel Rossetti y firmados por Jacques. Así nada más: Jacques.

El parecido de la modelo con María Juana era sorprendente. No tanto por las facciones toscas, sino en la indumentaria y en la abundante cabellera esponjada: Astarté Syriaca, diosa mitológica, irritable y violenta; Pandora, llevando la caja que le han entregado con la consigna de no abrirla; la tercera, Proserpina, sostenía la granada que le fuera prohibido comer y por la que merece el castigo en el mundo subterráneo.

—¡Vaya, vaya!

—¿Nilssen? ¿Estás allí?

—Ajá. Admiro tu gusto artístico.

—¿No son divinas? —preguntó María Juana entrando a la habitación.

—Sí, cómo no, la mar de divinas. Lo más glorioso es su parecido contigo.

—Jacques lo advirtió y por eso las copió para mí. Pertenecen a un estilo prerrafaelita de los años sesenta.

—Muy interesante, muy interesante. ¿Por eso te quieres ir a París? ¿Por Jacques?

—Estás celoso, Nilssen.

—Como tú dijiste: no digas babosadas. ¿Y a ti te sedujeron igual que a mí?

—Cambiemos de tema. Tú no entenderías nada de nada. ¿Qué te parecen mis dibujos? —preguntó mostrando unos bosquejos a tinta roja. Eric los vio ladeando la cabeza, entrecerrando los ojos, pensando en una respuesta inteligente, que pareciera culta.

—¿La verdad?

—Claro que la verdad, tonto.

—Estos dos: sentimentales y artificiales. A este otro le faltan luces y le sobran sombras.

—Se nota que no sabes de pintura. ¿A qué viniste?

—Resulta que Charles está enfermo y me requieren en Veracruz, así que —cruzó los dedos por detrás de la espalda— tendremos que suspender la boda y todo lo que marca el testamento. Tengo que ir a cuidar a Charles.

—¡Eso no! ¡Imposible!, pobrecito de mi padrino pero esta vez por nada del mundo aplazo mi viaje a Europa más de lo necesario, tengo que ser legalmente la heredera y nada ni nadie puede restringirme la fortuna a la que tengo derecho.

—Y ¿cómo le vamos a hacer? —preguntó Eric aliviado. María Juana guardó silencio, Eric destapó la botella de vino, sirvió las dos copas y se sentó a esperar, entre divertido y ansioso. Ella fue tocando con su pulgar cada uno del resto de los dedos. Hizo lo mismo con la izquierda. Pensativa, volvió a hacer cuentas. Luego dijo:

—La boda puede aplazarse unos meses... pero... podemos adelantar el embarazo. Si el casamiento se atrasa... por lo menos podemos trabajar el requisito del hijo...

—Y, ¿cuándo quieres?

—Por mí, ahora mismo.

—¿Así nada más? ¿En seco?

—¡Qué cursi!, ¿el señor Nilssen necesita preparar una escena romántica?

—¿Cómo sugieres tú? ¿Cómo lo quieres?

—Rápido y atinado.

—¡¿De qué estás hecha, María Juana?!

El grito exasperado provocó que Mesalina y Salomé salieran despavoridas. Eric acorraló a María Juana contra la pared, se abrió el pantalón, le levantó la túnica y descubrió que debajo estaba desnuda. Lo enardeció su vello bermejo. La cargó, obligaba a las piernas blancas de María Juana rodear la cintura de él, golpeó sus cuerpos contra el muro, dos, tres, siete veces hasta que sintió la desgarradura de la membrana. Una blancura mezclada con tintes de sangre se reunió en el silencio amordazado de ella y un desconcierto se le vino encima a Eric, porque había supuesto que María Juana no era virgen. ¡Maldición! Ella se dejó caer sentada en el suelo con los ojos abiertos y, abrazada a sus piernas, protegió su herida hasta de sí misma. Él, de espaldas, sin querer mirarla, se tomó de golpe las dos copas de vino, cogió la botella y escapó.

Durante el atardecer cayó la primera lluvia del año, apenas tibia. Los grillos se alborotaron y pareciera que eran los únicos seres vivos en El Retiro. Te encerraste en el bungalito. Te condenaste, te maldijiste por tu actitud, maldijiste tu soberbia, golpeabas el edredón de la cama con el puño, te despreciaste por tu ambición. Se había terminado el vino y quería ir a la cava por más. Tendrás que aguantarte, maldito Eric, ésta no es tu cava ni tu vino ni tu casa ni tu mujer; sólo vives de a mentiras. Oyó que alguien rascaba la puerta, las perras, otra vez las perras. Salió y las encontró llorosas, gimiendo, alteradas. Se asustó, ¿qué pasa? Salomé y Mesalina lo empellaban. Tuvo que seguirlas hasta el segundo piso. La puerta de la recámara de María Juana estaba abierta. Del interior salía un llanto... un llanto sin descripción. Se atrevió a entrar. Le costó trabajo ubicarse porque la habitación estaba forrada de espejos y había tantos biombos, igualmente cubiertos de espejos, que los muebles, los objetos, las figuras, el follaje exterior, las nubes, se refractaban, se invertían, se multiplicaban y Eric no distinguía cuál era la María Juana que tendida en su cama, ovillada, envuelta en lienzos, se quejaba de un dolor que venía del cuerpo o... de dónde. Sintió por ella una perturbación desconocida. Encontró la cama verdadera y se metió en las sábanas verdaderas, estrechó la espalda de María Juana. Sh... sh... sh..., le acarició la mata de pelo, los hombros, los senos. Le separó los labios con la lengua quebrantando una de las reglas del juego y ella le jaló la cara y la puso en su pecho y él encontró el pezón mientras ella le mordía lo que encontraba a su alcance; la imagen se reproducía en la bóveda, en el perfil de aquella ventana que parecía palco de un teatro representando una escena de lujuria. La lluvia aplaudía.

Por la mañana el calor ascendía igual que si fuera la exhalación de un horno de pan. La lluvia sólo había producido letargo. Eric retomó la revisión de cuentas y en esta ocasión tampoco pudo terminar su trabajo: María Juana entró al bungalito por primera vez desde que él vivía allí.

—Necesito hablar contigo sobre mi padrino.

—Déjame terminar con esta remisión y en seguida te atiendo —contestó él para hacerse el interesante y que ella supiera que no estaba a su disposición tan así, en cuanto quisiera. A Eric se le figuró que ella actuaba como si nada hubiera pasado, como si de verdad nada hubiera pasado la noche anterior, cosa que no le sorprendió en absoluto. De reojo la vio husmear el lugar de trabajo; parecía que jamás hubiera estado en él o que lo conocía poco . Eso parecía a primera vista. Pero no, buscaba algo. Abrió cajones, sacó libros de su sitio y hurgó por detrás. Eric se hacía el desentendido. Por fin, detrás de una fotografía de Louise, descubrió lo que buscaba: un envoltorio que contenía hojas secas.

—Aquí están. Yo sabía que don Fernando y doña Luisa las tendrían bien escondidas. ¡Qué suerte la mía!

—¿Qué es?

—No me digas que nunca has visto, olido o masticado esta plantita curativa. *Cannabis*. Mis padres la plantaron en el jardín de acá abajo y la disfrutaban. Yo lo sé a pesar de que ellos trataron de ocultarlo. ¿Has notado el olor de este maldito departamento? Huele a ellos, al efecto del *cannabis*. Puro placer —explicó guardando el envoltorio en su atuendo.

Eric trató de restarle importancia a lo que había escuchado incrédulo.

—¿A qué viniste? ¿De verdad quieres hablarme de tu padrino o es pretexto?

—Me voy a Veracruz. Tú no debes desprenderte de los negocios y tendré que ser yo quien le lleve a firmar los papeles que lo libren del cargo de albacea. La gente se muere. No nos vaya a ganar la muerte.

—Para tu información, si acaso Charles Morris muriera, el albaceazgo termina. El cumplimiento del testamento quedaría al arbitrio del juez. Así que, dime, a qué vas en realidad.

—Tengo que saber si él hizo su propio legado. Debe haberme incluido a mí en él, si no, a quién más. No vaya a ser que los buitres del gobierno se queden con sus bienes.

—No dejarás de sorprenderme.

—Me voy mañana con mi nana y su hija Ramona. Mientras estoy fuera acelera los trámites y en cuanto vuelva nos casamos en el juzgado, sin fiesta o agasajo. Prepara el acta de presentación, tienes todo el día de hoy, que te ayude don

Ignacio, yo regreso en la noche y firmo lo necesario. Ah, y no, no necesito pretextos: vengo a verte si se me da la gana.

—Ya me di cuenta.

María Juana estaba a punto de salir cuando una luz cegó su vista. Instintivamente levantó la mano y se protegió del destello. Quiso averiguar qué la deslumbraba, se acercó a la cama que fue de sus padres —y ahora de Eric—. Un espejo había atrapado un rayo de sol y lo lanzó justo hacia sus ojos. Un espejo enigmático. Lo tomó. Se vio en él.

Me lo dio mi madre —dijo Eric notando el estremecimiento de María Juana. Paralizada, se le gotearon los ojos. Se quedó quieta unos segundos.

—No pensé que tuvieras madre.

—Pues Adán no soy.

—Vas a tener que regalármelo.

—No. Estás equivocada. Esto no te lo doy —le arrebató el espejo.

—Ya lo veremos. Al menos préstamelo —se lo arrancó y corrió sin esperar respuesta.

Viste tus manos vacías. Despojado. Desposeído.

Pero no era momento de lamentarse por sentimentalismos, debía actuar de prisa. Se dedicó a preparar manuscritos, duplicados, expedientes y documentos con la asesoría de un notario de Chimalistac ajeno a don Ignacio. Le escribió una carta a Charles Morris justificando que no podía ir a verlo. Le mencionó que podría vender la fábrica de hielo a cierto empresario veracruzano que estaba interesado en ella. Junto con ésta, le estoy enviando una propuesta de compra al solicitante. Siempre ha confiado usted en mí, Charles, siga haciéndolo. En seguida le puso a la carta una buena dosis de pena y angustia por no poder estar a su lado. Le pidió que se cuidara. Al imaginarlo en cama, desarreglado, acabado, solamente hasta imaginarlo así, se dio cuenta de qué tan ciertas pueden ser las mentiras; decidió ser sincero: usted es el padre que no me comprendió. Meditó. Borró el "no me comprendió" y lo cambió por "el padre que no tuve". Al escribirlo se dio cuenta de que, aunque le convenía decirlo, era cierto, era la pura verdad. Ese hombre moribundo había sido la persona que más lo impulsó a ser lo que ahora era. Quien más lo había ayudado. Bajó la cabeza y guardó un minuto de silencio.

El calor continuaba intolerable. Eric preparó un baño de tina y un whisky con hielo. Mientras se bañaba, sus pensamientos se concretaban en uno: veremos quién gana, María Juana. Si Charles me nombra su heredero no me caso contigo, no te necesitaría. En cambio, tú a mí sí. Se enrolló la toalla en la cintura y revisó nuevamente el acta de presentación de matrimonio. Arregló pluma, tinta y secante. Oyó ladrar a las perras, señal de que su prometida se aproximaba.

Al entrar María Juana, él advirtió su humor desenfadado; dio un traspié y le vino un ataque de risa, se hablaba a sí misma en un francés poco entendible. Eric sonrió espontáneo, le gustaba esa María Juana que no estaba a la defensiva; chupaba una pipa delgadita con mango de madera y boquilla de plata.

—Dale una fumada, Eri —dijo poniéndole la pipa en los labios—. Esta yerbita es el consuelo de los afligidos..., la negación de las miserias... ¿Oyes la música? ¿De dónde viene esa música?

—Son las valkirias, las dejaste cabalgando en tu atalaya, conducen a los guerreros al Valhala —inventó él tomando la boquilla entre sus dientes y atreviéndose luego a inhalar, contagiado.

—¡Mírala, Eri, mira, vuela, se mete por la puerta! La música se topa con tu ojo, tu ojo de pasto, aceituna, de sapo libre... Sí, de sapo libre. La música nos tripula porque vamos a casarnos en este momento... traigo a mis dos testigas: Mesalina y Salomé... ¿Dónde firmamos, mis danesas? Aquí, en este papelito que preparó mi *fiancé* —eufórica y relajada estampó su larga firma con una letra delgada y amplia sin omitir ningún apellido— ...que es un caballero guapo y macizo..., además, mis danesas, este hombre es muy potente, me fascinan sus piernas... y lo que tiene un poco más arriba... enséñales, Eri, muéstrales a las danesas lo que tienes reservado para mí.

María Juana se aproximó a Eric. Descubrió las venas, los tendones, los músculos de sus piernas, lo despojó de la toalla enredada en la cintura, lo vio completo, su vista encontraba detalles que la impacientaban, la dominaba el deseo. Empujó a Eric hacia la silla del escritorio. Cayó sentado y ella abrió las piernas encima de él; el azul de sus ojos abarcaba toda su mirada en una agudeza visual, táctil, gustativa, que ella supo aprovechar. Te excitaste de manera irracional, el contacto con la piel blanca de María Juana se hizo ineludible, como si fuera un poder de la naturaleza a la que la voluntad humana no pudiera combatir, los minutos se hicieron horas, los segundos se hicieron minutos, el tiempo discurría lentamente, no existía memoria inmediata, memoria de continuidad, sólo una sensación de conciencia propia, un sentimiento de bienestar que a Eric se le ofrecía de modo nítido. Pensar es un asunto pormenor, sentir es una fiesta. El amor entre ellos resultaba perjudicial. El placer era lo único que convenía dar.

Charles Morris murió de cáncer. En la última etapa, su lucidez cobró fuerza, sacó un retrato de Louise y le dijo: si eras mi luna, mi lucero, mi todo, ¿cómo no luché por ti? Adorada mía. Fui un cobarde. Jamás te puse un dedo encima. Sólo la muerte puede liberarme...voy en tu búsqueda y en el infierno nos encontraremos Fernando y yo, allá combatiremos, me robaré tu corazón y ¡ay de ti y de mí! lo deleitaré a besos.

Antes de morir pudo vender la fábrica y les dejó a María Juana y a Eric toda su fortuna. En partes iguales. Una cantidad de dinero muy generosa. Con la herencia, él podría comprar los lotes de la capital y construir casas en lo que sería la Colonia Juárez. Con la herencia, ella podría irse a Europa y... tal vez... jamás volver a México. Salvo por un inconveniente: María Juana estaba embarazada.

CAPÍTULO 10

Inventario
Facultad que se reserva el heredero
de no pagar las deudas de una herencia
sino hasta donde alcance
lo que de ella recoja.

EN LA INFANCIA DE LOS HIJOS de Óscar y Eric Nilssen hubo notables diferencias. Desde su nacimiento.

La casa de Los Portales de Toluca estaba pendiente del trabajo de parto, comenzó en la madrugada. El embarazo de Mariana había sido distinto a los tres anteriores, su vientre evolucionó con una figura picudita en lugar del redondo de los embarazos previos, por eso estaban seguros de que esta vez sería niño; el primer varón salvaguarda del apellido. Los vecinos del Portal de la Constitución concluyeron que de seguro habría fiesta, que echarían la casa por la ventana al notar una corona de claveles blancos colocada en el portón, y el aroma que salía de la cocina. Se elaboraban tamales envueltos en hojas de maíz rellenos de carne de puerco, pasas y acitrón, una cazuela de frijoles refritos con chile verde y otra de pozole rojo. Las ayudantes de cocina desleían el nixtamal en agua fría y le añadían azúcar; se hizo así el atole; no se decidía aún si iba a ser de fresa o de almendra. Óscar dispuso que el mole de guajolote fuera el plato de lujo. Venía de la casa un repique de cacerolas contra hornillas, un incesante apuro del grifo por lavar vajillas, el apresurado ir y venir de gente ansiosa. Sonó el golpe alegre del aldabón.

—Que dice don Santiago que le avisen cuando nazca su ahijado pa' que mande las cajas de cerveza.

Así se le comunicó a Óscar. Se encontraba sensiblemente inquieto, balanceándose en la mecedora de la esquina del corredor, donde las macetas se acicalaban y sus helechos reverdecían. Lo acompañaban sus tres hijas: colgada a su nuca, Lucía, la mayor, se columpiaba con la punta de los pies al ritmo del movimiento. Óscar le tomó una mano; Leonor, la segunda, sentada en el regazo de su padre no dejaba de preguntar: ¿ya mero, papacito? ¿Cuánto falta, papacito? ¿Me lo van a dejar cargar? Óscar le contestaba con besos en las trenzas. La pequeña Lila se había echado en el suelo; acostada de lado miraba la rendija de la puerta, atenta a algún sonido que saliera por la hendidura, alguna señal, cualquier ruidito. Una lagartija se posó a la altura de sus ojos. Lila la miró hacer ejercicios matutinos. En un movimiento rápido la lagartija cruzó el umbral y se metió al cuarto donde estaba por nacer el hermanito. Lila quería que llegara pronto, pues sólo entonces podría comer calabazas, higos y chilacayotes cristalizados en azúcar, biznagas en dulce y melados de caña que había en el comedor, fuera del alcance de su boca. Días antes le pidió a Pedrocué, jalándole los tirantes del pantalón, que le bajara la canasta de los "ulces". Mientras la casa dormía, Pedrocué, subido en una silla y ayudado por el palo de la escoba, logró bajar una naranja cristalizada. Se la dio a Lila. La comieron a mitades escondidos en un rincón. Ella quería más.

La única que no tenía prisa en parir era Mariana Luna. Bien deseaba que a Óscar se le cumpliera el deseo de un hijo varón, por eso lo anheló al tener seguridad: estaba encinta.

Sí, será varoncito, es un niño, se repetía en soledad. Medía su vientre con ayuda del pulgar y el meñique; calculaba su tamañito dentro de ella. Lo tentaba por encima de la piel distendida. Se alegraba imaginándolo acurrucadito. ¿Estará chupándose su dedo? Mes con mes deseaba mantener a su hijo para ella sola, que duraran lo más posible los latidos de sus corazones bailando lentos. Con los ojos cerrados recordaba un pedacito de aquel poema que recitaba su padre:

...dame un poco de luz...
    para ir en ese sueño y en esta vida dormida que dura como espacio de un día... donde hay muchas cosas en qué tropezar y otras que son un camino
    que se ha de pasar saltando.

Guardó estas pequeñas escenas en secreto, el solitario secreto que puso a buen recaudo en su vida, a sabiendas de que, en cuanto naciera, tendría que compartirlo con Óscar, sus hermanas y las niñas.

Dentro de la recámara matrimonial se encontraban las tres Lunas y entre ellas orquestaron el parto. Mariana tenía contracciones continuas, una, otra, una tras otra, llegaba la siguiente y gritaba con los labios cerrados tratando de no pujar, de quedarse con su hijo, de conservarlo. Gemía, respiraba, secaba la transpiración de la frente con el dorso, impidiendo que escurriera hasta los ojos y la hiciera llorar; porque no iba a llorar, no, no iba a llorar aunque tuviera las piernas abiertas y el alma cerrada en un puño.

—Puja, Mariana, puja.

—Anda, haz un esfuerzo, ¡expúlsalo!

—¡Déjenmelo dentro!, todavía no es hora.

—¿Cómo que no es hora? No seas coyona, ándale, ya viene.

—¡Ya se ve la cabecita! ¡Puja!

—No quiero, no quiero.

—No seas absurda, no es cosa de querer.

—¡Alabados los santos varones! ¡Aquí está nuestra criatura!

—¡Ay! no... no... pues ni modo..., ni modo..., ¡Ay!... no, ya ni modo...

Sintió que la cabeza se asomaba. Cuerpos separados. Cuerpos pegajosos y húmedos. En un doloroso pujido, Mariana entregó su hijo al mundo.

Martina lo recibió y cortó el cordón; Maura se lo arrebató para darle la palmada que activó los pulmones. ¡Qué testículos, santa Bárbara doncella! Lo alzó en vilo y los observó. Mariana extendió los brazos. Las hermanas lo devolvieron. Se destapó una teta, la puso en la boquita del niño llenándola de calostro. Lo vio: moreno igual que ella, de pelo lacio embarrado en la mollera, una pizca de nariz. Él abrió los ojos, los ojos color hiedra del padre.

—Se va a enfriar —advirtió Martina.

—Dámelo, hay que lavarlo —lo desprendió Maura de la madre.

En cuanto Lila oyó el chillido corrió a la mecedora gritando: ¡los ulces, los ulces! Óscar adivinó el mensaje. Se levantó lenta, muy lentamente agarrándose de sus hijas para darse valor ¿Ya nació, papacito? ¿Puedo entrar a cargarlo? No, chiquitas, esperen aquí. Con la mano detenida en la manija de la puerta pensó en su padre, se juró favorecer, amparar, proteger a su hijo. ¿Sería niño? Que sea niño, madre, que sea niño. Abrió tan fuerte que la puerta golpeó contra la pared. Al verlo entrar, las Lunas lo siguieron con la mirada, Óscar destapó el cobertor, la manta de cielo, el pañal y un llanto pequeñito, a cuenta lágrimas. Buenos días, Santiago, hijo. Las besó a las tres, una por una en la frente. Cargó al niño, lo sacó al corredor... y ahí comenzó la fiesta porque al grito de Óscar, ¡es niño!, se le unieron los de Lucía y Leo: ¡es niño! ¡Es niño!, y más allá los de las criadas y los vecinos y hasta el sacristán de la Santa Veracruz se enteró a la hora que tocaba las campanas llamando a misa.

El día del bautizo, los de la Cervecería llegaron con una banda de música muy popular en Tenancingo; trombones, tamboras y platillos dieron vuelta por toda la manzana de Los Portales, alborotando a los vecinos que se unieron al fandango y recibieron bolos de a tostón y de a peso lanzados por el corpulento padrino de piocha larga. A Martina le tocó atender al compadre don Santiago y a su mujer, doña Rosa —tan gorda y tan de buen humor que nadie sospechaba que moriría ese mismo año— y tuvo suerte, porque quería preguntarle cómo fue que el viudo de su hermana se fijó en ella; a Maura y Lucía les tocó encargarse de recibir las viandas que iban trayendo los invitados, organizar la calentada y la servidera, ya que el bochinche parecía no tener término; a Leo le tocó estar atenta a lo que se le ofreciera a Óscar, que andaba de arriba abajo recibiendo abrazos y apretones de manos; a Lila le tocó llevar a su cuarto los regalos que fueron llegando y ojalá le hubiera tocado otra actividad, ésta era muy cansada. A Mariana le tocó, por fortuna, presentar al niño y le permitieron, en consideración a su estado, subir a su pieza y quedarse con él el resto del día.

—No voy a permitir que juegues a los dados. No, tú no, mi hijito lindo, mi callado espectador —el chiquito cerró los ojos y se durmió en los brazos de su madre.

Sólo Pedrocué no supo del nacimiento de su primo. Se había ido a Cuautla a acompañar a Espiridión —feo como marca de mordida de burro y bueno como cobija en las madrugadas de invierno—, uno de los encargados de repartir cerveza en los estados vecinos. Solía pedir permiso al patrón Óscar y se llevaba al niño en sus recorridos, pues le platicaba sus andanzas y el chamaco parecía atento a todo lo que Espiridión le contaba. Aunque Pedrocué fuera entenado del gerente de ventas foráneas de la Cervecería, a Espiridión se le figuraba que era más de ellos, los trabajadores.

—Yo y tú semos iguales, Pedrocué.

Al pardear la tarde, después de que terminó con las entregas, Espiridión guió hacia el campo la carreta jalada por dos mulas; quería buscar a un pariente que tenía unas tierritas por ahí.

—Toda esa tierra que se divisa, desde los cazahuates blancos hasta el río, es del Masiosare y de otros ejidatarios, Pedrocué. No padecen apuros en cuanto a centavos, nuestra madrecita la tierra les da lo necesario. Siembran unas sandías así de grandotas, jitomates coloradotes y cebollas con hartas capas que parecen plumitas de pollo blanco. Pero han tenido problemas por las tropelías del criollo dueño de la hacienda. Los priva del camino, de las aguas de riego, del pasto pa' sus animales. A muchos les han quitado los terrenos que heredaron de sus ancestros nahuas, los terrenos de los pueblos. ¿Quén llegó primero, los gachupos o los indios? ¿Quénes son los ladrones, Pedrocué? La autoridá los ha desamparado porque los hacendados y los caciques compran al gobernador con harto dinero y favores. Y de remate se llevan a las mujeres jóvenes de semaneras a la casa de la hacienda, donde muelen el maíz y echan tortillas de sol a sol por una méndiga paga. La justicia de los probes anda dormida. Nomás falta que despierte. Pue' que no tarde en despertar, Pedrocué, no tarda.

Llegaron a la casa del Masiosare. Había una reunión con más de una veintena de propietarios rurales; fumaban cigarros de hoja con tabaco del Tigre y bebían café de olla con piquete. Uno de ellos, de espaldas anchas y una seña de machetazo en el pómulo, explicaba que ya en La Canoa, Ahuacatitlán, Moyotepec y otros pueblos se andaban organizando para ir a la capital y pedir copias de los títulos de propiedad en el Archivo General de la Nación; éstos los amparaban de los terrenos que les concedieron a los naturales por decreto y por ordenanza, con la merced de un virrey antes de la Independencia; en Anenecuilco tenían derecho a seiscientas varas de terreno.

—La siembra es la que nos da la vida. Crioque los hacendados habrán de reconocer nuestro derecho a existir. Por las buenas o por las malas.

Debajo de la mesa, Pedrocué, abrazado a sus rodillas y moviendo su cuerpo de atrás hacia delante, escuchaba... Por las buenas o por las malas..., miraba los pies ajados llenos de costras de lodo —yo y tú somos iguales—. Se quitó los zapatos y los calcetines.

Al acabar la reunión los hombres se dispersaron. A uno de ellos se le hacía tarde, necesitaba regresar al poblado de San Ángel, donde trabajaba en la huerta de árboles frutales de El Retiro; le permitieron ausentarse dos días con la condición de que regresara a terminar su labor de pizca de capulines.

—Ai no me va tan pior, Tata. Ya ve, me dan anuencia de venir a mis deligencias. Sólo que en estos días, el encargado, don Benigno, anda que se lo lleva pifas con un problema que tráin en la casa y la situación está de la fregada. Ya me voy, Tata.

—Ora pues, m'ijo.

En El Retiro la situación estaba de verdad muy seria. La señora María Juana no podía dar a luz. La criaturita se había sentado y por más que le recomendaron a ella gatear por el cuarto, y por más que ordenó que entre varios trabajadores la cargaran de cabeza y la zarandearan... nada, no se acomodaba. El médico informó que si no paría en doce horas sería mortal, ya estaba en embarazo postérmino y el ritmo de su corazón era una máquina loca. A Seferina y Benigno les urgía que Eric regresara, no querían cargar solos con la responsabilidad.

—Esta criatura no quere nacer, viejo. Se me afigura que está rete bien agarrada de las entrañas de su mamá, porque sabe que es mejor quedarse dentro que salir a ver qué le depara la vida.

—Yo no creo que esté mejor en ese vientre. Ha de oír las maldiciones de la niña. Que goce su abril y mayo que ya le llegará su agosto. Ándale, dame un trompazo y vete a servirle otro té de los que ayudan a dar la voltereta a la criatura, no vaya siendo la de malas que tengan que cortar a la niña y sacarle su cría.

—Ojalá que los santos dijuntos nos ayuden... la verdá pos quien sea... que nos socorra quien sea... capaz que el Príncipe de las Tinieblas nos hace más caso, ¿qué no es él quien socorre a mi niña?

María Juana se paseaba por su cuarto con la melena desatada y medio cuerpo desnudo; no soportaba que algo rozara su piel, soplaba el maldito cansancio llevando a cuestas la barriga que le parecía del tamaño del globo terrestre reflejado en los espejos. Desde el inicio el embarazo fue fastidioso y al avanzar se fue poniendo más pesado: la náusea del principio se volvió un vómito constante; el dolor de pechos se convirtió en una hinchazón que aumentó su volumen, la presión sanguínea se le fue al cielo. Sólo el humor y el estado de ánimo permanecieron idénticos de principio a fin: irritable, intolerante e irascible. Al final tenía el sueño alterado, se levantaba a oscuras e iba a mordisquear la esquina de una pared de ladrillo o se despertaba a media noche.

—¡Hielo! ¡Hielo! ¡Necesito hielo!

Ni ella sabía qué la enfurecía más: cargar la barriga, las patadas que recibía, la insistencia de su nana por hacerla comer a la fuerza, la vigilancia constante de Mesalina y Salomé que parecían centinelas en celo o que Eric la ignorara. Jamás subía a verla ni a preguntarle si se sentía bien ni a ayudarla; si acaso lo hacía, ella le soltaba un serial de injurias al verlo llegar. Eric se hartó de ella a los cinco meses del embarazo, el mismo día que se casaron. Los trámites fueron y vinieron con las infinitas revisiones a las que María Juana expuso al contrato matrimonial. En cambio, la ceremonia fue la más breve de la historia del juzgado de San Ángel, tardó lo que tardaron en firmar los contrayentes y cuatro testigos ajenos a la pareja. De regreso a El Retiro, Eric llevó a María Juana al comedor, sabía que Seferina y las criadas se habían pasado la mañana preparándole a la niña el regalo de bodas: la mesa con el mantel de encaje, un hermoso centro de rosas del jardín, la mejor vajilla de porcelana, la cubertería de plata, las copas de cristal, candelabros y lugar para dos.

—¿Esto es lo más ridículo que se te pudo ocurrir, Nilssen?

En respuesta, Eric sirvió vino en su copa y brindó:

—Todo está consumado.

Se tomó el vino de un solo trago.

—¿No es cierto que el agua que hierve demasiado se vuelve vapor y el agua que enfría demasiado se transforma en hielo?— y se fue, simplemente empacó lo indispensable y se fue. Durante el tiempo que vivió en El Retiro aguantó el infierno de María Juana, se volvió parte de él hasta el punto de dejar de sentirlo, de serle insoportable. Pero bastaba la gota que colmara su conformismo. No más María Juana, lava de volcán que destruye todo a su paso.

De vuelta en la ciudad que lo cautivó a primera vista, Eric constató que ella lo tentaba con el imán de sus promesas y se convirtió en un *flâneur* —el caminante que pasea sin rumbo y se alimenta de sueños y ajenjo en la búsqueda de... de... del... ¿qué buscas, Eric? —; deseaba recorrer su ciudad de México con parsimonia amorosa, andar sus rincones, caminar su cuerpo, conocerla de noche mientras ella dormía, disfrutarla toda, perderse y encontrarse, habitarla, hacerla suya, agotar lo que ella podría ofrecerle, curarse en ella del achaque, del horror, de su vida sin nada.

Rentó una casa en el callejón de López, frente a una sombrerería de damas; algunas de sus clientas visitaban a Eric después de las pruebas de gasas, plumas, velos y listones. "Chaparrita", llamaba Eric a todas y cada una de sus amantes sin importar que fuera alta o menuda; así no tenía que aprenderse sus nombres o confundirlas. La casa estaba bastante cerca del Jockey Club, así podía practicar esgrima en las mañanas; a dos y media cuadras de la calle de la Cadena donde vivía don Porfirio cuando no habitaba el Castillo; no tan retirada de los terrenos de la futura colonia Juárez y suficientemente lejos de su flameante esposa. Cuatro meses llevaba logrando que su bienestar dependiera únicamente de él, le sorprendía la cantidad de cosas que estaban a su alcance para hacerlo feliz; adquirió cortinas, espejos, sillones, un comedor de cedro traído de Boston, la sala con tapices alemanes. Compraba objetos, los usaba, y hasta podía desecharlos si se cansaba de ellos. Lo mismo hacía con la gente que conoció en reuniones y juergas: una corte de aduladores mojigatos en el mundo finisecular de una clase social doble. Por otra parte, Jesús lo mantenía al corriente de los negocios de El Retiro, marchaban en orden, no había de qué preocuparse; en cuanto a los terrenos de la capital, poseía lotes suficientes y aguardaba la hora de revenderlos. No tenía prisa por elegir su terreno, en el que habría de construir su residencia, esperaba que su preceptor de ajedrez, pariente de doña Carmelita Romero Rubio, escogiera el suyo y entonces sí, comprar el contiguo.

Pensaba en María Juana si bebía, o mejor dicho, cuando se emborrachaba, porque bebía todos los días, pero sólo se emborrachaba al concentrarse en María Juana, un día sí y otro quién sabe. A oscuras en el estudio, envuelto en el humo de su pipa, la imaginaba sufriendo por haberse amarrado a una situación ajena a ella que era tan libre, al fin de cuentas. Difícil compadecerse de aquella loca testaruda, y sin embargo le tenía lástima. La comparaba con un jarrón francés cuyas agarraderas parecían brazos en jarra, igual a como solía ponerlas María Juana. ¿No es bonito, Eric?, ¿no es hermoso este jarrón que no sirve más que de adorno y te costó carísimo? Lo adquiriste por capricho. Su color azul pálido revive los ojos de tu esposa —ojos de loba— y su porcelana te guarda en la punta de la lengua la textura de esa piel tersa de María Juana a quien has espiado sin cansancio con el pensamiento. ¿O es con la memoria, Eric?, la memoria de tu mano recorriéndola, tocándola con el recuerdo. Sientes un enredo en tus huellas digitales, tienes la necesidad de mirarlas abriendo violentamente ambas manos a tal grado que se te ponen tensas, pálidas.

¿Es María Juana? ¿Tu mano recorrió la piel de María Juana? ¿O es Catalinda? Aunque Catalina no era de porcelana blanca, era…, era, ¿ya se te olvidó cómo era Catalina? acuérdate, Eric… sí, arena, ámbar, sí. Catalinda no puede írsete del dolor…, el dolor sigue aquí, ¿cómo es?, ¿cómo duele? crece en el hueco que tienes donde debiera estar el corazón… Sin sollozos, Eric, no me salgas ahora con que vas a llorar por tu niña Cata si ella pertenece a otra vida, a la vida del más allá, como pertenece al otro más allá lejos tu madre ¿Habrá muerto tu madre? ¿Por qué se te mezclan las heridas? ¿Por qué las confundes? ¿Vas a lamentarte? ¿Por cuál de ellas? Y mejor ni pienses en tus hijos, Eric, pues si las mujeres significativas de tu vida te alteran la conciencia, cuanto más se turba ésta ante la ausencia de tus hijos, el que está por nacer... y el otro. Repasas la existencia de peregrinación que has llevado, el camino que infaliblemente se bifurca en otro y te lleva a perseguir puertas, ¿para qué?, ¿para qué se cierren antes de cruzarlas?... oyes que alguien está tocando a tu puerta... ¿Quién es, Eric? ¿Quién llama? ¡Dónde diablos están los criados que no abren!

—La señora María Juana ya ha salido del paso.

—¿Qué ha dado a luz, Benigno?

—Un niño.

—¿Con vida?

—Con vida.

—¿Y ella?

Ella se levantó de la cama cuando se lo tenían estrictamente prohibido. Anémica, barriendo el piso con su bata, miró por la ventana. Venía ya la nodriza con sus pechos repletos de leche, el alimento del niño que dormía en otra habitación. La recibió Ramona, quien, por no haberse podido embarazar después de seis meses de casada con Jesús, hizo suyo al chiquito, flaco, pelirrojito, con los ojos verde hiedra del destino. Ramona —que de niña fuera juguete de María Juana— entró a la habitación con el cabello trenzado en lazos morados, una blusa de satín brillante, los pies descalzos e impacientes. Le preguntó si podía llevar al cuarto de "el ñiño" el caballo de madera de tamaño natural, el que se encontraba abandonado en el torreón. María Juana recordó la imagen de un caballo enorme que recibió un Día de Reyes. Sus padres insistían en que se subiera en él: súbete, niña, anda, súbete, pronto, pero ¿cómo?, si era altísimo y se bamboleaba con su carota risueña; ella sintió que sus papás querían matarla; sí, claro, querían que el caballote la tirara y así deshacerse de ella; pateó al caballo y corrió, corrió, corrió a esconderse a su cuarto, a refugiarse. Sí, sus padres quisieron matarla el Día de Reyes. Les estorbaba. Y hasta este momento María Juana entendió que un hijo podía echar todo a perder.

—Haz lo que quieras, Ramona.

¿Y ella qué quería? Pensar. Se paró en medio del cuarto. Mesalina y Salomé levantaron las orejas.

—Para pensar necesito espejos, no puedo concentrarme más que en presencia de mi imagen reflejada, es mi imagen lo que quiero multiplicar, tengo que ver mi frente, mi perfil, mi espalda. Mi espalda está desnuda. Tengo que cubrirme la espalda o este hijo puede apuñalarme hasta que la daga llegue a las venas sin que me dé cuenta. Será mejor hablar con el niño y explicarle ahora que no me entiende. Puedo mentirle, decirle que me voy a ir de viaje y que no tardo, que vendré por él en cuanto me instale. Aunque… también podría decirle la verdad, decirle que no pienso regresar, ¿para qué me miento?

Al alba pidió que le llevaran al niño a su cuarto y que los dejaran solos. Las perras estuvieron atentas. Lo desnudó. Estaba completo. Quería cargarlo, ponérselo en las rodillas, besarle las manitas. Pero ni siquiera lo retuvo en los brazos. Quedó acostado en el sillón de lectura.

—Mire, Nilssito, el sol va a salir. ¿Lo ve? Va a comenzar la función nuestra de cada día. Hoy a usted le tocó ser espectador de mi partida. Le voy a explicar por qué quiero irme. ¿Podré? —caminó de un lado al otro del cuarto. Movía juntos los dedos de una mano y luego los de la otra y luego los de ambas. Regresó al lado del niño—. Quiero estar sola. Saber quién soy. Reconocerme. Quererme. Porque ha de saber usted que no me quiero suficiente y así no puedo querer a nadie más. Ni a usted que es mi hijo recién llegado. Quiero estar sola. Sólo así lograré salir y ofrecer lo que llevo dentro, si es que algo llevo dentro. No pretendo que alguien me arregle la vida. Quiero estar sola. Y si para eso tengo que desafiar las normas... lo haré —el chiquito mantuvo la mirada de sus ojos color hiedra en el vacío—. No se ponga así que me lo hace difícil, mire, déjeme contarle algo que nada más usted sabrá —María Juana sacó del cajón de la cómoda el espejo de Sanda Orsova—. Al verme en este espejo muchas cosas se me revelaron, así pasó, en el reflejo vi otro reflejo y en la sombra... otra sombra... Es como si este espejo fuera mío y la imagen que veo me gustara. No me entiende, ¿verdad?, ¡ni yo lo entiendo! Qué importa. Lo que debe de saber, a fin de cuentas, es que me voy. Y usted perdone que lo haga, Nilssito, pero los autores de su tragedia no somos sus padres, sino el destino. Su destino que así le tocó. ¿Sabe? el destino no hace acuerdos, es un laberinto... y cada quien tiene que recorrerlo como pueda y encontrar la salida.

Salomé se echó con el hocico apoyado al piso. Mesalina la imitó. El niño mantuvo los ojos abiertos sin llorar, mudo. María Juana le gritó a Seferina: ¡nana, ven por el niño! Y, al llegar su nana, le pidió que le cubriera las manos, que lo arropara, lo abrigara, nana, que lo envolviera, que se lo llevara a un lugar seguro, lejos de ella.

—Yo te lo cuido, mi niña, yo lo cuido, te lo prometo.

En cuanto Eric llegó a El Retiro, María Juana le regresó el espejo que tuvo custodiado por nueve meses.

—Herédaselo al niño —no fue una orden, fue una sugerencia.

—Lo haré —no era una sumisión, era el primero, el único, entendimiento silencioso que, como padres, tuvieron con el hijo—. ¿Qué nombre quieres ponerle, María Juana?

—Maximiliano. Por la víctima del Imperio.

—¿De verdad vas a irte?

—¿Todavía lo dudas?

—¿Cómo vas a hacer para no regresar?

—No pensar en regresar.

¿Por qué tienes la impresión de que no quieres que se vaya María Juana, Eric? ¿Por qué te asalta el deseo absurdo de que se quede? Y ella parece tan radiante, aún ahora que acaricia a las perras y les susurra al oído algo que tú no oyes. Le dice adiós a su nana pidiéndole que cumpla su promesa, pobre doña Seferina. Y se dirige a ti, el último en despedirse.

En un sorpresivo acto, María Juana te dio un abrazo contenido y agregó un beso en la mejilla.

—De verdad te agradezco todo lo que has hecho por mí, Eric Nilssen.

No lograste responder.

Una arañita iba subiendo por el hombro de María Juana. Eric retuvo la imagen. No supo si finalmente la arañita habría llegado al cuello; si habría dado marcha atrás desurdiendo lo tejido; o si María Juana la habría aniquilado de un manotazo.

Las perras aullaron noche tras noche durante un mes. No encontraban ni a María Juana ni a Eric. Salomé huyó por la reja de la calle. Mesalina se echó en la recámara de su dueña y no hubo poder humano que la sacara de su postura, hasta que murió.

CAPÍTULO 11

En este mundo traidor
nada es verdad ni es mentira
todo es según el color
del cristal con que se mira
RAMÓN DE CAMPOAMOR

—...Y ES QUE CUANDO se tortura el ánima de un país, su ser está alterado y el espíritu de sus habitantes se zarandea.

Óscar escuchó esta máxima en boca de un hombre que esperaba, como él, a que lo comunicaran en la central telefónica de la ciudad de México. Era verdad. Al menos el suyo, su espíritu, andaba agitado en tiempos difíciles: los sucesos nacionales y los propios lo sacudían a cada momento.

Puso atención en lo que platicaban dos hombres frente a él.

—Por lo pronto Panchito Madero logró que las clases medias asumieran su responsabilidad política.

—Es cierto, amigo mío, pero aún a la pobreza de los que están en la base de la pirámide, no le llega la lluvia de la riqueza prometida.

—Explíquese usted, si me hace el favor.

—En Inglaterra, Francia, Alemania, Estados Unidos, argumentan que la sociedad es una pirámide donde los pudientes económicos se sitúan en la punta; desde allí lanzan la riqueza a los que se encuentran en la base, los pobres, una masa que se vería beneficiada con una fecunda lluvia. Si esto, que se ha dado en llamar "liberalismo" desde mediados de nuestro siglo, ha funcionado en aquellos países, en México no ha sido posible... y me temo que será imposible..., porque la base de esta pirámide es muy ancha y su altura escasa. De manera que a pesar de la Revolución que estamos viviendo, los pobres seguirán siendo pobres toda su vida.

—Eso trata el presidente Madero, que se distribuya la riqueza con justicia, impulsar la desintegración de las haciendas por medio de impuestos sobre tierras baldías, la restitución de tierras expropiadas a campesinos; aunque él mismo sabe que esto último requiere de complejos estudios, lo va a lograr, ya verá usted. Su aliada más digna es la ley, no dejará que gobierne nadie por encima de la ley, de nuestra Constitución.

—Muy loable, mi estimado amigo, eso suena muy bien... sin embargo... Madero es un idealista, un soñador, no la persona que la situación requiere. La gente del campo asume una urgencia contraria a la paciencia que ha tenido por siglos. ¿Creía usted que Emiliano Zapata iba a esperar más tiempo si ya le habían prometido el reparto de tierras? No, señor mío, Zapata y Madero difieren en los procedimientos. Zapata tiene un amor casi místico por la tierra, una unión ancestral con ella; en cambio Madero no entiende la importancia de la propiedad comunal. El Presidente carece de malicia y eso lo va a llevar a la ruina, porque por una parte los revolucionarios comienzan a sentirse desilusionados, confundidos, traicionados; por otra parte a los dueños del poder económico les preocupa hondamente el clima de inseguridad; luego está el clero que manipula desde el púlpito a sus feligreses y traba alianzas inconfesables; por último, y no menos peligroso, están los militares que extrañan a Porfirio Díaz y se arman de pretextos hasta los dientes.

—Madero es enemigo de la lucha armada. Ha preferido negociar.

—Es cierto, empero... preste usted oídos... con ese espíritu ha cometido graves errores: en vez de emprender la destrucción definitiva del sistema, dejó inmune el aparato judicial y mantuvo intacto al ejército federal; y, no obstante que fueron sofocados los pronunciamientos subversivos del general Bernardo Reyes y de Félix Díaz, cometió el desatino de perdonarles la vida cuando debió fusilarlos, grave, muy grave; un cirujano no cierra la herida antes de limpiar la gangrena. ¿Sabe usted lo que se advierte en los pasillos de Palacio Nacional?

La telefonista llamó a Óscar con el índice.

—Ya está lista su llamada a Toluca en la cabina tres.

En el trayecto a la cabina, Óscar quiso ignorar los comentarios de los hombres. Lo pusieron más nervioso de lo que ya estaba. En Toluca se habían enterado vagamente del inicio de la Revolución. Pasó inadvertida. En todo el estado no se movió una hoja revolucionaria, así que ni notaron el tamaño de la realidad. Algo mencionó en una sobremesa Pedrocué; dijo que, en la escuela de Tenancingo donde asistía, se hablaba de que un tal Genovevo de la O se encontraba prófugo por haber participado en cierta campaña contra el gobierno. Óscar no le puso demasiado interés y ahora se arrepentía de ello, si tan sólo hubiera estado más pendiente de lo que vivía el chamaco, de sus relaciones...

—Casa de la familia Nilssen Luna.

—¿Quién habla?

—¿Óscar? ¿Eres tú? ¡Hermana, es Óscar! ¡Niñas, es su papá!

—Sí, Martina, soy yo, por fin pude comunicarme, se descompuso la línea de la oficina de la Cervecería y no pude hablarles antes. ¿Cómo anda todo, cómo van las enfermas?, ¿ya se mejoró la chiquita?

—Ay, cuñado, no se te escucha muy bien. Ya los extrañamos, ¿cuándo regresan?

—¿Que cómo está Emilia?

—Apenas te oigo. ¿Bueno?, ¡bueno!, Leo, toma la bocina a ver si tú oyes, no entiendo bien lo que dice.

—¡Papacito! Queremos que se regresen, a Emilia se le agravó la escarlatina y tiene la lengua como frambuesa y muchos escalofríos, la calentura le subió a cuarenta grados. Aunque dice el homeópata que ya pasó la crisis, estamos muy apuradas porque Ernestina y Elena no han salido de lo peor. Te paso a mi Ma Martina.

—¡Óscar! ¿Cómo estás?, ¿cómo está Santiago?, ¿vas a poder regresar pronto?

—Escúchame bien: no puedo desprenderme de aquí sino hasta el domingo, hay algunos problemas con las entregas de la Cervecería, además, mañana voy a hablar con mi hermano para explicarle lo de Pedrocué. Santiago y yo vamos a pasar el fin de semana en su casa. Dile al chochero que no se desprenda de allí, que por favor los vigile.

—Sí, don Higinio está al cuidado, les da personalmente las gotas, no sale de la casa.

—Eso me deja más tranquilo. ¿Y Mariana?

—Ya sabes, tomando sus gotas.

—Por favor, ponla en la línea.

El ánimo de Mariana era incomprensible. Tenía insomnio, falta de apetito, cansancio continuo y amenorrea, pues sus períodos menstruales se detuvieron sin que estuviera embarazada. Parecía que nada le importaba. Al principio nadie se dio cuenta de que eludía la boruca cotidiana y se sentaba en el balcón del cuarto de Santiago, a leer algún libro de la biblioteca de don Isidro Luna. Horas sin hablar. Luego resultó obvio sólo para Lila que la seguía con la mirada, la buscaba, se sentaba a su lado, la regresaba de allá, de donde paseaba su mente.

—Mami, ¿quieres que te traiga una tacita de chocolate?

Lila y Santiago fueron los únicos que desde chiquillos no siguieron la costumbre de llamar "Ma" a las tres hermanas —Ma Martina, Ma Maura, Ma Mariana—. Ellas son mis tías y mi mamá es mi mami y punto, reclamaba Lila. Tenía hacia ella un devoto amor, la sabía diferente a todos los que vivían en la casa de Los Portales, parecía que la alegría de esa casa le había sido vedada a Mariana, que no se daba cuenta de que podía ser feliz, como todos, como los demás que se divertían haciendo de la vida un juego, sin enojos ni restricciones, sin reglas ni regaños.

—¿Por qué no eres feliz, mamita?

—¡Qué tontera dices!, claro que soy feliz, ¿por qué no he de serlo?

Eso decía su voz. La lentitud de su mirada, en cambio, no sólo la desmentía, sino expresaba lo opuesto.

Una vez Lila vio a su madre feliz, de veras feliz; sucedió tres años atrás, en aquel viaje a la ciudad de México, cuando se apareció el cometa Halley causando alboroto en la chiquillería y angustia en algunos adultos que, más allá de celebrar el espectáculo que les regalaría ese prodigio natural durante una madrugada de mayo, le pusieron mala cara. El sentimiento de pavor se producía por una creencia supersticiosa: la estrella de larga cola era mensajera de tiempos difíciles, presagio de sucesos dramáticos. La gente tenía noticia de que este mismo cometa había surcado los cielos mexicanos cuatro siglos antes, con consecuencias catastróficas para el emperador Moctezuma, gobernante de las tierras de Anáhuac. Pobre don Porfirio, le va a pasar lo mismo. Y así se cumplió meses después de ese mismo año. Pero para los Nilssen de Toluca, ir a admirar el paso del cometa resultó un acontecimiento festivo. Eric los invitó a su casa de la calle de Berlín. Y nada de que decidieran los dados y "a ver a quién le toca". Convidaba a Óscar, Mariana, Lila y Santiago. Nadie más.

Eric quería que Santiago y Lila convivieran con Maximiliano y le alegraran un poco la vida de interno en el Colegio Williams, que saliera de la costumbre de encerrarse en su cuarto a jugar con un tren que zumbaba y pitaba dando vueltas y vueltas por el riel, la máquina Lyon, regalo mandado desde Francia por su *mère*. Maximiliano ya no estaba en edad de que Nita, como llamó a Ramona desde que comenzó a hablar, lo siguiera consintiendo y encubriera sus miedos y sus enfermedades ficticias. A Eric le caían bien estos sobrinos, Lila por ser una muchachita inteligente, sensible, linda compañera, y Santiago porque era el único hijo varón de su hermano, de la edad del suyo, casi su gemelo.

El día que llegaron de visita, Eric permitió a su hijo y a sus sobrinos ir con Jesús al expendio de gasolina de la calle de Balderas, para ver cómo llenaban el tanque del *buggy,* un Oldsmobile de un cilindro, con toldo, canasta lateral, faros de acetileno y corneta estrepitosa, envidia de los vecinos y sufrimiento de Jesús que tuvo que aprender a manejarlo. Al regresar del expendio, Jesús se encontró con una tragedia: Ramona lloraba sin consuelo en la cocina porque acababa de recibir la noticia de que su padre había amanecido muerto. Seferina estaba como loca. Los demás criados necesitaban que la hija y el yerno fueran a ayudarlos.

—¿Qué hacemos, Chucho?, don Eric no nos va a dejar ir ahora que tiene visitas.

En eso entraron Mariana y Lila a la cocina y se enteraron de la situación. Mariana abrazó a Nita y le dijo que se tranquilizara. No te preocupes, repitió Lila, Nosotras nos hacemos cargo de todo. Y, ¿quién le explica a mi patrón? Vengan con nosotras. En el jardín trasero, Óscar y Eric discutían quién sabe de qué asunto sin importancia; Santiago y Maximiliano los observaban, uno risueño y el otro entrecerrando los ojos cada que su padre gritaba. A Eric lo asombró la noticia de la muerte de Benigno. Pobre hombre, caray, pobre doña Sefe, ha de estar deshecha. Pero tardó menos de un minuto en reaccionar de manera contraria: no pueden irse, ¿quién nos va a servir? Lila le contestó que ella se hacía cargo de los muchachos, de ayudarle a la recamarera a preparar la merienda y el desayuno. Con una actitud conciliatoria, Mariana convenció a Eric de que Nita tenía derecho de ir al lado de su madre y velar a su padre. Si usted me permite, Eric, yo veré que todo esté en orden. Convinieron en que mandarían a tres personas de El Retiro y suplir así los deberes cotidianos. Todos de acuerdo. Gracias, seño Mariana, hoy por mí, mañana por usted. Con disimulo y aparentando indiferencia, Eric le dio a Jesús unos billetes para lo que se ofreciera.

(—Nita ¿se siente feo que se muera tu papá?

—Sí, mi ñiño Maximiliano. Se siente muy feo.)

Al medio día, los hermanos, Mariana y los chicos, fueron a pasear al Tívoli del Eliseo. Óscar, Santiago y Maximiliano se alejaron al ritmo del baile de "los gigantes y cabezudos", unos monotes de dos metros que movían los brazos de trapo girándolos alrededor del cuerpo. Trataban de averiguar quién estaba debajo del disfraz, cómo caminaba sobre zancos sin tropezarse ni caerse. Eric llevó a su cuñada y su sobrina a caminar por las veredas, a observar los patos del estanque, a escuchar el murmullo de las fuentes y el canto de las calandrias. A oler los *no me olvides*. Se sentaron en una mesa del kiosco de cortinajes de terciopelo. Ellas pidieron agua de horchata y se divertían al oír de qué manera Eric imitaba a su hermano.

—¡Pero si hasta tienen la misma voz! Lo hace usted igualito, tío.

—Por favor, Lila, al menos tú sí tutéame, con tu madre no puedo lograr que deje las solemnidades conmigo.

—Son las costumbres, Eric, dispénseme, de verdad no puedo.

—Entonces yo la seguiré tratando de usted, querida Mariana.

Mariana Luna y Eric Nilssen simpatizaron desde el momento en que Óscar los presentó. Al igual que Lila, Eric sabía que Mariana era diferente, sin distinguir bien a bien en qué consistía esa diferencia. Al verla tomar su horchata, la observas. Adviertes una sensación clara: la mujer de tu hermano te parece... te parece... ¿qué?, un silencioso lamento lleno de ecos..., el aleteo de una diminuta luciérnaga..., una tristeza devanada con hilo fino. Le quitas de encima la mirada.

Óscar quería conocer el Restaurante Chapultepec, del cual su compadre, el difunto don Santiago, había sido accionista. No fueron porque Eric no quiso. A Óscar y Santiago les pareció demasiado ostentosa y arrogante la comida en el *Sylvain*. Eric le había prometido a su cuñada y a su sobrina llevarlas a conocer a quien sería el cocinero de uno de los banquetes de las fiestas del Centenario, programada para el mes de julio, Sylvain Daumont. El chef francés dejó boquiabiertas a las provincianas al presumirles lo que utilizaría en el decorado del salón de actos de la Cigarrera Mexicana.

—Diez mil rosas, veinte mil claveles, tres mil gardenias y dos mil metros de guirnaldas.

—¿Para qué queremos saber eso? —le cuestionó al oído Óscar a Santiago.

—La sopa y las salsas se harán con tres reses y tres terneras, cien tortugas de mar y mil cincuenta truchas; debemos comprar mil filetes de res, ochocientos pollos, cuatrocientos pavos, seiscientas latas de espárragos franceses, noventa de hígados de ganso, cuatrocientas de hongos, trescientas de trufas; un furgón de ferrocarril entero de toda clase de legumbres y diez toneladas de hielo.

—Y, ¿saben ustedes qué habrá de bebida? —se emocionó Eric—. Dígales, Sylvain.

—Doscientas cajas de jerez, doscientas setenta y cinco de *Poully* y otro tanto de *Mouton Rotschild,* cuatrocientas cincuenta cajas de *Cordon Rouge* y doscientas de coñac *Martell.*

—Esto va a costar un capital, ¿lo tienen calculado, Sylvain?

—Sí, amigo Nilssen, alrededor de ciento veintiséis mil pesos.

Óscar volvió a cuchichear: Si supiera Pedrocué en qué anda metido su padre... Se entristecería más, contestó Santiago.

Una sola prohibición tenían los hijos de Óscar: hablarle a Maximiliano de Pedrocué. Maximiliano no debía saber que su padre tenía otro hijo. Y mucho menos que vivía con ellos en Toluca.

Tiempo atrás, Óscar le había confesado a Eric que fue a buscar a Pedrocué y lo encontró solo. A su abuelo Aristide lo destrozó su enemigo el tiburón. Se lo llevó a Toluca. Eric enfureció por la injerencia, la intromisión, la fanfarronada de su hermano, le dijo que por qué se metía en lo que no le importaba, que si lo había hecho tendría que pagar las consecuencias, que lo educara él, que lo mantuviera él ya que no le bastaba tener una familia numerosa... ¡ahora quería un recogido! La única que pudo calmar su furia en aquella ocasión fue Mariana. En una caminata por el jardín, solos, lo tomó del brazo:

—A mí me agrada que sea compañero de mi Santiago, es una buena influencia para mi hijo, tan rodeado de tías y hermanas —con una suavidad sorprendente, comenzó a describirle el carácter enérgico del chico, su chispa, el brillo de sus ojos, su manera decidida de ser—. Es muy valiente, no le tiene miedo a nada. Conserva un recuerdo hermoso del manglar, de cuando vivía ahí con su abuelo y su mamá. Supe que usted le enseñó a nadar, ¿se acuerda, Eric?... —entre nieblas quieres olvidar las risas de un chiquito gozoso que quería inútilmente alcanzar un pez escondido entre la arena—. Me ha confiado anécdotas que me conmueven... una en especial: aquel día él estaba ardiendo en fiebre. Usted llegó a su hamaca y le tocó la frente con los labios. Sólo eso: le tocó la frente con los labios. A pesar de que era una criaturita cuando esta anécdota pasó, Pedro lo recuerda. Se toca la frente queriendo defender la sensación dulce, suave, delicada. Me lo dijo de tal modo, Eric, que con esa narración lo conocí a usted más que con todo lo que me ha platicado mi esposo. ¿Sabe? se me forma un nudo en la garganta al saber lo feliz que era Pedro entonces, tanto, que a mí me gustaría ir un día por allá, al manglar. Encontrarme en ese paraíso.

—Pedro salió a su madre —dijo contagiado por las palabras de Mariana. Lo incomodó una trabazón formada en la garganta.

No era momento de recular. Mitad orgulloso y mitad resignado, se acercó a Óscar que desde el pórtico veía la escena, y remató:

—Usted perdone mi enojo, Mariana, y es que de verdad hermano, eres un... tarugo, te pasaste de la raya, yo debí tomar la decisión, no tú, y agradécele a tu esposa su intervención, si no, sería capaz de romperte la... crisma hueca que traes en medio de los hombros. De a tiro, ya ni la... amuelas.

En fin, ya que no hay remedio… espero que lo eduques lo mejor posible. ¡Y a ver si cumples!

Nunca te esforzaste por ver a Pedro.

Esto le platicaba Mariana a Lila la vez aquella del cometa, mientras la hija peinaba a la madre antes de ir al baile del Círculo Francés. Mariana Luna estaba preciosa, estrenaba un juego de pendientes y collar de perlas, regalo que le compró Eric en la joyería La Esmeralda, y un vestido de cendal color turquesa elegido por Óscar en El Palacio de Hierro. Se sentía bienaventurada. Al subir las escaleras que daban acceso al salón —tan elegante, tan dorado e iluminado—, su ánima también subía tomada del brazo de Eric y Óscar. Así, escoltada, se vio segura de sí misma. Era como reencontrar la confianza, la risa, saber que al menos por esa noche sería única. Única para Eric, que a todas luces se veía asediado por mujeres hermosas a quienes ignoraba, y para Óscar, que la llamó "mi cielo" —por primera vez— y le extendió la mano en cuanto don Miguel Lerdo de Tejada tomó la batuta de la orquesta y comenzó la música. Mariana Luna danzó con uno y otro hermano; se la turnaron toda la noche hasta el cansancio de ellos, porque ella le hubiera dado vuelo a sus pies más horas.

Uno de los momentos sublimes de la fiesta fue cuando entre ambos hombres le declamaron un poema a dos voces. La idea se le ocurrió a Eric, sólo que Óscar también sabía el verso y no quiso quedarse rezagado, así que, de prisa, él comenzó:

—Te vi un punto y flotando ante mis ojos…

Eric continuó lo más lenta y suavemente que pudo:

—La imagen… de tus ojos… se quedó…

—Como la mancha oscura orlada en fuego…

—Que flota y ciega… si se mira al sol…

—Adondequiera que la vista fijo…

—Torno a ver tus pupilas... llamear...

—Mas no te encuentro a ti que es tu ojeada —la siguiente línea debía tocarle a Eric mas Óscar no lo dejó terminar y apresuró el final:

—Unos ojos, los tuyos, nada más.

—*Unos ojos... los tuyos... nada más...* —repetiste en silencio.

Mariana aplaudió eufórica, Óscar hizo una reverencia, Eric besó la mano de la mujer y corrigió a su hermano.

—No es ojeada, es mirada.

—Ojeada o mirada, qué más da —y sacó a su esposa a bailar. De lejos, terminaste el poema a solas:

Fatigada del baile, encendido el color, breve el aliento, del salón se detuvo en un extremo. Entre la leve gasa que levantaba el palpitante seno, una flor se mecía en compasado movimiento.

Al terminar la velada se escabulleron sin cumplir con la costumbre de despedirse de los conocidos; querían disfrutar el paso del cometa desde el mirador de la casa.

Eric se quitó el saco del frac, puso un disco de nocturnos de Chopin y, a pesar de que Óscar insistió en que no lo hiciera, fue a la cava por una botella de champaña. Mariana caminó hacia la orilla de la terraza. No quería privarse del espectáculo del firmamento que encendía sus constelaciones y su luna naranja, mezcla de arena y escarlata, en honor al paso del cometa. Esa estrella se abría camino en el universo, dividía el vacío, destrenzándose, perseguida por su propia cabellera se precipitaba en el tiempo. Mariana sintió un escalofrío. Se le erizaron los vellos de los brazos, se abrazó y exhaló un suspiro hondo, de esos suspiros que dejan a una mujer sin aire, con unas inmensas ganas de que no termine el día, el día con su generosa noche que se abre a la posibilidad de soñar despierta. ¿En la luna habitan los sueños? Sintió un ahogo a la altura de la tráquea.

Óscar regresó de ver si los chicos dormían. Se apoltronó en el diván y se quedó dormido con la copa de champaña al lado. Eric se dio cuenta de que Mariana temblaba al borde del mirador. Se acercó a ella.

—¿Qué pasa?

Ella quiso decirle: no es nada, o tengo frío, pero él no se merecía una farsa, había sido compasivo con ella durante su estancia en la ciudad. Lo miró. Podría ser que la noche le propusiera la ocasión de hablar con honestidad.

—En mi alma hay una extraña revuelta... como si el aleteo de un ángel molesto enojara sus alas. Por un instante se hizo demasiado intensa, demasiado cierta... y una tristeza urgente se apropió de mí.

—¿Puedo saber la causa?

—El juramento que tuve que hacerle a mi padre antes de morir.

—¿Qué juramento?

—Compartir con Martina y Maura la dicha de mi matrimonio.

Tal vez porque el aire se le metió en la mirada, tal vez porque le dio vergüenza confesarlo... o tal vez porque al fin podía expresarse con palabras, sus lagrimales se inundaron y ella cubrió el rostro volviéndolo hacia la oscuridad.

Eric apretó la quijada. ¿Qué hubiera sido de ti si en vez de quedarte en Veracruz te hubieras ido con tu hermano a Toluca?, ¿qué hubiera pasado si hubieras conocido a Mariana entonces?, ¿qué? Los hubieras y los hubieses no existen, Eric. Te asalta el deseo de ser Óscar.

—Y al bruto de mi hermano le encantó desempeñar el papel de salvador.

—No lo culpe, Eric. Él es cariñoso, generoso, responsable. Dueño del corazón más grande que existe en la tierra. Yo lo amo, es el amor de mi vida, mi obligación será amarlo sin condiciones. No debo ni pensar en que nuestra relación no resulta como yo desearía. Boba de mí, perdóneme usted.

—¿Por qué se arrepiente de lo que dice, Mariana?, él tendría que valorarla, tendría que reconocer que no puede compartir su vida de esta manera, su amor debiera ser indivisible, tendría que tenerla en un nicho —¿por qué es así el destino, Eric? ¿Por qué no eres Óscar?—. Usted es la mujer más sensible, más comprensiva que he conocido —el esposo de Mariana empezó a regresar del sueño y cuando se regresa del sueño, el primer sentido que despierta es el oído, así que oyó las últimas palabras:

—Usted es la única persona que podría calmar los demonios que llevo dentro y...

—¡Pues mira, hermano, lo tendré en cuenta! Cuando se desaten tus demonios, mi esposa será el escudo que los ataje —dijo lanzando un bostezo largo, estirándose—. ¿Nos vamos a la cama, mi cielo?

Te quedaste en la terraza, Eric. Viendo el cometa inalcanzable. Acabándote la botella de champaña. Solo. Alguien te apagó la luna y esfumó el cometa.

Con la bocina del teléfono en la mano, esperando que Mariana llegara a contestar, Óscar recordó la frase "Usted es la única que podría calmar los demonios que llevo dentro", y se le ocurrió que Mariana tendría que ayudarle a dar a su hermano la noticia de que Pedrocué...

—¡Mi vida! Te extraño tanto —gritó Mariana agitada por la carrera que pegó en cuanto le avisaron que Óscar estaba en el teléfono.

—Yo también las extraño, mi cielo. Se me estaba ocurriendo que vengas a México hoy mismo, tráete a Lila. A Santiago y Maximiliano les dará gusto que llegue y Eric estará feliz de volver a verte.

CAPÍTULO 12

Febrero de Caín y de metralla...
ALFONSO REYES

—¿Tú crees que Maximiliano nos haya oído, Santi?

—Seguro que no, hermana. Él y yo estábamos en el sótano jugando billar, no escuchamos lo que platicaste con papá. Condenado Max, me iba ganando por ocho carambolas seguidas; ¡claro!, si el único taco que yo sé agarrar es el de chorizo. En cambio, él entraba a la tronera sin dificultad una y otra vez mientras me volvía a preguntar lo mismo: que cómo es Toluca, que qué se siente tener una familia numerosa, que por qué su papá no lo deja ir a nuestra casa. Cada que me hace la última pregunta, me hago guaje; a las demás le contesto lo que le he repetido no sé cuántas veces: que Toluca no es grande, que es simpática; que tener tres mamás y seis hermanas es una ventaja aunque también un trastorno. ¡Y no me cambies el tema, Lila!, ¿por qué te quieres venir a vivir a México? Eso le acabará de romper el corazón a mamá. Yo creo que ni la enfermedad de Ernestina, Elena y Emilia, ni el embarazo difícil de Lucía la tienen tan preocupada como tu decisión.

—Pues no creo, ella entiende, o trata de entender. Sabe lo mucho que me gusta la ciudad.

—Sí, claro, el tío Eric te ha consentido tanto que te tiene encandilada con la ilusión de que "acá vas a poder estudiar mejor la carrera de maestra". ¿Qué pero le ves a la Normal de Toluca, hermana? Es una de las mejores del país. Y ¿sabes?, se me hace raro que caigas en la provocación del tío, de sus lujos y su manera de vivir.

—No son los lujos, Santiago. Son las oportunidades. ¿Sabes qué me dijo mami? Que es bueno que luche por lo que quiero. Y que ojalá ella hubiera tenido el mismo coraje.

—No te quedes, Lila, por favor no te quedes acá. Te van a cambiar de manera de ser, ya te veo como señoritinga paseando por la Alameda del brazo del tío.

Ella quiso confesarle la verdadera razón por la que quería estar en la capital. No pudo. Adoraba a Santiago y aún así, su secreto, la promesa que le hizo a Pedrocué, era más fuerte. Le dolió el estómago sólo de sentir que se estaba metiendo en camisa de no sabía cuántas varas.

—Oye, Santi, ¿y si estudias en la Universidad Nacional? ¿Y si te quedas tú también?

—¿Yo? Sólo en La Castañeda. No no, no no, yo ni loco.

Lila tronó un beso en el cachete de su hermano. Él refunfuñó. Todavía en bata, encendieron el ocote y lo metieron flamante en el carbón acomodado entre el calentador; se dejaron ver las centellas doradas y azules que, chasqueando, iniciaban el ritual matutino. Jabón, toallas y estropajos estaban listos en el baño. Santiago salió al balcón principal del "palacete". Eric había elegido este estilo de construcción, una vivienda de dos plantas, terraza superior y un enorme sótano. Rodeada frontal y lateralmente por patios y jardines, era una residencia de rasgos aristocráticos. Su interior estaba ricamente ornamentado en el tratamiento de la yesería de techos y paredes, en la abundancia de madera fina, en los vitrales de la escalinata y del despacho de Eric, lo cual denotaba el poder económico de su propietario. Desde el balcón, Santiago observó la calle de Berlín: pavimentada, con alumbrado público, banquetas y postes de teléfono, elegante. En la esquina se ubicaba la "villa" del presidente Madero. Recordó el día de la elección. En Toluca, Óscar, Pedrocué y Santiago recorrían las calles, andaban de curiosos; veían a los hombres salir exaltados después de votar en una caseta colindante al Palacio de Gobierno. En especial, les llamó la atención un viejo vestido de gala: pantalón de gamuza con botonadura de plata, sombrero jarano, calzado con zapatones de vaqueta colorada; un corbatín rojo anudado a modo de moño, completaba su indumentaria mexicana. Salió de emitir su voto evidentemente conmocionado. Al pasar junto a ellos sacó su paliacate, sin un ápice de vergüenza secó sus lágrimas y dijo:

—Ha sido una larga lucha y por fin llegamos a esto. Es un día histórico. La democracia, al fin.

—Este hombre podría ser la mismísima personificación de tu abuelo, Santiago —dijo Óscar, contagiado por la emoción—. Si don Isidro Luna estuviera aquí, habría dicho lo mismo.

Pedrocué sonrió, cosa que poco hacía.

Acodado en el barandal de la casa de Berlín, Santiago vio llegar a la reja de la entrada al lechero en su desvencijado carretón; vertía la espumante leche en la olla de peltre al tiempo que, agitado, comunicaba algo a Ramona, algo que parecía grave según la gesticulación de él y la expresión de ella al limpiarse las manos en el delantal del uniforme de servicio.

Óscar y Mariana durmieron en el cuarto de camas separadas que les designó Eric. Ella abrió los ojos primero. Se pasó a la cama de su esposo. Le acarició la cabeza calva. Metió su mano bajo la camisa de dormir de Óscar. Él despertó. Casi sin tocarlo, le recorrió el pecho con las yemas de los dedos, la palma de la mano, un contacto ligero, leve. Mariana era una mujer que sabía complacerlo con caricias sensuales. Y lo hacía bien. Óscar supo aprovechar su afán por consentirlo. A Mariana le hacía el amor con ternura, con suavidad. Ella lo recibía con los brazos enlazados a la espalda ancha de él. Nunca en su vida supo lo que era tener un éxtasis. Tal vez porque nunca supo que podía tenerlo. Nadie se lo dijo.

—¡Ay!

—¿Te lastimé, mi cielo?

—No, amor, es que hacía mucho que no...

La escena duró menos de diez minutos y se hizo sin ruido. Las habitaciones de los muchachos estaban frente a la suya. Debían ser discretos. Óscar le dio un beso a boca cerrada y volvió a dormirse otro rato, al fin que era domingo y no existían ni prisa ni apuros. Ni siquiera resultaba urgente hablar con su hermano sobre Pedrocué; la noche anterior, mientras Eric salió a una cena misteriosa, Lila lo convenció de que sería ella quien se lo explicaría poco a poco, ahora que se quedara a vivir con su tío y su primo Maximiliano, de febrero a junio.

Maximiliano había temido el encuentro de su mano y su miembro. Durante la noche lo hizo sin meditar, sin recordar la amenaza de los maestros de la escuela: iría al infierno si osaba intentarlo. Descubría su crecimiento hasta humedecerse en el extremo redondo, liso. La exploración, inicialmente confusa, se convertía en un recorrido inequívoco, de la punta hacia atrás acelerando el ritmo en tanto se desvanecía el pecado, la percepción se concentraba en el ir y venir de una sensación más y más aguda, hasta que un hilo finísimo, caliente y frío, lo condujo por completo a estallar enérgico en un encorvamiento sudoroso y deleitable. Toda aquella descarga sucedió en él con una conciencia de saberse sucio, dividido, roto. También satisfecho por la violencia del placer. El descubrimiento y la complicidad se aliaban con la esperanza de que podría repetirse el juego, a pesar de la condenación absoluta, categórica; su conciencia se ponía alerta, dispuesta a la convocatoria de otras expresiones novedosas de su cuerpo. Comenzó de nuevo. Esta vez trayendo una imagen, una cara, la de Loló Quijano; pensó en su boca pulposa, en ella mordiéndose el labio inferior y estaba a punto de devolverle la mordida cuando otro rostro se interpuso en el camino. Le dio tanto susto ver a Lila en su imaginación que retiró la mano y calló el lamento de su boca.

Eric despertó con dolor de cabeza. Y no por la cruda, pues esta vez bebió poco. La reunión con algunos senadores y el embajador Wilson fue inesperada. Tenía razón el embajador al burlarse de Madero: no podía gobernar el país un loco, un tocado, un *médium*, un espiritista. A Eric no le estaba yendo bien desde que don Porfirio dejó la silla presidencial, allí terminó el suministro exclusivo de velas y cerillas que se le daba al gobierno federal desde la época de Fernando Ortiz. El negocio de La Santa Perpetua se extinguía y La Claridad entraba en un período oscuro. —Ni La Perpetua resultó tan para siempre ni La Claridad tan luminosa, ¿verdad, patrón? ¿Cuántas veces te he dicho que no me llames así, Jesús?, los patrones son sombrerudos y viven en haciendas. Perdón, señor Nilssen—. Así que se te ocurrió la idea de vender las dos fábricas antes de que se las llevara la tiznada. Por otra parte, sabías que nadie quería invertir en bienes raíces en estos tiempos de inseguridad. Le tenías echado el ojo a una nueva zona residencial, la colonia Roma, que se extendía hacia los nuevos límites de la ciudad, pero la liquidez de los interesados en fincar se sentía afectada con los impuestos, la inestabilidad económica y las reglamentaciones al flujo de capital extranjero, con el fin de evitar abusos de los monopolios. Francisco Madero era una lata. Una verdadera calamidad en la vida de Eric Nilssen. Y de muchos otros. Se levantó de la cama.

Escuchó que Santiago y Lila encendían el calentador de agua. A estos muchachos no se les dificultaba nada, ni tender camas, ni preparar un desayuno, vaya, ni siquiera los estudios. Santiago se había decidido por la abogacía y Lila estaba a punto de ser convencida de quedarse a vivir con ellos. Él la convertiría en una señorita de sociedad y ella podría ayudar a Maximiliano, cambiar su manera de ser, contagiarle su buen humor y... hasta... tal vez... ¡Ay, Maximiliano! Educado por Seferina y Ramona, se volvió berrinchudo, a veces tramposo y algunas abusivo. Sus únicas virtudes eran la de ser apuesto —alto, ojos verde hiedra iguales a los suyos, cabello rojizo: una mezcla de sus padres— y la de atinarle a los caballos que ganarían las carreras cuando lo llevaba al Hipódromo. A Eric le hubiera gustado que su hijo entrara al Colegio Militar, el futuro estaba en manos de los militares. Solamente que Maximiliano no tuvo los tamaños.

Después de ducharse, Eric elaboró el programa del día: irían a Xochimilco. Mariana quería pasear en trajinera, navegar por los canales cubiertos de lirios, conocer las chinampas, comprar plantas, flores y hortalizas. ¡Qué no harías con tal de agradar a Mariana Luna! Se acomodó el pelo —tú sí tienes pelo, a diferencia de la calva de tu hermano—, anudó el gazné y encendió su pipa.

Al bajar la escalinata iluminada por uno de los relucientes vitrales de la casa, escuchó un alboroto proveniente de la cocina. Se molestó. A Óscar le encantaba reunirse allí con Ramona y convencerla de que le preparara unos huevos fritos con salsa verde y frijoles, en lugar del *omelette* a las hierbas finas. ¡Este hermano tuyo!

Sí, en la cocina estaba Óscar, en plena reunión con los sobrinos, con su hijo, con Mariana. ¿Qué hacía allí la servidumbre completa?: Jesús y Ramona, las recamareras, la lavandera, el jardinero, la costurera. ¿Por qué no estaban en sus quehaceres? Un hermano de Jesús, apodado "El Ratón", velador de un comercio del Centro, relataba hechos que habían sucedido frente a Palacio Nacional. Los demás escuchaban concentrados. Eric se quedó en la puerta sin interrumpir.

Apenas comenzaba el día. Por las calles de Correo Mayor y del Carmen se vio que el comandante militar de la Plaza de México, el general Lauro Villar, leal a Madero, daba órdenes de que la tropa de caballería se formara "en batalla" en el Zócalo. Eso no era normal y llamó la atención. Como reguero de pólvora se corrió la voz de que en la madrugada se había pronunciado contra el gobierno casi toda la guarnición de la Ciudad; los muchachos de la Escuela de Aspirantes de Tlalpan ocuparon a la fuerza los trenes eléctricos, llegaron al Centro y tomaron Palacio Nacional. Otro regimiento de sublevados salió de Tacubaya, se dirigió a la Prisión Militar de Tlatelolco y liberó al general Bernardo Reyes, quien encabezaba el movimiento rebelde. Uno más fue derecho hasta la Penitenciaría y obligó al director a dejar libre a Félix Díaz, sobrino del ex dictador. Todos se dirigirían a la Plaza de Armas. En la puerta central de Palacio, al mando de un teniente rebelde, se encontraban emplazadas dos ametralladoras atrincheradas por costales de tierra. A pocos metros, frente a ellas, se acomodaron pecho a tierra los soldados defensores del gobierno. Los de caballería esperaban con los sables enfundados, las carabinas en guardia. Los dos grupos dispuestos a lo que viniera. Cientos de curiosos se trepaban ya en la arboleda del Zócalo y el quiosco de música, otros salían de oír misa en Catedral. Se oía el cuchicheo de la gente y los cascos inquietos de los caballos. De los cuatro costados del Palacio fueron saliendo en columna de a cuatro los del Primer Regimiento de Caballería. Un general se separó de la columna y se encontró frente a frente con Villar. Le habló claro y fuerte: vamos a derrocar al gobierno. Villar le contestó: por ningún motivo defeccionaría. ¡Ríndase usted! Y así estuvieron. ¡Ríndase! No, ¡ríndase usted! La gente, tanto soldados como curiosos, no podía creer lo que pasaba. De pronto salió de la calle de Moneda otra columna de alzados. El general Reyes venía a la cabeza y manejaba el caballo a voluntad. Se puso también frente a Villar y le ordenó lo mismo. ¡Ríndase! Y lo amenazó con el caballo, se le echó encima.

Lo que sucedió después fue demasiado rápido. Lauro Villar gritó: ¡fuego! Pareció que daba la orden a ambos bandos porque las ametralladoras de los rebeldes traquetearon sin saber a quién le daban y los fusiles de soldados leales descargaron sus balas; hubo gritos, lloraban los niños y ladraban los perros, moría la gente de un tiro perdido, de balazos desorientados, murieron todos los que iban con el general Reyes y él quedó ahí, con el pecho floreado de balas y la frente atravesada, tirado en la Plaza. Fueron, qué, ¿minutos?, ¿un siglo? Alguien gritó: ¡cese al fuego! En el acto se notaron los muertos, muchos muertos, un tendedero de muertos, caballos, catrines, perros, señoras con mantilla y rosario, mujeres de faldas de percal y raído rebozo, sesos embarrados en el pavimento, papelerillos y aguadores con los ojos abiertos, niños, más civiles que soldados. Los que salieron ilesos estaban muertos de miedo. El general Villar tenía sangre en un brazo. Se oían lamentos, los caballos sin jinete se fueron corriendo, tal vez a su cuartel, la gente se acercó a socorrer a los mutilados, las ambulancias de la Cruz Roja y la Cruz Blanca no se daban abasto. Al poco rato, por la calle de Plateros, se oyeron vítores y apareció el presidente Madero con la bandera tricolor en la mano, custodiado por los cadetes del Colegio Militar que lo acompañaron desde el Castillo de Chapultepec, algunos secretarios de Estado, amigos y gente que gritaba: ¡viva Francisco Madero! ¡Viva el Presidente de la República! Él se acercó a Villar y lo felicitó. Es usted un valiente de la patria y Villar contestó: los verdaderos héroes son mis soldados. Estaba herido, necesitaba ir con urgencia al Hospital Militar. Era apremiante procurar que Félix Díaz no llegara a la Plaza, así que tomaron un acuerdo: que se reconcentraran las fuerzas de las poblaciones más cercanas, las de Chalco, las de San Juan Teotihuacán, las de Toluca. Madero en persona iría a Cuernavaca a pedir ayuda al general Felipe Ángeles. Dejó el mando de la ciudad en manos de Victoriano Huerta.

—Y ahora ¿qué va a pasar? —preguntó Santiago. "El Ratón" alzó los hombros. Con las dos manos alisó su cabello hacia atrás.

—Estas muchachas no deben salir de aquí, aunque sea su día libre —advirtió Mariana.

—¿Y la misa? Tenemos que ir a misa —dijo la recamarera.

—Primero está la vida, ya verás que Dios te perdona si no oyes misa hoy —le aseguró el jardinero.

—Pus a lo mejor Dios sí, pero el padrecito nos va a regañar.

—¿Y si vamos a la iglesia del Sagrado Corazón en lugar de ir a la capillita del Campo Florido? Queda más cerca. Ojalá no se entere el padre Justiniano de que le dimos calabazas... porque nos mata.

—Santiago y yo las acompañamos y de paso averiguamos qué está pasando —enfatizó Óscar. El jardinero quiso ir con ellos. Maximiliano miró a su padre y éste negó su consentimiento con un gesto de desagrado. Se fueron los tres hombres y dos de las recamareras. A Mariana se le cerró la garganta.

Sonó el teléfono. La llamada era para Eric. Se apresuró a la bocina del despacho. Los demás comentaban:

—Es terrible, manito, terrible.

—Tenía razón el lechero, si me dijo que oyó balazos, que clarito oyó balazos en el Centro.

—¿Pus pa' qué el levantamiento?

—Hay que rezar una magnífica, seño Mariana.

Eric regresó con la pipa aún encendida.

—Félix Díaz y Manuel Mondragón tomaron la Ciudadela. Las fuerzas del gobierno están situadas por todas partes: en San Agustín, San Juan de Letrán, Niño Perdido, en el café Colón, y aquí a la vuelta, en la calle de Lucerna. ¡Ah!, y los reos de Tlatelolco incendiaron la prisión. ¡A ver qué hace el necio de mi hermano en la calle!, no tarda la balacera.

Así fue. Empezó el ataque a La Ciudadela con un penetrante cañoneo que los felicistas contestaban con igual intensidad, un duelo de artillería y granadas, extraños silbidos, bisbiseos, lluvia de plomo que daba contra los tinacos de las azoteas, contra vidrios de ventanas, contra la gente que aún se encontraba fuera de sus hogares. ¿Por qué los cañones no apuntaban directamente a La Ciudadela y sí a casas particulares? Óscar, Santiago y Mauro el jardinero, caminaban embarrados a las paredes, sondeaban la situación y era espeluznante verla a bocajarro; el fuego cruzado agarraba en su travesía a cuanta casa, vecindad o mansión se hallaba en su camino, ¡tales por cuales!, las horas pasaban y no había para cuándo terminara el fuego, la rociadura de perdigón que despedían las granadas no tenía rumbo fijo, los proyectiles no atinaban a un blanco certero, lo mismo abrían boquetes en edificios públicos que en comercios. Llovían los proyectiles, la ciudad padecía, sufría tanto golpe y tanta agresión, ¡pobre ciudad de México!, abierta de entrañas en agujeros, engullendo pólvora. ¡Otro cañonazo!

En este estado del alma, los que permanecieron confinados, creyéndose seguros, aseguraron las puertas de la casa, encerrados a piedra y lodo. Mariana necesitaba hablar por teléfono a Toluca, explicar a sus hermanas y a sus hijas lo que pasaba. No había modo de que dieran línea. Maximiliano le insistía a la operadora, la amenazaba con reportarla a su superior si no los comunicaba, hasta la llamó estúpida. Finalmente entró la llamada, Mariana se enteró de que Lucía estaba pariendo en el hospital.

— ¡Dios de mi vida! ¡Y tu padre que no regresa!

—No te preocupes, mami, todo va a salir bien, todo va a salir bien, todo va a estar bien, mami.

Óscar y Santiago llegaron. A salvo. Mariana se abrazó a Óscar. Allí se hubiera quedado.

Fue un domingo largo. Fue un largo anochecer. Fueron dudas y preguntas. ¿A dónde había ido Eric? ¿Por qué no regresaba? ¿Y la luz? ¿Se iban a quedar sin luz? Hacía rato que no se oían los cañonazos ni las metralletas.

—¿Quiere que les prepare algo de merendar, seño Mariana?

—Yo no tengo hambre, Nita, prepara cualquier cosa para los muchachos y unas quesadillas para el señor Óscar.

¿Cuánto durará esta guerra? ¿Cuándo podrán salir de la ciudad? ¿Dónde están el presidente y el vicepresidente? ¿Quién está con ellos?

—Voy a insistirle a mi hermano que se vengan a Toluca. Que deje salir a Max, al menos. Quedarse acá es suicida, una irresponsabilidad.

Jesús esperaba impaciente a Eric en la cochera. Los faros alumbraron la reja.

—¡Benditos ángeles guardianes!

—¿Dónde está Maximiliano?

—Arriba, con el joven Santiago y la señorita Lila.

—¿Y mi hermano y la señora Mariana?

—En el sótano con las criadas.

—Prepárame un whisky con hielos, Jesús.

—¿Cuáles hielos, señor?, ya se hicieron agua.

—¡Carajo! Pues entonces abre una botella de coñac, dámela y vete a dormir.

Eric bajó al sótano, iluminado con velas. En cuanto lo vieron, las recamareras y la costurera subieron a la cocina.

—¿Qué pasó, hermano? ¿Dónde andabas?

—Nos tenía usted con el Jesús en la boca —dijo Mariana con toda honestidad.

—Gran parte de la ciudad está llena de cadáveres. ¿Saben lo que vi ahora que venía para acá? A un grupo de señoras y señoritas de familias conocidas repartiendo cigarros a soldados de las tropas sublevadas. Creo que la gente se está dando cuenta de que quiere la paz a toda costa. Hay que derrocar a Francisco Madero.

—¿Qué dices?

—¿Destituir al Presidente?

—Es la única manera de que vuelva la normalidad. Todo el día hemos estado en una reunión, se está planeando darle apoyo a Victoriano Huerta, que tome el mando militar y desconozca a Madero, es apenas una idea, aunque perfectamente viable, quizás tarde varios días la negociación y el precio será alto porque seguirá el fuego quién sabe cuánto tiempo más y cuántos muertos más. Ni modo, es el precio —no sabes lo que decretas, Eric—. Lo único que siento es que están destruyendo mi ciudad. El embajador Wilson asegura que si continúa así la situación, el presidente Taft podría autorizar una intervención armada de los Estados Unidos, cosa que, entre paréntesis, me parecería acertada. Sólo puede evitarse con la renuncia de Madero. Lo importante ahora es convocar a nuevas elecciones y que Félix Díaz sea el próximo mandatario, continuar la paz lograda por su tío durante treinta años.

Debe impedirse que la Revolución siga su curso, ¡a toda costa hay que detener una incursión de las tropas villistas y zapatistas a la capital!

Óscar quedó perplejo. Su hermano representaba todo aquello a lo que él le tenía tirria, repugnancia; el cinismo de Eric se le fue subiendo al cuerpo, se le fue subiendo sin control, sin dominio, quería dañarlo, quería insultarlo, golpearlo con los puños como nunca lo hizo cuando fueron niños, y después de pensarlo muy, muy bien —Mariana le jaló la manga del saco previniendo su descuido— se le ocurrió la manera de acabar con su insolencia. Con un tono punzante, le comunicó:

—Pues para que te enteres de cómo están las cosas en un mundo que no es el tuyo, te notifico que Pedro, tu hijo Pedro... ¡se enlistó en el ejército de Emiliano Zapata!

El silencio se volvió atroz después de la revelación. La mueca de cada hermano se fue dilatando hasta convertirse en ese franco gesto de hiel que se parece al odio y que en realidad no es odio, es miedo. Eric rompió la pausa, primero con el tronido de su mandíbula y después con una carcajada de fiera herida, una carcajada grosera e insultante que expelía saliva y babas; bebió un trago largo directamente de la botella de coñac. Mariana sopló una vela para esconderse de la escena y Óscar quiso arrepentirse aunque ya no sabía cómo... porque el arrepentimiento no cura lesiones. Eric reviró la confesión de Óscar con una orden.

—¡Te voy a pedir que mañana mismo salgas de mi casa! Y Maximiliano no debe enterarse de nada. ¿Oíste? ¡Lárgate de mi vista!

CAPÍTULO 13

*Cada uno de nosotros es culpable
de todo ante todos*
F. M. Dostoievsky

A LAS SEIS DE LA MAÑANA rompió el día. Eric seguía despierto en su despacho. Estuvo escuchando el aleteo de la noche, hasta que adivinó el amanecer a través del vitral sepia y rubí, por donde se escurría una lengua de luz. Las palomas zureaban ajenas a cualquier licencia del combate, el de afuera y el de adentro. Miró la botella de coñac, vacía. Buscaba suspender un rato la pugna que traía con tanto pensar. Tu historia se ordena y se desordena sin que tú lo consientas, Eric Nilssen. Tú sólo lanzas la moneda. Ella decide por ti. Se echó en el sofá de piel y cerró los ojos.

A las siete de la mañana Mariana despertó a Lila y a Santiago. Les pidió que empacaran sus cosas. Se irían cuanto antes. Por el tono de su voz, a los hijos les pareció imprudente preguntar en ese momento el por qué. Maximiliano siguió dormido.

A las nueve de la mañana, Óscar intentaba conseguir un coche de sitio que los llevara a Toluca. Rechazó el ofrecimiento de Jesús con un simple no, gracias; sin más explicaciones. Provocó la confusión de la servidumbre que no entendía qué pasaba, aunque estaban seguros de que algo raro ocurría en la familia y no precisamente debido al sitio de la Ciudadela. Entró una llamada telefónica, la última que se recibió en la casa antes de que se estropeara el servicio en toda la ciudad. Ramona avisó a Óscar que lo llamaba la señorita Maura. A Mariana le galopó el corazón. Fue a esconderse al baño como si eso la ayudara a no creer lo que su intuición sospechaba, porque sí, por los murmullos de Óscar y sus hijos el presentimiento se volvió real. Aunque no quería hacerlo, Óscar llegó a ella con la noticia, que no era una sino varias, todas alarmantes, todas concernientes a la gravedad de la escarlatina de sus hijas pequeñas y del estado frágil de su nieta recién nacida. ¡Una nieta! ¿Tenían una nieta? Sí, nació sietemesina y estaba delicada.

A las diez de la mañana reinició el ataque a la Ciudadela en un intenso cañoneo con intervalos de minutos que se empleaban en cargar otra bola, meterla en la boca y encender la mecha; el cañón retrocedía a su antojo con un ruido chirriante; sonoridades secas anunciaban que también las granadas intervenían en el combate y los proyectiles de máuser y los tiros de fusil no paraban; las granadas explotaban sin rumbo marcado; le pegaron al reloj chino de Bucareli y lo decapitaron y lo enchuecaron todito, allá, a pocas cuadras de la calle de Berlín, regada también de municiones y esquirlas de granadas. En las banquetas no se veía un alma, las casas se cimbraban haciendo temblar cristalería, ventanas y vitrales; la de Eric no fue la excepción, las copas tintineaban en un sonido fino, las ventanas se sacudían y los vitrales palpitaban aguantando, resistiendo. Era arriesgado salir de la ciudad pero no había otra manera, en momentos así Óscar no podía dejar desamparada a su familia en Toluca: su chiquita, su Emilia alucinaba, Ernestina y Elena lo llamaban en un llanto continuo, a Maura y Leo se les acababan las fuerzas, Martina enloquecía de angustia y Lucía con herida de cesárea... y su nietecita... ¡quería conocerla y abrazarla!

A las once de la mañana acordaron que sería insensato que Mariana y Lila salieran a la calle. Se quedaban. La conciencia de Santiago se debatía entre acompañar a su padre o permanecer junto a ellas. ¿Dónde serviría más? ¿A quién debía cuidar? En el sótano de la casa sería improbable que su hermana y su madre sufrieran daño. En cambio su padre... escabulléndose por las calles... ¿Qué hacer? Por él, se quedaría a defenderlas hasta con su vida en caso necesario. Lila lo convenció, le dijo que ellas estaban amparadas ahí y en cambio su papá, con lo despistado que era, se va a desorientar, Santi. Aseguró que ellas estarían bien protegidas y le ordenó: no hagan imprudencias, Santiago. Mientras Jesús le explicaba a Óscar qué calles tomar, Mariana abrazó a su hijo: si algo les pasa a ustedes dos entonces sí me muero. Te quiero, madre, te quiero mucho. Con cuidado podrían salir de la zona de peligro a pie, lo más pegaditos a las bardas que pudieran, llevando pañuelos blancos que ondearían si acaso se topaban con soldados rebeldes, lo cual era poco probable pues éstos se escondían bien encerrados en la Ciudadela. Como fuere, tendrían que llegar a cada esquina y continuar a la siguiente, encubrirse detrás de cualquier zaguán y salir repentinamente y de prisa. Abriéndose paso poco a poco, se dieron cuenta de que las calles que orientaban hacia el reducto de los alzados estaban dañadas, rotas: postes de luz y teléfono caídos, los boquetes en los edificios sobrecogían el alma, también los orificios abiertos por metralletas, firmados con el nombre de espanto; vieron un tendedero: pañales con agujeros de bala...

Padre e hijo detuvieron la respiración al escuchar un murmullo metálico constante y gradual, un castañeo de herraduras. Era un piquete de caballería. Las caras de aquellos hombres se sostenían por la correa del kepí, sus manos cargaban rifles con los cañones hacia arriba y las culatas apoyadas en los muslos. A ellos no se les notaba el miedo. Los dejaron pasar.

Apretujada en una esquina, la gente que deseaba huir de la ciudad se arrebataba la palabra:

—¿Por qué el ejército federal sigue apantanado en la desidia?

—Nosotros pensamos que en pocas horas terminaría la rebelión.

—¿Por qué no asaltan la Ciudadela y acaban en dos horas con la madriguera de ratas?

—Los atacantes no atacan y los defensores juegan ajedrez ¿o a qué juegan?

—¿Pa' qué Victoriano Huerta se toma su tiempo?

—¿Qué se traerá?

—Si nada más basta una buena carga contra la Ciudadela y ¡zas!, en un santiamén acaban con la cuartelada.

—Parece que Madero está encerrado en Palacio con algunos ministros.

—¿Hasta cuándo durará esta atrocidad?

—Nunca vi tantos muertos.

—¡Y ahora vendrán las epidemias!

—Y me pregunto si los deudos sabrán de qué manera acabó su hermano o su hijo o su esposo.

"¿Sabes de qué me estoy acordando, Santiago?, con las prisas y el apuro no me despedí de tu madre."

Se horrorizaron al toparse con filas de cadáveres acomodados en la banqueta. Entre varios soldados los apilaban, los reunían desordenadamente en una inmensa montaña. Rociaron el revoltijo de cuerpos con un galón de gasolina. Un cabo arrojó su cigarro y las llamas saltaron enjauladas entre torsos, perfiles, gestos sumisos, olores..., uno de los restos humeantes se dobló en un arranque convulsivo y se retorcía sin quejarse, otro estiró un brazo y contrajo una pierna; junto a Santiago, un chiquillo comenzó a gritar: ¡está vivo! ¡No lo quemen, está vivo!, y Santiago lo creyó, se abrazó al niño contagiado en sollozos hasta que Óscar los rodeó, negándolo. ¡No, no, no está vivo!, y jaló a su hijo fuera de allí, lejos del chirriar de los muertos. Corrieron atentos al drama, viviendo el drama, con los ojos abiertos.

Ojalá lograran llegar a un sitio seguro. En una esquina lejana se calentaban tamales en botes de hoja de lata. La gente comía.

A la una de la tarde el combate redujo su intensidad y aun así los habitantes de la casa de Berlín seguían tapándose los oídos cada que retumbaba un cañonazo; Ramona escondía la boca debajo de su chal, las muchachas marcaban en su cuerpo la señal de la santa cruz. Ni ganas de preparar alimentos ni de moverse del sótano donde estaban resguardados. Mariana pudo platicarle a Lila lo sucedido la noche anterior, lo hizo en intervalos y en voz baja porque Maximiliano andaba cerca. Él jugaba billar mientras figuraciones y conjeturas encontradas se estrellaban en su cabeza. En la mañana, su padre le había advertido que en cuanto hubiera un armisticio se iría al internado en Mixcoac. Maximiliano quería quedarse con él, con su nana y Mariana. Con Lila. No se arriesgó a pedírselo a su padre, sabía que sus órdenes eran cumplidas sin chistar, ni siquiera le daba oportunidad de discutir.

—Un día de éstos brincaré al otro lado de la reja —masculló—. Sólo espero cumplir la mayoría de edad y reclamar la suma que mi madre me ha prometido para independizarme. Iré a buscarla. Aunque ella no necesite verme, voy a ir a París. A mi padre no puedo derrocarlo. Pero sí puedo reemplazarlo.

Le pegó a la bola blanca con tal fuerza que ésta le dio a la roja y ésta a la de su oponente ficticio. Vio a Mariana platicar con Lila y creyó que lo rechazaban pues hablaban en voz baja y era imposible escucharlas.

—Me sorprendió tu padre, hija. Desconocí su temple, su fortaleza.

—¿Por qué lo hizo, mami? ¿Por qué se lo dijo si ya habíamos quedado en otra cosa?

—Tal vez porque todos teníamos los nervios exaltados por el terror vivido, no sé, posiblemente porque cuando hay conflictos se avivan los arranques, las pasiones, los resentimientos escondidos.

—Tío Eric debe sentirse solo.

—Ya lo creo. Si lo hubieras visto anoche... me dio idea de un hombre que, envuelto en fuego, trata de apagar las llamas con alcohol.

—¿Tú crees que sepa que nosotras nos quedamos aquí?

—Lo ignoro, tal vez Jesús se lo haya informado. No me atrevo a preguntar.

—Podría asegurarte que a nosotras no nos correría. ¿Por qué no vas a verlo? Sigue metido en su despacho.

—Eso pensaba yo hace rato. Luego recapacité; tenemos que respetar su encierro.

—Tienes razón.

—Ahora me tortura imaginar lo que estarán pasando tu papá y mi Santiago. ¿Y en Toluca? ¿Cómo estarán? ¡Ay, Dios, las desgracias no vienen solas! se persiguen unas a otras como hormigas negras que caen en su agujero.

Después de meditarlo, Maximiliano se acercó a ellas y les preguntó si tenían hambre, sólo por oír una respuesta que no era la que en verdad necesitaba; y antes de que ellas contestaran se dirigió también a Ramona para hacerle una pregunta que tampoco fue la que necesitaba hacer.

—Nita, ¿nos preparas algo?, estamos en ayunas. Parece que los tiros se han calmado.

—Sí, mi ñiño, mírate nomás cómo estás de pálido, te voy a exprimir unas naranjas. Antonia, Tacha, ayúdenme en la cocina. Tenemos mucho que hacer, hay que aprovechar los momentos de calma, organizar provisiones y guardarlas acá. Chucho debe estar retirando los muebles que están cerca de las ventanas.

—Voy con ustedes —se ofreció Mariana.

Lila y Maximiliano se quedaron en el sótano. ¿Qué iban a decirse? Hablar de la situación externa parecería una hipocresía. ¿Revelar lo prohibido? Lila no entendía por qué el tío Eric le callaba a Maximiliano la verdad, mucho peor era ocultarlo, con eso lograba que su hijo conjeturara cosas equivocadas o se imaginara sabría Dios qué; parecía obvio que Maximiliano se daba cuenta de que algo muy grave pasaba, pues no había sido normal el comportamiento de su tío Óscar. ¿Irse sin dirigirle la palabra a su hermano? Por mucho que tuvieran diferencias de opinión, la actitud de ambos resultó exagerada, pensaba Maximiliano. Por mucho que el tío Eric quisiera ocultarle a Maximiliano la existencia de Pedrocué, lo sabría tarde o temprano, pensaba Lila. Se miraron incapaces de conversar. En sus ojos había una espera incesante. ¿Qué efecto tiene el silencio cuando existe ansiedad?

En la Ciudadela se pactó una tregua. Pocos supieron qué se confabulaba.

A las tres de la tarde Mariana entró al despacho con una charola. Fiambres, pan, una botella de vino. Eric estaba con las manos juntas detrás de la espalda, frente al vitral.

—¿Qué quieres, Jesús?

—Soy yo.

Eric volvió el cuerpo. Las prendas usadas desde el día anterior le revelaron a Mariana un estropicio, confirmado por el estrago en la mirada y la fatiga de la voz.

—Mariana Luna... a usted sí tengo que pedirle perdón. Yo, que me juré nunca pedir perdón.

—¿Perdón? ¿Por qué, Eric? ¿Por destapar su dolor?, un dolor que vi ayer revestido de indignación. Pedirme perdón a mí no es lo que usted necesita. Usted necesita perdonarse a usted mismo. Lo importante ahora es dejar que entre su sentimiento, y tocarlo.

Preparó un pan. Sirvió una copa de vino. Los extendió a Eric; él le dio un mordisco al pan y lo ignoró en el plato. Agarró la copa de la mano de Mariana. Quedó uno frente a otra.

—A usted sí puedo decirle que siento que se me cierran las salidas. A usted, Mariana, que es mi testigo...

—Gracias, Eric, me halaga usted.

—Creo que lo que quisiera ahora es regresar el tiempo y avanzar en cordura. Llevo años encontrando alivio en el ruido porque los errores que he acumulado han sido perfectos, tanto, que ya me acostumbré a preferirlos en lugar de los aciertos. Dígame, Mariana, ¿por qué si yo quería a Pedro a mi lado, lo he rechazado? ¿Por qué si quisiera darle un abrazo a Maximiliano, lo maltrato con mi dureza?... Con estos ejemplos, entre muchos otros, entre muchísimos otros, me doy cuenta de que el amor opera en mí con ausencia... Por eso envidio a Óscar. Óscar no renuncia a sus deseos, busca su buena suerte y la encuentra. Y es una envidia escandalosa, Mariana, una herida que puede ser mortal.

La luz que entraba por el vitral a esas horas de la tarde daba al rostro de Mariana un tono ámbar. Él se estremeció.

—¿Sabe Eric?, a veces uno es capaz de creer lo que ve, aunque sea un engaño.

—¿Qué quiere decir?

—No debe envidiar a Óscar, usted tiene algo de lo que él carece.

—No encuentro qué es.

—Usted y yo hemos hablado a solas muy poco, quizás ésta es la tercera vez. Y sin embargo, con Óscar jamás he platicado así. No lo culpo, él no tiene tiempo, debe estar pendiente de jugar, de consolar, de educar a quienes viven con él. Me parece egoísta de mi parte pensar que yo deba ser más importante que mis hermanas o mis hijas, a quienes él adora. Sí, me parece ingrato sentir que yo necesito..., que yo quiero... no, nada.

—¿Qué, Mariana?, no se detenga, ¿qué quiere? Dígalo —la azuzó él con obstinación—, dígalo.

—Que Óscar entienda: debajo de esta cara hay una máscara, ¡debo arrancarla para correr a Martina y Maura de la casa! o, al menos, clamarle a él que es mi marido, ¡que es mío y sólo mío, mío y de nadie más! —varios cañones abrieron fuego a las tres treinta de la tarde junto con ametralladoras que reiniciaron su traqueteo y el estrépito hizo ecos duplicados, triplicados en segundos. Los estruendos coreaban repitiéndose a lo ancho de la ciudad, despedazando a su paso cristales que encontraron en su camino; algunas ventanas tronaban y se astillaban en segundos sin dar margen a guarecerse, lo mismo pasaba con los vitrales de casas ricas, lo mismo pasó con el vitral que Mariana tenía de frente y se despedazó como metralla, como un trueno que le cayera encima sin que Eric pudiera detenerlo, ni siquiera con la espalda, ni siquiera con la zurda donde tenía la copa de vino y que alzó para defenderla y no pudo y sólo vio cómo el vitral se le incrustó a Mariana en el pecho, en la garganta, se le clavó en las entrañas.

—¡Mariana!

Mariana abrió los ojos cuando cesó el ruido. Se vio tirada en el suelo. Vio a Eric a su lado, oprimiéndole el cuello con la servilleta bordada que ella escogió para cubrir la charola. Del dedo anular de él, amputado, chorreaba sangre, había sangre en su vestido y sangre en la cabeza de Eric, en el tapete y en el tapiz y sabía que le escurría sangre y no sabía por dónde se le escapaba la sangre. Perdió el conocimiento.

A las siete de la noche fregaban con cubetazos manchas y olores en el Hospital Francés. Los médicos manipulaban tijeras, gasas, lienzos, agujas hipodérmicas, suero, morfina; tomaban el pulso, cosían, ligaban, comprimían, inmovilizaban, conectaban heridos a recipientes de plasma. Las enfermeras ayudaban con recia voluntad y disponían espacio para cuanta cama o catre encontraron en las bodegas. Los camilleros dejaban heridos y recogían a los muertos. Los familiares obedecían en silencio, si acaso tapando su llanto en una almohada con una sensación hueca en el estómago. Lila tenía rato sentada junto a la cama bajita de su madre. Sonámbula, la acarició, la besó; era toda una llaga su mami, tenía hinchadas las desgarraduras de la piel.

—Hija.

—Qué quieres, mamita, qué quieres, qué se te ofrece.

—Que le digas a todos que no hay que llorar por la muerte de un ser querido, que no hay distancia entre la vida y la muerte si conservas viva el alma del que se va, porque así lo protegerás inmortal dentro de ti, sin espacio ni tiempo. Díselo a todos.

—Sí, madre…, yo se los diré… —la hija apoyó la cabeza en el vientre de su madre y retuvo de memoria sus palabras sin comprender qué quería decirle con eso.

Eric caminó lenta, muy lentamente. Le habían rapado la cabeza y aplicado tintura de plomo en los arañazos. Traía vendada la mano. Maximiliano preguntó en voz baja temiendo la respuesta.

—Papá, ¿pudieron salvarte el dedo?

—No, hijo.

—¿Te duele?

—Por ahora no es éste el mal que me duele. ¿Cómo está?

—Tiene fiebre altísima. Se están infectando las heridas. Perdió mucha sangre.

—Lo sé, mira, todavía la traigo en mi ropa.

La quiere mucho, pensó Maximiliano.

Una enfermera se acercó solicitando que el familiar más cercano fuera a firmar unos papeles. Eric le pidió a Maximiliano que acompañara a Lila, él se quedaría con Mariana. Por allá, lejos, las campanadas de los relojes marcaron el paso del tiempo.

A las tres de la mañana, Mariana Luna, nube de lago, entreabrió apenas los ojos hundidos en sus ojeras. Una sombra estaba a su lado.

—¡Mi vida!, ¡eres tú, Óscar, llegaste, corriste a verme, a estar conmigo!

Él se arrodilló.

—Claro que sí, mi cielo, estoy aquí, contigo, que eres todo para mí, sí, eres lo que más quiero en el mundo, mi cielo, sí, te amo a ti, a ti mi cielo, mira, ahora que salgamos de aquí nos vamos a ir solos, solos tú y yo nos vamos a ir a un viaje, lejos, lejos... ¡te voy a llevar al manglar!, sí, viviremos en él, conocerás el mar, imagínatelo: habrá sol siempre y no llorarás nunca, yo cuidaré tus heridas con mi amor y nos podremos amar, solos, solos tú y yo. Tú y yo. Te uniré a mi mirada, exclusiva para ti.

—¿Me lo prometes?

—¡Claro que sí... Mariana! Te voy a cuidar siempre. Lo juro.

Mariana estiró el brazo libre y tomó la mano que encontró a su lado. Una mano cubierta por una venda. La mantuvo entre las yemas de sus dedos... meditando débilmente... luego... la aprisionó entre la suya.

—Gracias...

Eric rozó la frente con los labios. Sólo eso: le rozó la frente con los labios. Ella se la tocó queriendo resguardar la sensación dulce, suave, delicada.

Al medio día, la gente que tuvo modo y pudo lograrlo, acudió a los panteones con el dolor agarrado del llanto y la miseria. El sepulturero hacía su trabajo. Escarbaba con su pala. Bajaba la caja de madera. La cubría con tierra húmeda. Alargaba el sombrero y recibía una moneda. Lila, sonámbula aún, se sintió escoltada por su tío y su primo en el panteón de La Piedad, donde Eric consiguió un lugarcito para Mariana.

El sitio a la Ciudadela duraría otros siete días y habría dos mil muertos.

CAPÍTULO 14

...La tumba sólo guarda un esqueleto
mas la vida en su bóveda mortuoria
prosigue alimentándose en secreto
Manuel Acuña

Jesús llevó a Lila a la casa de Los Portales. Vestida de negro de cabeza a pies, se detuvo en el patio. Los canarios y los periquitos callaron. Fue Martina quien la vio primero; fue Maura quien adivinó que algo grave pasaba cuando junto a la hija no venía la madre; fue a Leonor a quien Lila habló detrás del velo negro; fueron tres las palabras: murió mami. La escucharon y cada cual reaccionó a su manera. Una, palideciendo, se sentó en el primer escalón; otra se golpeó el pecho con el puño; aquélla se cubrió la cara con los brazos en cruz. Los gritos subieron de tono y volumen.

—Murió Mariana, murió Mariana.

—¡Los santos difuntos nos socorran!, se murió Mariana.

—Señor, no alejes la paz de esta casa.

Santiago escuchó la condena desde su cuarto. Tapó sus oídos, lo negó con la cabeza, lo rehusó con palabras No es cierto no es cierto no es cierto, claro que no; y con la mente lo rechazó. Debe ser una confusión. ¿Muerta? Claro que no, imposible, mi madre prefirió quedarse allá, ¡eso es!, la estoy viendo con el tío Eric que tiene un plan para que papá y las

185

tías se den cuenta de lo mucho que hace falta aquí. Ah, sí, es una estrategia ideada por él, el tío Eric quiere quedarse con ella, ¡Maximiliano no tiene madre y se quiere quedar con ella! La tienen en su casa, la guardan en el sótano donde está protegida del mal, eso es. Tengo que rescatarla, no me la van a quitar, claro que no, divagaba Santiago, se confundía, mezclaba el desorden de su mente y las aguas de sus ojos con las babas de la evasión, se echó en la cama, se tapó la cabeza con la almohada, negaba, huía de la evidencia con los puños cerrados de luchador dispuesto a dar los golpes necesarios. Gimió tres, cinco, infinidad de veces, las veces que fueran necesarias hasta agotar la estampida de la realidad, que parecía no tener fin en esta alteración improcedente, impropia, inoportuna.

Óscar cargaba a la nieta. Oyó el griterío y quiso saber qué pasaba. Puso a Lucero en la cuna. Su manojo de mujeres lloraba en el patio, gritaban las grandes y hacían pucheros las chiquitas que llegaron espantadas. ¿Mariana?, ¿mi Mariana?, ¿cómo que se...? ¡Dios! No puedo flaquear ahora, no debo pensar en mí, más roble que nunca, tenía que calmar a todas, de qué manera si todas necesitaban igual consuelo. Lo hizo, abrazó a cuatro, besó a dos en la cabeza y a la de allá la miró con ternura. Ya, ya. Las llevó a la antesala; se apretujaron en el sofá como racimo de uvas. Aquiétense... no quiero que se me vuelvan a enfermar. Poco a poco, una a una, acabaron de enjugarse los ojos. Martina, Maura y Leo dijeron:

—Hay que avisar a la Cervecería. No puedes ir a trabajar hoy.

—Tenemos que informar a la gente.

—Pondremos un crespón de luto en el zaguán.

Las demás las siguieron. Óscar quedó a solas con Lila.

—Cuéntame, mi niña, ¿qué pasó?

Lila ignoraba cómo fue que el vitral se le vino encima a su madre. Era lo de menos. En el sótano escuchó el crujir de los cristales de la casa, una vibración disforme, excesiva. Maximiliano la agarró del brazo y la empujó debajo de la mesa de billar. Tuvo miedo, mucho miedo se le escurría por las manos en un sudor frío. Pensaba en su mami, se concentró en ella, ¡¿dónde estaba?! No se acordaba en qué momento salió del sótano, no se acordaba; ni tampoco podía regresar el tiempo y fijarse más en los detalles, porque no se acordaba. Puede ser que hubieran escuchado un grito y que hubiera subido corriendo y que hubiera llegado al despacho. El recuerdo se comprimía en una inmensa mancha roja —¿has visto el tinte de la sangre roja?— y en el aspecto de ellos... cercenados. Después: fracciones, figuras aisladas. Creo que llegó una ambulancia de la Cruz Roja que recorría la colonia buscando heridos, creo que alguien me empujó para que me subiera y me fui con ellos dos en la ambulancia. Ella estaba quietecita, inmóvil, no se le notaba ni la respiración ni la pena. En cambio él sentía dolor, a tu hermano se le veía el dolor...

A Óscar se le cerró la garganta.

—Papá, vine a avisarles y a recoger mis cosas porque regreso a México. Ellos quedaron deshechos. No te preocupes por mí, no vamos a quedarnos en la casa de Berlín, nos iremos a San Ángel unos días. Voy a buscar el juego de perlas de mi mami. Quiero llevármelo.

—Antes dime, hijita, dónde quedó tu madre.

Lila se lo dijo y salió a buscar a su hermano.

Santiago no salía de su cuarto. Óscar vio de lejos que Lila tocaba a su puerta y se mantuvo observador. Lila insistió en tocar. Nada. Ninguna respuesta Santiago, por favor, hermanito, abre; abre, Santi, por favor. Nada. No quiero dejarte sin despedirme. Algo le dijo él que ella levantó la voz.

¡No es cierto, yo no tuve la culpa!, abre la puerta y podremos platicar. Sonó el ruido de un objeto al estrellarse contra la puerta. ¡Santiago!, por favor, no te pongas así, hay que hablar. Quién sabe qué volvió a decir él. Bueno, si así lo prefieres, no voy a insistir ahora... Te escribo luego. Por increíble que parezca, salió de la casa de Los Portales esa misma tarde.

Llamaron a merendar. Tomaban chocolate y sopeaban pan. Hijas y tías hablaban en voz baja haciendo comentarios ajenos a la pena. Parecía un salvoconducto colectivo. Óscar presidía la mesa en silencio; sentada en sus piernas, Emilia le daba pedacitos de bolillo en la boca; Ernestina trenzaba a Elena; Leo ayudaba a Maura a batir el chocolate; Lucía amamantaba a Lucero. Óscar pudo agradecer, con una ligera sonrisa, el sosiego que se imponía al drama. Demacrado, consumido, con los ojos hinchados, Santiago apareció en la puerta justo en el instante en que su padre sonreía. Dio media vuelta. ¡Cielos!, pensó Óscar. Pasó a la niña a los brazos de Martina que estaba a su lado, en el lugar de Mariana, y lo siguió a zancadas por el corredor hasta que logró meter la mano en la puerta, impidiendo que volviera a encerrarse. La mirada de Santiago pudo haberle dicho a Óscar cuanto necesitaba decir, pero no se conformó:

—¿Así va a ser de ahora en adelante, papá? ¿Despertar mañana, el día siguiente y el otro y el otro, llegar al domingo...y volver a empezar? Un ciclo que se repite y se repite con las manecillas del reloj. Ese será un hábito fácil de seguir ¿no? Al fin y al cabo invariablemente estarás tú, en la cabecera. ¡Claro, siempre y cuando no se pregunten por qué tuvo que ser así! Yo no puedo, lo siento, no puedo. Y además, no quiero.

—Santiago, hijo...

—Lo que está pasando no es real. No lo es. ¿Sabes qué hice hoy? Espié la calle. Estuve a la mira de lo que pasaba:

el afilador parece no cansarse de pedalear su rueda y sacarle filo a los cuchillos; el organillero ni siquiera está al tanto de la tonadita que sale de su manivela; el zapatero mantiene los clavos entre los labios mientras con el martillo ajusta una media suela. Vivir parece una costumbre. ¿Será necesario llegar al límite? A ver, dime, papá, ¿cómo pudiste estar seguro de que aquel hombre a quien quemaban no estaba vivo? ¡Yo lo vi moverse! Tal vez se preguntaba si valía la pena luchar todavía. O qué, ¿sólo la muerte acaba por dar significado a la existencia?

—Hijo, yo qué más quisiera...

—Te voy a contar algo a lo que he llegado: mi madre tenía un tormento en el corazón. Lo supe la última mañana que la vi en este balcón de mi cuarto, leyendo un libro de mi abuelo Isidro, todavía la escucho:

"Qué hermosas son las ilusiones. Sin ellas, la vida sería imposible. Ellas forman la corte de las esperanzas"...

—El estúpido tarambana de mí no supo a qué se refería o por qué hablaba de eso; ella no se dio cuenta de mi desconcierto, tal vez porque no me hablaba a mí, sino a ella misma que continuaba como si nadie estuviera presente.

"En cambio, qué tristes son las realidades. Ellas nos golpean."

—Hubieras oído ese tono de voz bajito que hoy me aporrea más que cuando lo aseguró. Volteó a verme, me llamó al balcón, puso su mano en mi nuca y la dirigió hacia arriba.

"Mira el cielo, Santiago. ¿Lo ves, hijo? ¿Verdad que es azul? Una cúpula que nos envuelve de día con una ligera brisa... y de noche es refugio de estrellas y guarida de ángeles... Pero los hombres de ciencia aseguran que es una ilusión, que el azul del cielo es un espejismo y más allá de su velo delgadito está el fin del espacio. Las tinieblas de la realidad."

—No pude contestarle, papá. Me hinqué en el suelo. Apoyé el mentón en sus rodillas. Ella siguió concentrada en sus pensamientos. Yo me pregunté si no sería absurdo lo que pensaba. Hoy me queda claro. La suerte que le tocó no superaba sus ilusiones y, en cambio, la situaba en su realidad. Y lo que es peor, la confundía. Hoy también me pregunté cuál es mi realidad. Y llegué a una conclusión: la última vez que abracé a mi madre estaba viva. Esa es mi realidad. Hasta que alguien me pruebe lo contrario, ella seguirá viva.

A partir de entonces, Santiago Nissen se refugió en una libretita de bolsillo. En ella anotó cavilaciones: *Yo sufro. Otro, por ser otro y no ser yo, no puede saber hasta qué punto yo sufro.* Afirmó sentimientos: *Murmullo mi consuelo y me protejo en él.* Declaró sentencias: *Te mantengo libre en mis párpados cerrados, madre.* Apuntó frases leídas en libros sabios y modificadas a su conveniencia: *Si se sostiene con pasión una verdad, si uno mismo la cree, el mundo entero acabará por admitirla.* Encapsulado en esa actitud, la muerte no podía agredirlo y su madre se perpetuaba presente, invadiendo su existencia cotidiana.

En la noche, muy noche, cuando la casa quedó en aparente calma, Óscar Nilssen se encerró en el dormitorio. Echó llave. La guardó en el bolsillo izquierdo de su camisa. Fue al baño y puso el cerrojo. Mariana, mi cielo. Se mordió los nudillos del puño cerrado hasta dejar la marca de sus dientes como un puente de piedra. Mi cielo, Mariana. Abrió los dos grifos de la tina y los dos grifos del lavabo, no le bastó y abrió también los dos de la regadera. Ruidosos chorros de agua fría y agua caliente ahogaban el sonido ronco de un dolor que parecía colgar en su espalda. Tuvo que recargarse en la pared. Mariana, mi cielo. Yendo y viniendo con las manos bajo las axilas, vio el sufrimiento que él causó, comprendió las consecuencias de su acción y supo que él y su hermano, gemelo más que nunca, estarían ligados por un vínculo intenso: el remordimiento sería el castigo, la condenación merecida por conducir al desbarrancadero a sus hijos, convertidos en rehenes. Ellos, Eric y Óscar Nilssen, eran ya aquello contra lo que habían luchado a los quince años.

—Al menos tú, Mariana, te has salvado, te has liberado con la muerte. Dichosa seas, mi cielo.

¿Y qué pasaba en la casa de Berlín?

A ratos, sobre todo si no había tableteos de ametralladora, Ramona y las demás criadas recogían los pedazos del vitral; colocaron en los huecos paños blancos, de manera que no se colara el aire ni la mirada de los vecinos, intrigados. Muy difícil resultó lavar el charco de sangre. Pobrecita mi seño Mariana, quedaron manchas cafés con olor repulsivo, así que enroscaron el tapete; lo tirarían. Luego, cuando acabara la guerra tonta, porque va a acabar, ¿verdad? y llegara otra vez el carro de la basura. Aprovecharon los armisticios, que se acordaban de una hora diaria, para salir a los menesteres más urgentes, en especial a la adquisición de víveres, ya que el suministro a domicilio se había suspendido por tiempo indeterminado y en la casa se había consumido lo que quedaba en la despensa. Prepararon viandas frías, llenaron garrafones con agua hervida. La señora Mariana recomendó que hirviéramos el agua; los llevaron al sótano en silencio. Llorando.

Jesús llegó sano y salvo. Demacrado por la fatiga.

—Arrímame un café bien cargado, mujercita mía, ahora sí vengo molido. De a tiro lo que pasa es de locos, si la patria cree que un soldado en cada hijo le dio, debía darse una vuelta por los llanos de Zoquiapan y ver los huesos de sus chamacos hechos cenizas.

—¿De a tiro, Chucho?

—No sé por qué los inocentes deban pagar por los méndigos cabrones.

—¿Un inocente debe pagar, Chucho?

—No me cuadra lo que está pasando, no seré muy léido pero tengo un agüero de que esto que está sucediendo no servirá pa' nada bueno.

—¿Tienes un agüero, Chucho?

—¡Ora, tú! ¿Por qué repites lo que digo?

—Chucho, ¿no será que el diablo es puro invento del hombre que lo copió igualito a él mismo?

—Pos si por eso te quiero tanto, mi prieta, por entendida.

Le platicó a Ramona los detalles de su ida a Toluca, cómo era la casa de Los Portales.

—Amplia, bien cuidada; el corredor está lleno de macetas de ésas que tienen espejitos, se ve que atienden las plantas. Graciosa ella, chula la casa. Muy distinta a ésta.

Ramona preguntó por la numerosa familia de don Óscar.

—Mujeres, más bien varias mujeres que no son tan bonitas como la difunta, que en paz descanse. Qué buena era, ¿verdad, prieta? ¿Cómo se fue a morir?... Ni sé sus nombres de ellas porque no me quedé ni un rato allí. La señorita Lila me pidió un favor extra.

—¿Qué favor?

—Que llevara un sobre a la Cervecería donde trabaja don Óscar y se lo entregara yo mismito al señor Espiridión que es el transportista... ¡Si vieras qué grande es la fábrica de cerveza! ¡Y qué rico huele! A cebada, me dijeron. Está en el Jardín de Zaragoza; tiene toneles con miles de litros de cerveza, una sección embotelladora y otra donde se encorchan las botellas, máquinas refrigeradoras, depósitos...

—¡Chucho!

—¿Qué, mujer?

—No te me distraigas. Cuéntame de la carta. ¿Crees que no te conozco? De seguro tráis un misterio escondido y quieres cambiarme el tema.

—Bueno, pues sí. Fíjate que la carta estaba dirigida a un tal Pedrocué. No Pedro Cué, sino junto.

—Y ¿qué decía? ¿A poco crees que voy a crer que no la abriste? Si yo sé que es una manía tuya.

—Maña que aprendí de tu papá. ¿No te acuerdas que don Benigno abría la correspondencia de la niña María Juana...?

—¡Párale, Chucho!, ¿qué ponía en la carta?

—Era un recado corto, casi un telegrama: "Se murió mamá, te necesito".

—¿Nomás eso?

—No. Le decía que le tenía que platicar lo que le dijo su mamá antes de morir y que iba a vivir un tiempo en San Ángel con don Eric, le ponía: "Tú sabes dónde queda El Retiro... Búscame allá en cuanto puedas. Será una buena oportunidad".

—¿Quién es ese Pedro?

—Eso me dije yo. ¿Quién será él?, ¿por qué conoce El Retiro si la señorita Lila nunca ha estado en el poblado?

—¿Será el novio? Capaz que tiene un novio a escondidas de su papá.

—No creo. Don Óscar no es de los que prohíben cosas a sus hijos como acá su hermano. Ya ves, ella quiso dejar Toluca y él no se lo prohibió.

—¿Por qué habrá querido regresar a México?

—Se lo pregunté en el coche. Me contestó que su papá tiene muchas mujeres que lo cuidan, en cambio su tío Eric está solo.

—Hay que estar pendientes, Chucho, muy pendientes, no vaya siendo... ¡ay! no sé... ¿Llevaste a la señorita al Retiro?

—Sí, allá la dejé con doña Seferina, que ni se ha enterado de lo que pasa por la capital, cada día está más sorda.

—Pobre de mi mamacita... Qué bueno que no sepa. ¿Y ahora, qué órdenes tienes?

—Mañana tengo que depositar a tu niño en el internado. Don Eric me avisará por teléfono cuando las hostilidades se suspendan, entonces saldré de prisa hasta Mixcoac.

—¿Tú sabes dónde está el patrón?

—No sé ni me atrevo a preguntarle.

Maximiliano dormía en el sótano. Llevaba dos días completos tirado en un colchón, debajo de la mesa de billar, sin desvestirse y mal encubierto por edredones de plumas. Las más de las horas dormía. A ratos se le mezclaban los sueños con la vida real o se hacía el dormido sin abrir los ojos. Recordaba el breve tiempo que había estado con Lila en ese mismo lugar; ella en sus brazos mientras retumbaban los cristales de la casa. Sostenía la figura del cabello revuelto de su prima, aspiraba su olor y sudaba por tenerla pegada al pecho. Lila se meneaba, se agitaba con cada tronido y Maximiliano la apretaba mucho, mucho, al tiempo que su nerviosismo crecía y no deseaba que terminaran los crujidos de las ventanas, quería que duraran, que se prolongara el momento sublime, su boca rozaba el cuello apenas, sacaba la punta de la lengua, se lamía el labio superior y volvía a guardarla junto al paladar. De repente sonó un estruendo enorme y se oyó el grito fortísimo de su padre: "¡Mariana!" Lila volvió el rostro hacia él, un rostro de angustia que Maximiliano no supo apreciar porque tuvo la intención última de besar esa boca tan esperada, pero Lila lo empujó con violencia, salió debajo de la mesa de billar y se fue corriendo por las escaleras. Maximiliano quedó solo. Apaciguando la ansiedad que se desbocó hacia un solo sitio. Ahora venía a su memoria la imagen del dedo amputado de su padre y la sangre de Mariana, la sangre del cuerpo de Mariana. Le dio náuseas.

Ramona llegó a levantarlo.

—Ándale, mi ñiño. Hoy te vas al internado.

—Nita, no me lo tomes a mal, sólo que ya no quiero que me llames "ñiño".

—Está bien. Si así quieres.

—¿Sabes qué pasó con mi prima? ¿Ya regresó de Toluca?

—Chucho la llevó a San Ángel, allá va a quedarse hasta que pase la refriega. Oye, ¿tú conoces a un tal Pedrocué?

—No. ¿Quién es?

—Pues sepa. Sólo sé que la señorita Lila le escribió una carta y le pidió a Chucho que se la entregara y según parece se va a ver con él en El Retiro. ¿No será su novio, tú?

Camino a su encierro, Maximiliano Nilssen sacó de su maletín aquel espejo de mano que, según Seferina, le había dejado su madre. En el dorso del espejo palpó los extraños signos que se perseguían en un vago laberinto. Lo giró y se sobresaltó. Se parecía a su padre. Al verse preguntó sobre su destino, sobre el pecado desconocido por el que era castigado ¿De qué soy culpable, Padre?... ¿De haber nacido?

Oscuridad. ¿Sigues en el mundo, Eric? ¿Dónde te encuentras? Enclaustrado en un cuarto. Podría ser el ático del aislamiento, la parte alta de la casa de tu padre inmediata al tejado, aquel bendito espacio donde tú y tu gemelo pasaron las horas más encerradas de la infancia, y las mejores. Sabes lo que él acostumbra hacer, porque lo conoces y estás seguro de que Óscar se habrá confesado, habrá aceptado su falta, su culpa. Estará sufriendo por eso. Sólo que, tú lo sabes, el remordimiento es más oscuro que la confesión. ¿Qué tendrá que hacer Óscar para arrepentirse? ¡Deja de pensar en él, Eric! Concéntrate en ti. En tu falta. Tus pupilas deben estar enormes. Ellas saben que la noche es la hora de la conciencia. *Esa diabólica distinción entre el bien y el mal, donde el Diablo lucha contra Dios y el campo de batalla es el corazón humano.* ¿Cómo le dijiste a Mariana Luna?: los errores que he acumulado han sido perfectos. Así que, si tenías la esperanza de no volver a cometerlos, hoy sabes con certeza que no vas a conseguirlo. Si el resto de la humanidad es castigada por cometer errores, en tu caso son ellos, tus errores, los que te castigan a ti. Por lo tanto: sé dueño de ellos... así saldrás victorioso.

Antes de cerrar los ojos, apretó la mano derecha sobre la cadera de la mujer en turno y dijo en voz alta, con una calma extraordinaria y una notable lucidez:

—Lo importante ya no es curarse, sino vivir con la enfermedad.

—¿Qué dices, tesorito?

—Nada, chaparrita, sigue dormida.

Ante esto es mejor dejar que pase el tiempo. Y que las aguas lleguen al nivel que asiente su cauce. Que cada quien alabe a sus difuntos según su ánimo.

Nueve meses después de la muerte de Mariana, se puso en Toluca una ofrenda, el dos de noviembre, día de los Santos Difuntos. No era costumbre de clases medias ni acomodadas poner altares, sólo en rancherías y pequeños poblados honraban con ellos a los muertos. Don Isidro Luna adoptó la tradición indígena y se la legó a sus hijas. Con mayor razón, ese dos de noviembre desempolvaron los cirios anaranjados, el sahumerio, el copal. Las niñas fabricaron trinitarios con cabeza de garbanzo, tumbitas de tejamanil pintadas de negro con ventanas por donde se asomaban los muertitos, esqueletos de barro con sus piernas y sus brazos sujetos con alambres. Las hijas mayores tuvieron una gran idea, poner la ofrenda en el patio, y recortaron adornos de papel picado, colgaron naranjas, limas, jícamas. Martina y Maura amasaron y hornearon pan de muerto, prepararon calabaza en tacha, cazuelas con el mole de olla y tortillas recién echadas que tanto le gustaban a la difunta, presente en su vestido de seda turquesa, vacío, colocado en una silla.

Quedó hermoso el altar de Mariana Luna.

Lila y Santiago no lo vieron.

Ella pobló su cuarto con fotografías de Mariana, alumbradas por candeleros, lámparas votivas, veladoras de plata, y, ya que era sábado y no tenía que ir a la Normal, cerró los ojos oscuros, puso el fonógrafo y cantó a dúo las arias preferidas de su mami hasta que no pudo contener el llanto y lo dejó correr. Se quedó sin voz. Sin ti, mamita adorada.

Santiago escaló el Nevado de Toluca. Subió por veredas entre pinos, oyameles; cruzó barrancas tocadas por nubes como algodones de azúcar y nubes de borrascas ligeras; subió hasta llegar a la cumbre blanca. Se sentó sobre una roca frente a la laguna. Al fondo, una inmensa sombra negra se le figuró una ola que podría tragárselo. No era una ola, un muro del volcán no podía tragárselo. Llevaba una mochila a la espalda y de ella sacó el espejo donde su madre solía reflejarse. Escribió en su libreta: *Mira, madre, aquí sí se ven el cielo y sus estrellas; el bosque habitado de luces y sombras; los riscos donde descansan nieves perpetuas. Oye los susurros misteriosos, hervidero de vida. Aquí pasaré la noche, iluminado por luciérnagas y tu presencia sutil.*

A Óscar le hubiera gustado salir de Toluca con el canto del gallo. Sólo que Martina lo entretuvo primero y Maura después. Al llegar a la ciudad de México pasó al mercado de San Juan y compró un enorme manojo de "mano de león", esa flor guinda y aterciopelada que florece en noviembre y que tanto le gustaba a Mariana. Allí perdió más tiempo pues no pudo resistir el antojo de un ceviche de pescado y camarones con limón y chile verde. Llegó al panteón de La Piedad. Lo visitaba por primera vez. Buscó la avenida entre criptas familiares y tumbas de piedra. A punto de encontrar el número del lote, vio de lejos a su gemelo. Vestido de *jaquet* y sombrero de copa. Un guante de gamuza negra cubría su mano izquierda. Estaba en el sepulcro de Mariana colocando en jarrones una cantidad exuberante de gladiolas blancas que cubrían la lápida recién construida. Se quedó allá, lejos, mirando su devoción. Pensaba que si él hubiera llegado primero estaría postrado ante ella; después de acomodar las flores, limpiaría la losa con su pañuelo para sentarse y declararle... Te extraño, Mariana..., me haces falta... Te agradezco el tiempo que estuvimos juntos... Lo que me enseñaste... Lo que me dijiste... ¡Qué falta me haces, Mariana Luna! Al estar concentrado en su apesadumbrada postura, ignoraría su entorno a tal grado que no se daría cuenta de que su gemelo llegaba con flores y se quedaba atrás sin atreverse a interrumpir y no le quedaría más remedio que alejarse del panteón. Paso a paso. Arrojando las flores en cualquier sepultura.

CAPÍTULO 15

Por qué es tan difícil parecerse
A lo que uno es
GUY FOISSY

MARÍA JUANA NO AVISÓ de su arribo a México. Quería sorprenderlos. Había mantenido correspondencia escrita los dieciséis años que duró su ausencia. Durante ese tiempo, Eric fue quien más le escribió. Al principio le mandaba documentos que requerían su firma para aumentar el capital o la ponía al tanto de pagarés y dividendos. De paso le platicaba los avances de Maximiliano: Ramona lo cuida en El Retiro. Creo que le agradaron los títeres que le enviaste. Lo inscribí en la mejor escuela inglesa. A tu pregunta contesto que sí, se mantiene pelirrojo como su madre, e igual de caprichoso.

Nunca la enteraste, ¿para qué?, de la escena que padre e hijo tuvieron que soportar una mañana en el desayuno. Era sábado, así que Maximiliano no estaba en el internado. Cumplía trece años. Trataba mal a los sirvientes, rechazó el jugo de frutas, el café y el pan dulce. Tú leías el periódico al otro extremo de la mesa.

—¿Qué le pasa a éste, Ramona?

—Que no ha recibido cuelga de su mamá.

Maximiliano, con una rabia en los ojos de hiedra enredada que reconociste tan tuya, te reclamó a boca de jarro en un tono hiriente, lento, altanero.

—Tú tienes la culpa... le permitiste que se fuera y me dejara abandonado. Si tú no la querías... al menos lo hubieras hecho por mí.

Le contestaste estallando la mesa con el puño y con un grito que encubría la misma pregunta que tanto te habías hecho en trece años.

—¿Cómo te atreves a hablarme así? ¡Deberías pedirme perdón por tu insolencia! ¡O te comportas o te largas a tu cuarto!

Maximiliano derribó la silla y se largó a su cuarto.

Más adelante las cartas entre María Juana y Eric se volvieron saludos cordiales. En negro y blanco la relación resultó fácil ya que los dos escribieron lo que convino escribir y no comunicaron lo que prefirieron callar. Así cualquier relación funciona, concluyeron cada uno con pluma, tinta y secante en mano. Eric jamás le platicó que tenía un hermano gemelo. Mucho menos le confesó que tenía otro hijo. En cambio, le mandó algunas fotografías con sus mejores poses: haciendo molinetes con el bastón, paseaba por Roma, Londres, Viena, Hamburgo, las calles de su colonia Juárez, vestido de caballero y cada vez más apuesto y arrogante, según notaba María Juana complacida. En alguna ocasión él recibió imágenes de ella recargada en la barandilla de algún puente del Sena, con la cara apoyada en las palmas de las manos; o subiendo la colina de Montmartre sin fatiga, con ese mohín desvergonzado imposible de olvidar. De tal manera ambos notarían lo bien que estaban, lo mucho que les sonreía la vida. Tú dudabas, Eric Nilssen, si la felicidad de sus ojos y su boca era natural o estudiada. Porque tu mirada alegre sí era improvisada. Se escribieron con una confianza de amigos que no existió en persona. Esto te hará volcarte de risa, escribió ella, lo que en efecto no sólo te agradó, también te alegró aquel día que comenzaste de tan mal humor. Si vivieran juntos ¿se habrían divorciado ya?

Se observó el cambio físico. Los 43 años de él. Los casi 36 de ella.

María Juana regresó cuando Europa se convertía en lugar inseguro desde que el archiduque Francisco Fernando había sido asesinado en Sarajevo por un nacionalista serbio; de allí se desató en cadena una serie de declaraciones de guerra, la primera que disputaban las potencias mundiales de ese momento. ¡Si tan sólo alguien le hubiera informado a María Juana lo que pasaba en México! Se enteró de que don Porfirio Díaz vivía en París, prometió visitarlo y jamás lo hizo. El viejo caudillo padecía con dolores de cabeza las noticias que le llegaban en telegramas diarios; al conocerlas se le llenaban los ojos de lágrimas en un hábito cada vez más frecuente; doña Carmelita lo oía repetir y repetir la frase que farfulló al salir de México: ¡han soltado un tigre!

Eric decidió no poner a María Juana al tanto de la refriega revolucionaria; sabía que si le daba cuenta no regresaría. Mucho menos le platicaría lo que él mismo expió a causa de la revuelta. El padre quería que la madre se hiciera cargo del hijo. Maximiliano merecía conocerla. En lugar de pedírselo directamente, cambió el remate acostumbrado del "Recibe un afectuoso saludo", por otro que se volvió maña: "Soñé que usted regresaba, Señora". Estaba seguro, casi, que con paciencia e insistencia —Soñé que usted regresaba, Señora— su lejana esposa picaría el anzuelo. Ansiaba que volviera.

El largo recorrido de Veracruz hasta la capital le fue abriendo los ojos a María Juana. Por la ventanilla del carro comedor del pullman vio que si acaso algunos indios iban por los caminos, como siempre, con su morral al hombro, sus huaraches, su camisa blanca y sus huesos al descubierto, la sorprendieron otros. Hombres uniformados de paño azul y pelados al rape andaban regados por dondequiera. En las rodillas de las montañas. En la boca de los poblados. Amontonados a los pies del riel. El antiguo ejército federal había sido disuelto, aquellos soldados no sabían qué hacer. La llegada a la estación Buenavista fue más alarmante. La ciudad de México presentaba un espectáculo extraño para la recién llegada y anormal a la mirada de los citadinos no acostumbrados del todo a encontrarse en las calles con una población rural a caballo, con dos cananas cruzadas sobre el pecho y otra fajada a la cintura, cargando viejas carabinas, rifles desechados del ejército federal o escopetas atravesadas en la silla de montar. Traían sombreros de petate muy anchos vueltos hacia arriba donde podían acomodar su pan, el paliacate o alguna prenda pequeña; vestían calzones y camisas de manta desgarradas y llenas de lodo. Hombres vestidos de levita pasaban al lado de jóvenes quienes, con su torso doblegado por el peso de cartucheras, descansaban echados en las banquetas con su machete al lado. Era como si una masa de campesinos, más tropel que tropa, se hubiese venido encima de la capital y, después de precipitarse contra los muros de la metrópoli, se apaciguara extrañamente, en espera de nuevo aviso. El campo llegaba a la ciudad a recordarle su menosprecio y su indiferencia. Días antes, el Ejército Libertador del Sur, encabezado por Eufemio Zapata y su Estado Mayor, tomó la ciudad. Las familias que vivían en el centro se despertaron zangoloteadas por los tiros al aire que a todo galope anunciaban el ingreso de los revolucionarios al Zócalo en una balacera cerrada y ruidosa, detenida solamente por la orden de atajar el tiroteo. Luego... la calma. Esas mismas familias notaron las sencillas exigencias de los invasores: pedían de comer, aunque sin actos de violencia. Desarraigados, desarrapados, hambrientos, a la buena ventura, aquellos peones de haciendas que tenían fama de violadores de mujeres, incendiarios y depredadores, ansiaban el arribo de su general Emiliano Zapata.

No era la primera vez que la sociedad sufría intromisiones; motejada de cobarde por el resto del país, indignado éste de que los capitalinos hubieran aguantado el pudridero en que los tuvo Victoriano Huerta mientras fue presidente usurpador, sobrellevaba el abuso de los militares con resignación. Tres meses antes, en agosto del 14, el Jefe del Ejército del Noroeste, Álvaro Obregón, allanó las calles: entusiasmado, garboso, encendido en su entrada triunfal. Imperaba la bota fuerte. Entre muchos otros, traía en descontento a las Damas de la Congregación de la Vela Perpetua. Éstas se empeñaron en hacer una manifestación porque el general no sólo limitó las horas del culto, también permitió que sus subalternos se adueñaran de las lujosas residencias abandonadas por los amigos del régimen huertista. En los palacetes de escaleras de mármol, de muebles, vajillas y cristalería importados de Europa, los nuevos ocupantes quemaban los pisos de parquet al apagar sus cigarros, o invadían vestíbulos con sillas de montar y aparejos. La casa de la calle de Berlín se salvó de milagro porque Ramona y Jesús juraron ante un oficialote bigotón, vestido de norteño y de aventajada estatura, que el dueño no tardaría en llegar.

—Anda fueras.

Con lo cual el personaje se retiró en busca de otro alojamiento. Ramona y Jesús desearon más que nunca que el dueño pudiera abandonar el escondite donde se encontraba resguardado.

—¿Dónde estará, Chucho?

Los revolucionarios se posesionaban de automóviles, se hacían servir gratuitamente en restaurantes, armaban escándalo en las cantinas tirando balazos a los pies de algún sujeto, sólo por verlo bailar "la danza macabra". En fin, una desvergüenza que, pensaron las de la congregación, habría que terminar cuanto antes. Don Álvaro no tenía ni tiempo ni ganas de sermones e insolencias de señoras y señoritas, así que ideó un plan: hizo juntar en huacales, jaulas y cajas de cartón una excesiva cantidad de docenas de ratas vivas y esperó a que las damas se reunieran frente al balcón de su cuartel. Ya que las tuvo a pie de rifle liberó a las ratas; salieron en tremenda escapatoria entre los pies de las asistentes que se levantaron las faldas y dejaron ver los tobillos y hasta las pantorrillas con alaridos de horror, olvidándose del recato y del amotinamiento.

Obregón mostró el poder, la ambición y la lucha del Ejército Constitucionalista. El Primer Jefe, Venustiano Carranza, se haría cargo del Poder Ejecutivo de la Nación mientras se convocaba a nuevas elecciones. Mas las armas del ejército constitucionalista no se quedaron mucho tiempo a velar en Palacio. En abierta rebeldía, Villa y Zapata lo obligaron a emprender la retirada. Zapata se acercaba por Xochimilco.

Dentro del coche de sitio María Juana oyó la palabra: revolución.

Poco entendió porque aún le faltaba un último trecho hasta llegar a San Ángel. Quiso creer que El Retiro estaba apartado de conflictos y que allí no habría sino su nana con una jarra de agua de chía y su cama, donde podría descansar de los días de viaje. De los años de viaje. Tomó una porción de ácido salicílico para el dolor de cabeza. Encendió un cigarrillo. Bajó los párpados. Años de viaje. Había sido una mujer itinerante, ambulante, pasajera, errante. Así conoció Italia, Portugal,

España, Rusia; Francia igual a cada línea que le fue saliendo en el rostro. Visitó Suecia; la tierra de Nilssen le reveló un secreto inimaginable. Volvía siempre a París con algo nuevo en el baúl de sus pensamientos. El viejo Jacques nunca logró que María Juana fuera buena alumna de dibujo, ni siquiera medianamente buena, en cambio ella asimiló en la buhardilla de su maestro otro tipo de lección: el gusto de satisfacer su independencia, ya no como un capricho. Su furia de libertad se vio apaciguada. Un invierno Jacques enfermó gravemente; tosía con espasmos violentos que finalizaban en un sonido silbante, intenso. María Juana se quedó a cuidarlo y en ese tiempo vio cómo Jacques se desapegaba del horror de sentirse asfixiado, soltaba la vida, no se defendía ante la muerte. Cedía a su cuerpo la libertad de morir. Su maestro se le moría a María Juana y fue la primera vez que ella lloró reconociendo el dolor que le causaba una pérdida, un abandono, un desamparo, una orfandad. Lloró sin sentirse ridícula. Lloró sin miedo. Noches seguidas soñó con Maximiliano, su hijo.

Un año y medio después de la muerte Jacques, María Juana salió de París, sin avisar de su partida. No le avisó a su casera, le dejó un sobre con la renta de seis meses anticipados. No le avisó al panadero ni al dependiente de correos ni al empleado del banco. No le avisó a José Ituarte. A él menos que a nadie.

¿Cuánto faltaría para llegar a San Ángel? Reconoció el olor de las campánulas y las mimosas; aun así, el de Loreto, la fábrica de papel, penetraba más fuerte. De la sombrerera sacó dos juegos de sobres, amarrados uno con una cinta marrón y otro con una cinta guinda. Encendió otro cigarrillo. José Ituarte. Él aseguró que la había conocido en México en una época indefinida, ¿tendría ella trece y él doce? María Juana entraba con sus padres al Café Colón. La vio a través de la luna del espejo. La vio al revés de como ella era. En el reflejo de la luna se comió con la vista esa cabellera de fuego, escarlata, suelta, que no volvería a contemplar hasta años después, en París, reconociéndola inconfundible, inolvidable.

María Juana sacó la primera carta del paquete envuelto con cinta marrón. La de José Ituarte.

Un lunes de verano sin sueño

¿Sabe usted lo que siente un hombre que la tarde—noche de un día permaneció estancado en el dolor que le causa la mujer que le gusta? ¿Sabe usted cómo se cuaja la sangre cuando el recuerdo está aguijoneado de alfileres al tolerar el drama interno, inmenso, infinito, de no ser correspondido por la persona que uno desea? ¿Sabe usted lo que es imaginar a la mujer amada despertando de un sueño placentero (allá, lejos, en otra cama) y ponerse uno a explorar sus llagas con la intención de sacarse las pústulas y las costras porque ya no puede más, ya no aguanta tanta dolencia y tanto daño? ¿Sabe cómo me quedo cada vez que a usted se le ocurre arrojar mis penas al fuego y yo no vuelvo a llorar un llanto que no he llorado?

No, qué va a saber usted, María Juana.

José Ituarte había escapado de un matrimonio arreglado por sus padres adoptivos. En París se sintió liberado de falsos agradecimientos. Baste decir que así estaba cuando volvió a ver la cabellera rojiza inclinada sobre un estanque donde flotaban nenúfares. Fue claro que se trataba de la misma melena que lo atolondró en sus primeros años de adolescente y ahora lo aturdía creyendo que el destino habría dispuesto para él esta ventura. Se acercó. Dobló una pierna arrodillándose junto a la mujer. Le hubiera gustado acariciarle el pelo, decirle, rogarle:

cuénteme algo de usted. Ella vigilaba una rama a la deriva donde las hormigas se seguían en fila llevando en sus tenazas pizcas de ala de mariposa. Con un letargo de atardecer, ella miró a un hombre joven en la imagen del agua. Él huyó.

María Juana sacó del sobre la segunda carta.

Martes, día de museos

Hoy miré su boca... Miré su boca con insistencia. Ese recuerdo lo traigo al presente y con él a usted, que se encuentra acá, en mi fantasía. Beso cada una de las huellas de sus dedos. Luego la mejilla izquierda y usted pone la otra y recibe lo mismo. Cierra los ojos y yo los beso. Uno a uno; como en secreto. Llego a los oídos, susurro, aspiro, me quedo un rato. Quieto. Usted suspira y en ese suspiro advierto tal vez, por fin, un silente "yo también te quiero".

José Ituarte la siguió hasta en las anomalías cotidianas. María Juana ideaba rutas inauditas, atajos inexplicables, cuestas o esquinas o declives y allí estaba él, esperándola de frente, de sombra, de destello. No es que fuera un espía, eso no, más bien era un tipo de cómplice. Aunque María Juana ignoraba qué clase de cómplice se perpetuaba inmune al rigor del tiempo. ¿Cuántos días habían pasado? ¿Meses? ¿Cuántos? Ese día lo encontró al costado de un rayo de sol. Sostenía un ramo de flores de todos los colores imaginables. ¿Cómo habrá hecho para conseguir un ramo así en esta época del año? Un asunto, cualquiera, no es razón suficiente para seguirme de ese modo, pensó ella. Tengo derecho a estar aquí, argumentó él tallándose el labio de una manera ingenua y casi inocente, buscando palabras porque en momentos así habría que decir algo oportuno, algo con el ánimo de conservar eso que ocurría entre los dos. Sin más, le tendió el ramo de flores que ella cargó entre su pecho y su brazo izquierdo al tiempo que ofreció el torso de la mano derecha al cumplido de los labios. El volcán entró en erupción.

María Juana desató la cinta guinda y sacó el primer sobre. Guardaba copias de cada una de las cartas que le escribió a José Ituarte.

Estabas hambriento, juraste.

Prepararías el bocado antes de comerlo. Deshojaste mi blusa botón por botón. Me quieres, no me quieres, me quieres... Debajo estaban los frutos y los lavaste bajo el grifo de tu lengua. Me pediste que le quitara la envoltura al cuerpo. Mientras yo lo hacía, tú desnudaste el minutero, lo dejaste vagar por mi piel, transitar lo profano, mi mundo y mi cielo. Hirviendo la piel a fuego lento te dejaste caer en mis labios que abrían su boca para escaldar el colibrí y volverlo acero y que pudiera yo así sacarle jugo al juego. Porque era un juego, el juego que siempre jugamos, donde hacías trampa jurando que eras tú el hambriento y yo la que comenzaba a comérmelo todo: tu península, tu constelación de zafras y estrellas. Todo. Entonces me daba sed y buscaba cómo rebosar el vino consagrado de tu racimo y me llevaba a tragos el desenfreno, lo eternamente temporal, lo verdadero. Todo. Hasta la luz menguante de tu presencia en su paso de luna nueva a luna llena.

Primero fue el impulso de dar y recibir placer, cierto que participaron en estímulos que celebraban juegos de resplandor y tinieblas; tardes y madrugadas estallaron en pedazos que luego devolvieron, ilesos. María Juana se sintió increíblemente sensual y excitada, José Ituarte la llevó a la autonomía emocional y así estuvo mucho más preparada para ayudarlo a lograr su satisfacción. Los mismos ojos vieron pasar los días, ¿cuántos? Meses, ¿cuántos? ¿Qué habría que improvisar de tal manera que no llegara el hastío? Una vez, en el Jardín de las Tullerías, se preguntaban: ¿qué haremos? María Juana le arrebató el paraguas y corrió, José Ituarte le gritó a un gendarme que la persiguiera, el guardia tocó su silbato con insistencia, amenazándola, acorralándola detrás de un árbol hasta que le arrancó lo hurtado, entonces José Ituarte se apresuró hacia ella en un rodeo de cintura, un beso y una risotada que escandalizaron al vigilante del orden. Le regalaron el paraguas. Pasaron la tarde sentados en el prado, ella delante de él, quien con las piernas abiertas la abrazaba, le olía el pelo y la apretujaba contra su pecho. Cuéntame de ti.

María Juana leyó la última carta de José Ituarte.

Durante el crepúsculo...
...algo me acercó a lo intocable de tu espíritu
a ese tabernáculo del que nadie tiene llave.
Hundiste la mirada en la llama de la vela y le susurraste:
"Mi destino sí existe... mi destino lo llevo dentro".
Supe que ese destino es una herencia de sangre que debe cicatrizar.
¿Yo? seguiré soñando. E intuyo que no llegarás a mi calle, que escucharé música imaginaria y veré nacer una noche en la que no estarás porque no es tu noche, sino en recuerdo.
Te conocí libre. Sigue libre, bella, perpetua.

Dentro del sobre de esa carta venía la respuesta de María Juana.

Tengo una vaga idea de quién eres, José Ituarte.

Toco mi cuerpo en el que has sembrado esa rúbrica de dragón insaciable que se me estanca a horcajadas. Y hago lo que es contrario a la incertidumbre. Asumo la evidencia, la decisión, lo que late y se contrae y se humedece, se empapa practicando el ritual, accediendo a la puerta de entrada de mi grito que baila, que danza mi canto reclamando a Eros, mi feudo, la única fortaleza en la que creo.

Después de algunos meses de frecuentarse, ella se dio cuenta: se estaba enamorando de José Ituarte. Tenía que dejar claro que ella no se enamoraba de nadie.

El Retiro estaba igual que cuando María Juana se fue a París. Hacía dieciséis años. Supuso que en parte se debía al esmero de su nana por conservar los recuerdos —lo único que podía escuchar dentro de su sordera— y en parte a Nilssen, tan estricto, tan cumplidor, tan meticuloso. Seferina la vio llegar y en su senilidad se borró el tiempo de ausencia. La recibió como si su niña regresara de un día de paseo. Le quitó el abrigo, igual que antes, igual que siempre.

—¿Quieres que te prepare un baño de tina?

—Si, nana. Antes déjame darte un beso.

—¿Qué dices? —preguntó Seferina ahuecando las palabras con la mano en la oreja.

— ¡Que te voy a morder un cachete! —le gritó María Juana abalanzándose en los brazos de su nana en un gesto doloroso que mostraba su aflicción por verla vieja y sorda.

—Y 'ora tú, ¿pos quién te enseñó eso?

—¿Dónde está Maximiliano, nana?

— Pos no sé. No lo he visto. Te voy a hornear una manzana de anís.

Era inútil esforzarla con explicaciones que no podría dar. María Juana subió a su cuarto; Seferina se quedó abajo y le preguntó desde lejos ¿Sabes cuál es la flor de tristeza que se abre cuando el llanto del cielo empieza? ¿Cuál, nanita? El paraguas. Qué cosas se te ocurren, viejita. La nana dio la vuelta y se fue a la cocina murmurando, ¿sabes, Benigno?, ya encontré a la niña, te dije que andaba jugando a las escondidas, ya la hallé.

En su dormitorio, María Juana se encontró frente a frente con los espejos. Le devolvieron la verdad que ella trataba de arrinconar: había cambiado. No reconocía la imagen que tanto mostró su hechura de niña engreída. Sacó de su bolso la carta que le escribió a José Ituarte en el barco de regreso. Sin copia, pendiente, irresuelta aún. Cuando se acercaba la hora de retirarse al camarote, María Juana sentía un desmedido suplicio. Dormida, extraviaba el control de sus reflexiones y los sueños se le venían encima desmintiendo la claridad de sus argumentos. De día, su estado de alerta no era más fácil, su mente le traía una y otra vez la pregunta que él le repitió sin cansancio: ¿por qué no puedes quererte como yo te quiero? Él se me olvidará, aseguraba a la hora de levantarse, pero no se le olvidaba a la hora de caminar por cubierta, de proa a popa, mientras se cuestionaba: ¿de veras será cuestión de tiempo? Sí, seguro que en un siglo. El deseo de olvidarlo la llevaba minuto a minuto a recordarlo. En el último amanecer, antes de tocar tierra, le habló a José Ituarte con el pensamiento. Extrañarte es descorrer la cortina, abrir la ventana y descubrir que te extraño. ¿Por qué te extraño? Porque me enseñaste que una mujer puede entregarse a un hombre con algo más que un cuerpo, porque la comunicación de almas es un requisito importante en la unión carnal, sublimar, lo llamaste.

Me fui de viaje con alas blancas.

Alas blancas unidas con cera a mis brazos extendidos. Y volé, escapé, surqué el cielo más allá de la prohibición: no volar tan alto, allá, donde calienta demasiado el sol. Creí volar vulnerando el decreto, desafiando al sol. Calentaba mucho el sol, incendiaba, quemaba, inflamaba..., horrorizada me lancé al vacío y en la caída logré que llovieran mis ojos. Me hizo bien llover mis ojos. Fuiste tú la gota que derramara mis lágrimas. Y con ellas apagué la cera derretida que abrasó el fuego de mi terquedad.

—Mi niña, habló don Eric, le dije que estabas aquí. Me gritó: salgo hacia El Retiro mañana temprano y colgó el teléfono. Ya está listo tu baño.

—Gracias, nana, ahora voy.

Tendría que enfrentarse a la verdad y ser capaz de llevar a cabo lo que se había propuesto. Se quitó las horquillas del sombrero y desató su pelo, ahora más corto que entonces. No imaginaba su vida con Maximiliano y José juntos. Pudo vivir sin ser madre, ¿podría continuar sin ser una mujer resuelta a ser amada? De cualquier modo ya estaba en México y se enfrentaría a lo desconocido. ¿Cómo la recibiría Maximiliano? Necesitaba memorizar las frases preparadas para el temible encuentro (...el destino no hace acuerdos, hijo, es un laberinto... cada quien tiene que recorrerlo como pueda hasta encontrar la salida).

Quiso desnudarse frente a los espejos. Lo hizo despacio, con los ojos cerrados, con puro tacto, sin lastimar el recuerdo que ellos tendrían de esa jovencita de senos erguidos y cintura pequeña. Abrió los ojos y los espejos se alegraron de verla mujer y ella se regocijó al percatarse mujer. Desnuda fue hasta el escritorio a terminar la carta de José Ituarte.

¿Por qué no he de enamorarme?
¿Por qué no aceptar que me haces tanto bien?
¿Por qué renunciar a ti?

Pondría la carta en el correo la mañana siguiente.

Iba a meterse a la tina cuando escuchó voces. Se asomó por la ventana. Del departamento de jardín salía un joven mulato de pelo grifo. Lo despedía una joven, bonita ella. Optó por dejar pendiente el baño, ponerse una túnica, e ir a averiguar qué sorpresas encontraba después de dieciséis años de ausencia.

CAPÍTULO 16

Experiencia
...es el nombre que los hombres dan a sus errores
OSCAR WILDE

ENTRE EL QUIERO Y NO QUIERO hubieras preferido volar hacia El Retiro a encontrarte con María Juana. ¿Qué te detuvo? La sensatez. ¿Prudente tú, Eric Nilssen?, ¿ya borraste de la memoria lo desacertado que has sido el último año? No, no se me olvida.

Y recordaste aquel año de desgracias:

Una de las chaparritas de Eric, a quien sobornó regalándole las pastillas de moda que hacían engordar a las mujeres y la crema que les blanqueaba el cutis, lo tuvo al tanto de las conspiraciones de la embajada gringa; luego lo introdujo al círculo político. El embajador Wilson, con su impecable y ridículo peinado de raya en medio y su corbata de moño, tenía una peculiar visión sobre el mandato del señor Madero, creía a pie juntillas en la torpeza del presidente; México se convertía en un país incierto porque la inversión extranjera estaba en riesgo. Un grupo de empresarios gringos le pedía a Wilson su apoyo. Era urgente poner fin al sueño de un gobernante que se regía por los consejos de ultratumba. Para ser más persuasivo ante el presidente Taft, el embajador Henry Lane Wilson se sacó de la manga el cuento de que el presidente mexicano pronosticaba confiscaciones y decretos imprudentes, así que... sería bueno disciplinar. Proponía a su gobierno apoderarse de una parte del territorio mexicano o remover a Madero, cualquiera de las dos opciones. El republicano Taft, a menos de dos semanas de dejar la presidencia de Estados Unidos, aceptó confundir a la administración de Madero utilizando la amenaza de desembarco de tropas en México; hizo promesas de puestos y repartió sobornos en efectivo. El embajador estaba eufórico. Reunió a los dos jefes aparentemente en pugna, Victoriano Huerta y Félix Díaz, para celebrar un acuerdo, el Pacto de la Embajada. Les pidió que se arreglaran entre ellos el reparto del poder, pero "sugería" permitir que Huerta fuera presidente provisional, con la obligación de convocar a elecciones y apoyar a Félix Díaz en la candidatura presidencial. Victoriano Huerta aceptó. Con esta firma vocal daban por concluidas las hostilidades. Finalizaba la Decena Trágica.

Para ti, la principal víctima, muerta a manos de la traición, fue Mariana Luna, Eric, recuérdalo. ¿Recordarlo?, si cada día lo quiero olvidar.

Eric se enteró (te cuento aquí en confianza, muñeco) que el hombre fuerte en el poder no sería Félix Díaz sino Victoriano Huerta; Don Victoriano recibió el elogio entusiasta de los diputados conservadores; le mandaron felicitación los reyes de todo el mundo (¿te gusta que te rasque la espalda?): Alfonso XIII de España, Nicolás II de Rusia (tienes los pies fríos), Jorge V de Inglaterra, Guillermo II de Alemania (¿cuándo puedo regresar a verte?).

Debía actuar ni muy apresurado ni demasiado tardo. Asistió al *Te Deum* celebrado en la Catedral por el arzobispo José María Mora y del Río, donde se leyó a Victoriano Huerta el apoyo del Papa Pío X; observó los movimientos rastreros de aquellos hombres civiles y militares en el besamanos; se entregaban a la suerte. Eric le envió al presidente Huerta una caja de Henessy extra Gold, su coñac favorito que, se decía, bebía a pico de botella. Queda a sus órdenes su fiel servidor. Meses después, el jefe del ejecutivo lo citó en el Palacio Nacional.

Vestido de traje gris, sombrero de fieltro, camisa blanca, corbata negra adornada con un fistol de oro y piedra rubí, con el guante de gamuza metido en la zurda, Eric Nilssen cruzó el Patio de Honor escoltado por un cadete militar. Subió las escaleras del edificio de gobierno. Tan lleno de suertes. ¿En cuál de estas habitaciones habrán aprehendido a Francisco Madero? ¿Por qué se dejó capturar? A pesar de todo, era preferible dejarse matar antes de dimitir a su legítimo derecho. Pobre Madero, el idealista, el utópico, quijote, el iluso; su espiritismo, sus supersticiones, sus titubeos. ¿Cuál de estas puertas cerradas es la Intendencia donde le relataron la muerte de Gustavo Madero? ¡Traición!... ¡traición!... traición... habrá repetido jalándose la barba al enterarse de que a su hermano mayor le sacaron con filos de picahielos el único ojo bueno, le dieron veintisiete puñaladas y las bocas de más de diez fusiles descerrajaron su pólvora encima del cuerpo fardo. ¿Y él, el primer presidente elegido democráticamente en años de historia? Murió de un tiro a quemarropa en la nuca. ¿Se habrá dado cuenta de que iba a morir o siguió creyendo que lo salvaría La Divina Providencia? Un ataque irresponsable mientras llevaban a la Penitenciaría al presidente y al vicepresidente; mintió Victoriano Huerta a Henry Lane Wilson. Sus muertes no conmovieron a los habitantes de la ciudad de México, lo percibieron como uno de tantos episodios oscuros a los que casi estaban acostumbrados. Cuando terminó la Decena Trágica, las bandas de guerra repicaron a diana, debieron dar el conmovedor toque de silencio tañido con trompetas, en honor a los muertos. Mariana, mi Mariana Luna.

Cuando el joven soldado te indicó la entrada al Salón Amarillo, retorciste hacia arriba el lado derecho del bigote, imitación Káiser, y entraste con el pie derecho. No eras el único invitado. Media docena de hombres aguardaban también. ¡Carajo! Sostenían en su regazo el bombín y entre sus manos el mango del bastón. El cadete te dejó pasar y cerró la puerta desde afuera.

—Y ¿usted... es? —preguntó un hombre con voz gutural.

—Eric Nilssen, inversionista, muy interesado en el bienestar de esta nación —¿cómo no se te ocurrió decirlo en sueco? ¿Olvidaste la lengua materna?

Le pareció que todos los presentes eran europeos o al menos no eran mexicanos ni gringos. Había dos asientos vacíos. Uno, alejado del grupo. Otro, el sillón presidencial de terciopelo verde coronado en oro por el águila y la serpiente. Se quedó de pie. Observaba a los presentes y atisbaba la silla histórica, causa de guerras y traiciones.

—¿Por qué no la toma usted, señor Nilssen? A este país le convendría que la ocupara un extranjero —sugirió alguno bajando la voz.

—¿Yo? —reaccionaste ante la propuesta inesperada.

—Oui, oui, siéntese usted.

—Please, denos ese placer.

—El señor Huerta va a tardar, estará almorzando tortillas rellenas de tripas —dijo el italiano en italiano.

—Y cómo no, si se le nota lo indio —dijo el belga en francés—, indio experto en combatir indios.

—Los mexicanos sólo cambiaron el penacho por sombrero de paja —dijo el británico en inglés.

—Y la lanza por la carabina —dijo un austriaco en alemán. Todos se rieron tapando sus bocas.

—So, ¿va a tomar la silla, señor Nilssen?

¿Cómo te atreviste a aceptar? ¿Cómo fue que ante la mirada sarcástica de los extranjeros te aproximaste despacio y te sentaste en la reliquia nacional? Sobre los brazos de la silla presidencial, Eric Nilssen puso los suyos bien puestos. Era cómoda, era caliente, era contagiosa, pegadiza, viva, daban ganas de no cederla, de dictar sentencias desde ella, de renovar el sitio del poder. Los extranjeros iluminaron su rostro, unos incrédulos y los más complacidos ante el atrevimiento de ese hombre, hasta ahora desconocido, que se aventuró a asumir un deseo personal oculto en cada uno de ellos.

Eric manoseó los brazos de la silla presidencial, arremolinando su cuerpo en ella. Se oía la respiración agitada de la sala, se percibía que los extranjeros no cabían de contento con la imagen de uno de ellos al mando.

De golpe se pusieron de pie y se miraron entre sí; por el pasillo se acercaba el primer mandatario gritando: ¡A estos cerdos quisiera escupirlos! Afortunadamente no se refería a ellos, sino a los ministros que tuvo que aceptar en su gabinete, parte por imposición y parte por conveniencia. A través de la puerta de vidrio esmerilado se notaba que estaba bajo efectos del alcohol; daba órdenes contradictorias a un aterrado secretario. ¡Que vayan al Country Club y ya que estén allí todos estos imbéciles se les avisa que los estoy esperando en el Gambrinus y que al que no llegue lo paso por las armas! Sí señor presidente. ¡Apúrese usted, no me haga perder tiempo! Sí, señor presidente. Que no sepan dónde me encuentro, son capaces de atentar contra mi vida. Sí, señor presidente. Coartado por algunos miembros del gabinete que no le eran adeptos, ya que representaban los intereses de raigambre de la sociedad porfiriana y estaban dispuestos a apoyar la candidatura de Félix Díaz, el segundo dictador del siglo esperaba reemplazarlos cuanto antes. Necesitaba aliados. Entró al Salón Amarillo.

La reunión duró 55 minutos. De allí, el mandatario se fue con algunos de los extranjeros a una casa de cortinas coloradas. Había chicas y botellas. Fuiste el que más le aguantó la juerga; el único que resistió beber al parejo del general, el que estuvo a su lado oyendo cuanto quiso contar, el que no subió a las habitaciones y se mantuvo al lado del presidente. Ya muy entrados en copas Huerta le confesó a Eric que al antiguo gobernador del Distrito Federal lo habían sacado de su despacho por órdenes suyas, lo llevaron a Tlalpan y allá lo fusilaron.

—Por una expresión imprudente, amigo Nilssen, a mí nadie me sale con esas perradas. Y ahora, dígame ¿le agradaría cooperar con el presidente de México? Usted me agrada, necesito servidores fieles ¿estaría usted dispuesto?

Aceptó sin saber bien a bien qué aceptaba, qué tendría que hacer, ¿espiar? ¿a quién?, ¿cómo? Recordaba que don Victoriano le había dicho: no le quite la vista al ministro de Justicia, Rodolfo Reyes representa a la política de los felicistas, es uno de estos cabrones con los que tuve que cargar, a la primera provocación lo saco a patadas del país. Será un secreto entre usted y yo, que le quede claro.

Eric Nilssen se filtró en los círculos políticos. Paró la oreja: ¡hagan su comedia, señores!

—Mire, Nilssen, ese tipo es un "chocolatero", es decir, un oportunista de los muchos con que me topo a diario en estos tiempos. Y no me refiero a que usted se encuentre entre ellos, por favor, claro que no.

—A mí me gustan los gallos de pelea porque a mi general Huerta le gustan. Es especialmente hábil para inspirar confianza en las gentes, así tenga las más pérfidas intenciones.

—Si llega a haber elecciones, si llegara a suceder, serán el martes siguiente al primer lunes en seguida del Juicio Final.

—Los hombres no miran el colmillo del caballo regalado, ¿no es así? Si a eso vamos... tampoco miran la carroña que hay detrás.

—Un contrato de embarque de cañones suma 10 millones de marcos, 7.5 de ellos son para sobornos y 2.5 el precio real por los cañones. El capitán Huerta, hijo mayor del presidente, es uno de los peores corruptos.

Pero ni Eric Nilssen sacó provecho del entorno, ni Huerta lo retuvo en la memoria: en un encuentro en el Hipódromo de la Condesa lo desconoció dejándolo con la mano tendida. Meses después comenzó una fuerte persecución contra funcionarios del gobierno, contra sus hombres cercanos, contra quien pareciera sospechoso, fuera culpable o no. Se desató la reprimenda, la cacería, se volvió común la imagen de detenciones en restaurantes o a la salida de misa o del teatro. Ramona vio cuando el vecino de la esquina era metido a la fuerza en un automóvil y a gritos dio su santo y seña: ¡soy el licenciado Juan José Martínez de la Garza, me están secuestrando!; los inspectores de policía, o lo que fueran, lo golpearon de modo brutal con pistolas y garrotes; bañado en sangre cayó inconsciente.

—¡Ay, Chucho!, el carro arrancó como alma que lleva el diablo y desapareció —explicó entre chillidos que se volvieron un mar de llanto—. Dile a don Eric que haga de mandar lejos a mi niño Maximiliano, las cosas están que chamuscan.

Después de prepararle a su mujer una infusión de tila con valeriana, Jesús corrió a contarle lo sucedido a Eric, justo cuando éste recibía por teléfono una noticia incierta:

—Me pareció ver su nombre en una lista de sospechosos. Ni se le ocurra ir por las oficinas de gobierno; escóndase o huya del país.

Eric no le creyó. Él no podría estar fichado ¿Por qué?, nada malo había hecho. Ignoraría la advertencia.

Una tarde, mientras caminaba hacia el centro de la ciudad, Eric fue testigo: a una persona lo amedrentaban dos tipos. ¿Quién sería? Tenían al hombre inmóvil amarrado con correas frente a una reja. Forcejeó, se retorció, luchó, no pudo soltarse, lo único que logró fue escupirle los zapatos a uno de sus agresores, con un coraje indomable. En un santiamén recibió varios balazos en la cara. Quedó tirado en la banqueta. Eric lo vio liquidado y caminó con la mirada en sus pasos. Derecho, izquierdo, derecho, izquierdo. Hasta deducir que la escena era real. Acababa de presenciar un crimen en plena calle. Miró con el rabillo del ojo hacia la izquierda, derecha, izquierda, derecha y se escabulló en la primera bocacalle. No durmió en quién sabe cuántas noches recordando el amasijo de carne, de sangre, el cráneo, los ojos desprendidos. ¿Sería posible que él estuviera fichado? Antes de escapar tendría que intentar algo. ¿Esconderse? Acechó la puerta de su casa sin saber a quién de sus nuevos conocidos confiar su protección, sin saber siquiera si necesitaba protección. Le dio un atroz calambre en la mano enguantada, el tercero en un mes. ¿Confiar? ¿En quién?

—¿Van bien tus clases, hija?

—Mis clases sí, lo que no va nada bien es esa cara que traes, tío.

—Lo has notado. Eres igual a tu madre, Lila.

—¿Quieres contarme qué te pasa?

Nada más porque habías bebido inmoderados tragos de coñac durante tu insomnio te animaste y le resumiste en lo que andabas metido.

—De un momento a otro pueden venir a apresarme. Tengo que huir, querida Lila... Te haré llegar una carta con un propio avisándote dónde me encuentro y por nada del mundo lo comentes con alguien, tú eres la única que estará al tanto de dónde estoy. Ni Jesús ni Ramona deben saber, puede soltársele la lengua, ya los conoces. Estoy en peligro de muerte —exageraste, Eric.

A Lila se le trastabillaba el ánimo, los dedos se le tropezaron frente a la taza de café con leche, tiritaba de frío, le sudaba la frente, se le secó la boca de un trancazo. Fingió aplomo y serenidad.

—¿Y Maximiliano, tío?

—Es preferible que no se entere, ya estoy planeando que se vaya al extranjero. Yo salgo esta misma tarde a un refugio secreto. Gracias a Dios te tengo a ti.

Y yo a tu hijo Pedro que es mi apoyo, se habló Lila a sí misma en el silencio de su habitación. Él me asistirá en lo que debo hacer. Con Santiago no cuento, seguimos distanciados desde la muerte de mami. Cómo me duele Santi, se ha alejado del mundo. ¿Y papá? Es mejor no tenerlo al tanto.

Tres días se convirtieron en angustia, incertidumbre, apuro. Al atardecer llegó una carta a la casa de Berlín, apareció tan camuflajeada que ni Jesús reconoció quién la mandaba. Lila se encerró en el despacho a leerla.

Hija: el matrimonio Quijano, padres de Víctor, el amigo de Maximiliano, me ofreció una quinta en Mixcoac, frente al puente del camino antiguo a San Ángel. Les insistí en que no se lo informaran a Maximiliano. El cuarto que habito queda al fondo del jardín entre árboles, no se ve desde la entrada. A los encargados les dijeron que estoy enfermo del corazón. Los Quijano me han ayudado suficiente, sospecho que quieren emparentar porque su hija Loló está muy atraída por tu primo, según me revelaron sus padres; a ellos les agrada el muchacho. Te escribo en cuanto pueda. Tu tío que te quiere.

Lila exhaló su ahogo, metió la carta en el sobre y la guardó en el bolsillo del mandil al momento en que entró Ramona con dos desconocidos.

—Señorita, la buscan estos señores.

—Traemos órdenes de cateo y de aprehensión para la casa y la persona del señor Eric Nilssen.

—Sí, señor, pero esta última orden no puede ser verificada porque él no está aquí ni sé dónde se encuentra. En cuanto al cateo, pueden proceder si les place —a Ramona le sorprendió su mesura; con los ojos muy abiertos le preguntó si avisaba a alguien, Lila le respondió con una lenta y ligera inclinación de cabeza.

Los dos hombres se dedicaron a buscar papeles en cuanto cajón abrieron, los revisaban y los arrojaban al piso, hojearon libros, quitaron cojines de sillones. Nada. Buscaron debajo de lámparas, removieron objetos. Nada. Lila estaba impávida con su pensamiento fijo en la carta del tío. Acabaron de registrar el despacho, siguieron con la recámara. Uno se dedicó al ropero, otro al tocador. Tan embebidos estaban con la ropa y los objetos refinados del señor de la casa, que no se dieron cuenta de que Ramona le hizo señas a Lila desde la puerta. Lila salió al pasillo.

—Me pude comunicar con mi niño Maximiliano. A él también le urge avisarle algo a usted. ¿Qué inventamos?

Lila se dirigió a los hombres e improvisó una disculpa.

—Si me permiten, necesito ir al baño. Se queda con ustedes el ama de llaves.

—Vaya, señorita, vaya —contestó el hombre esmirriado, concentrado en la caja de las mancuernillas y botones de concha y fistoles. El otro, el oloroso a lavanda barata, ni la oyó por estar contando los sombreros, los trajes, las corbatas, los abrigos colgados en el ropero. Lila corrió a la bocina del pasillo.

—¡Maximiliano!

—Prima, salgo a los Estados Unidos en un rato, me voy con los Quijano y no puedo ir a despedirme de ti, papá arregló que me fuera cuanto antes. ¿Tú sabes qué mosca le picó?

—No le picó ninguna mosca, él sólo quiere que te vayas a conocer Nueva York. ¿No estás contento?

—Contento sí, y también intrigado, ¿desde cuándo tanta generosidad del viejo? Además, necesito verte, Lila, encerrado en el internado hace meses que no te veo. Te extraño, tengo cosas que contarte. ¿Por qué papá no me ha dejado ir a la casa? ¿Te comentó si estaré mucho tiempo fuera? ¿Por qué no vienes tú también?

—¡Cuántas preguntas! Ya sabes que estoy cerca de época de exámenes y estudio todo el día. Mira, en cuanto te instales me escribes, me das la dirección y te contesto. Ahora tengo que colgar, tengo visitas.

—Algo me comentaba Nita, no le puse atención. ¿Algún pretendiente?

—Sí, Maximiliano... un pretendiente. Voy a colgar, diviértete mucho y escribe pronto, sé bueno con Víctor... y con Loló...

—De ella quería platicarte.

—Me escribes. Adiós —el hombre oloroso a lavanda barata salía de la recámara. Lila puso la bocina en la pared y con la otra mano volvió a tentar la carta. Él se acercó casi a su oído.

—¿Tiene usted oro y plata? Si es así debe sacarlos y dárselos a la portera antes de que lo descubra el compañero; trae orden de recoger la plata y el oro que halle en las casas.

Lila lo llevó al cuarto de costura. Abrió una caja de metal, cogió un puñado de monedas y se las dio. Gracias. Con ese proceder lo tenía de su lado. Al pasar junto al armario para su registro, el oloroso a lavanda barata abría cajones y los volvía a cerrar. El esmirriado entraba.

—Lo siento señorita, tendremos que regresar, en la habitación azul hay un mueble que no ha sido abierto porque tiene llave.

—Ese mueble no es de mi tío, es de mi primo.

—No importa, debe ser abierto.

El oloroso a lavanda barata lo llevó a un rincón y le habló en voz baja.

—¿No le parece, compañero, que rindamos parte como verificado el cateo?, tenemos muchas órdenes que cumplir y considero que aquí no sacaremos beneficios.

—Tiene usted razón, colega; firmaremos de aprobado, a ver si en otra residencia tenemos más suerte.

Se dirigieron hacia Lila.

—Nos vamos por ahora, señorita.

—Antes de irse, ¿son tan amables de decirme si estos billetes de sábana blanca están actualmente en uso? —ella sabía que no, preguntaba para aparentar ingenuidad.

Por fin llegó el miércoles y a las siete de la mañana entró la tan anhelada reunión telefónica. Prometí estar al pendiente de tu padre, cercana, y lo he cumplido por el cariño que te tengo, Pedro. Escuchó la respiración de él, sin interrumpirla, sin entorpecer el torrente de palabras que se atropellaban, se empujaban con tal de salir de su cabeza. Ofreció ayudarla, como siempre, con ternura. A la semana siguiente la noticia fue: tío Eric quiere salir de su escondite, Pedro; ya no toleraba las ejecuciones que noche a noche tronaban con estrépito de disparos en el llano colindante a la casa de Mixcoac; Lila no sabía cómo conseguir otro refugio. El siguiente miércoles, qué semana tan larga, madre mía, Pedrocué le comunicó los arreglos: Eric recibió un anónimo indicando ciertas precauciones: salir al oscurecer, esperar un taxi que lo dejaría en El Árbol de la Noche Triste; a algunas cuadras, a pie, llegaría a la dirección de una vivienda confiable en Azcapotzalco. Encontró la llave donde indicaba la nota. Entró a la casa, limpia, no muy grande. Allí permanecería hasta nuevo aviso, le habían procurado los muebles indispensables; alimentos y bebidas serían surtidos cada semana. Estabas seguro del valor y eficacia de Lila. Desconociste quién hizo los trámites necesarios.

Eric Nilssen permaneció encerrado. Meses. Solo.

Estoy tan solo y tan encerrado que ni el narrador de esta historia sabe qué hago, qué pienso, si lloro noches abrazado a mi miseria o si bailo en la terraza de mi tristeza. Si bebo vino o eché al caño todo el que encontré pues no pienso volver a beber ni una copa más. Un paréntesis de rasgadura. Una manera de sentir la inquietud del ánimo, rígido, austero. Por debajo de la puerta alguien ha deslizado una nota: *Victoriano Huerta ha dimitido al poder ejecutivo de la Nación.* Diecisiete meses de presidente y una ola de asesinatos. ¿Qué pasará ahora?

Por las noches miro debajo de la cama.

Intento reencontrar escenas. Recuperar huellas. Reconstruir itinerarios. El efecto es catastrófico, me aconsejo no hacerlo, no reencontrar, no recuperar, no reconstruir. Me asfixia recordar. La soledad es un territorio poblado de secretos y los ojos fijos en la nada. Debo cortar las uñas de mis pies. Me arranco el guante de gamuza y no veo el dedo anular. Con el pulgar derecho trato de hacerlo crecer y froto, tallo, friego, fricciono, amaso. No puedo. El hueso está trunco. ¿Lo habrán cortado con sierra? ¿O le dieron un machetazo certero? La herida se ha vuelto fea. Grotesca. Lamo, rozo la cicatriz con mis labios la cicatriz, la chupo, la arrullo, la mimo.

Vuelvo a ponerme el guante.

Escucho el mecanismo oculto del reloj.

¿Dónde está el espejo de mi madre? Sólo veo una sombra en el espejo.

Un buen día regresó a la casa de Berlín el hombre oloroso a lavanda barata. Quería hablar con la señorita Nilssen.

—Vengo a avisarle que se ha suspendido la orden de aprehensión contra su tío. Dentro de tres días, máximo una semana, se le entregará el salvoconducto. El nuevo gobierno exime a los fugitivos.

—La noticia me hace muy feliz. ¿Cómo puedo pagarle su información?

—De ninguna manera vengo por recompensa. Pero si usted es tan generosa... no me negaré a recibir lo que sea su voluntad.

Volviste a la calle de Berlín con nueva apariencia física. Te lo notaron los sirvientes desde que bajaste del taxi y tocaste la puerta. No traías las llaves de tu casa. Ramona y Jesús corrieron a abrir la reja.

—Don Eric, está usted más flaco, qué barbaridad, el cuello de la camisa le queda guango, mire nomás qué ojeras.

—Señor, trae usted la barba crecida, ¿quiere que lo afeite?

—¿Dónde está la señorita Lila?

—En El Retiro.

Hablé a El Retiro y me enteré de que María Juana había regresado. Sentí una alegría inexplicable, ¿secreta? Tenía que darme tiempo para asimilar. Organizarme. Prepararme. Permaneciste despierto toda la noche. No es así, sé que dormí un rato porque me despertó mi resuello, mi silbido. Al despertar mi memoria incorporaba aromas, voces, murmullos. Y el recuerdo surgió en contornos vagos.

Arranqué a media mañana hacia San Ángel.

A media mañana Eric Nilssen tomó el automóvil y en su prisa, estuvo a punto de atropellar a una mujer del pueblo y de chocar con un árbol al toparse de frente con una tropa zapatista, ¿tropa?, esa no era una tropa, era una cuadrilla de revolucionarios ignorantes y brutos, sombrerudos hijos de su tiznada madre.

CAPÍTULO 17

Leyendas erráticas...
y de almas en pena
Federico Gamboa

5 DE DICIEMBRE. Muy de madrugada, un gentío se aglomeró en la Plaza de San Jacinto de la municipalidad de San Ángel. Los vecinos salieron a husmear: estaba por llegar el Ejército Libertador del Sur.

—Por el camino de Xochimilco viene una columna militar.

—Dicen que son dieciocho mil.

—Marchan lentos. ¿Vendrá Emiliano Zapata?

—Dicen que al frente, rodeado de su escolta y los jefes surianos.

—Se van mañana a la capital a encontrarse con las tropas de Francisco Villa en señal de unión revolucionaria.

—Dicen que las autoridades locales le ofrecen hoy un banquete en el restaurante San Ángel Inn.

—Sí, eso dicen.

Otros, los que no eran vecinos de por allí, los que bajaron de los montes, echados a la orilla de la Plaza, oían todo, con cien ojos.

—Semos los mesmos y no semos iguales. Eso mesmo oigo por aquí por allá.

—Sí... 'stamos devedidos.

—L'an llegado a mis oidos mermuraciones por estas güeltas y regüeltas.

—Ollí que el que se anda mestruando en asuntos que no son de su conscupicensia, será ajusilado.

—Ta güeno eso que ollistes.

Llegaron las tropas al centro del poblado. Los que esperaban descubrieron la figura de Zapata vestido de negro. Crecieron los murmullos. Un águila bordada de oro viejo cubría su espalda, relumbraba la botonadura de plata. Bajó del caballo. Sombrero galoneado, puro en la boca, pistola al cinto. Una mujer arrebujada en su rebozo se aventuró a saludarlo de mano y, al responder él de la misma manera respetuosa, la gente se acercó, sin miedo.

María Juana iba a la oficina postal cuando vio la escena. Ese personaje de piel oscura, mezcla de razas, con enorme bigote tupido, de ojos capulines tristemente vivos, valientote, cubierto de tierra, se le figuró un dechado de hombría. Se estremeció.

—¿Quién es? ¿Quién es ese hombre?

¿Lo dijo o lo pensó? o lo pensó y lo dijo tan quedo que nadie la oyó. Nadie la oyó mas la vieron acercarse y le abrieron paso tal como los ancianos y los niños del pueblo abrían paso a las mujeres blancas, con recelo y frialdad. A María Juana le interesaba saber lo que declaraba el mero jefe.

—Mi estirpe y yo, dentro de la ley y en forma pacífica, pedimos a los gobiernos anteriores la devolución de nuestras tierras; nunca se nos hizo caso ni justicia. Por eso ahora las reclamamos por medio de las armas, ya que de otra manera no las obtendremos, pues a los gobiernos tiranos nunca debe pedírseles justicia con el sombrero en la mano, sino con el arma empuñada.

—¿Va usté a pelear por ser nuestro presidente de la república?

—La silla presidencial habría que quemarla para acabar con las ambiciones de poder. Mi lucha se arraiga porque es una lucha de arraigo. Nosotros no queremos llegar a ningún lado, queremos permanecer.

—Jefecito, dígale a este mi tata, ónde que no me cree, que ya mero se aprobarán los acuerdos, él pregunta quesque si 'stá asté seguro que se nos hará justicia, que si nuestra madrecita la tierra, esa la que se dice Patria, nos devolverá lo que es nuestro.

—A ver, Proquinto, —ordenó Zapata— pronúnciales el artículo 6º del Plan de Ayala, tú que te lo sabes de arriba abajo de tanto que lo has escrito.

—*Como parte adicional del Plan que invocamos hacemos constar: que los terrenos, montes y aguas que hayan usurpado los hacendados científicos o caciques a la sombra de la tiranía y de la justicia venal, entrarán en posesión de estos bienes inmuebles, desde luego los pueblos o ciudadanos que tengan sus títulos, correspondientes a esas propiedades, de las cuales han sido despojados por la mala fe de nuestros opresores, manteniendo a todo trance, con las armas en la mano, la mencionada posesión, y los usurpadores que se consideren con derecho a ellos, lo deducirán ante tribunales especiales que se establezcan al triunfo de la Revolución.*

—Ya ve, abuelito, ya está comunicado.

—Pos suena muy bonito... manque no le'ntiendo.

—El propósito del Plan de Ayala es comenzar por continuar la revolución que Madero no llevó a feliz término por su debilidad. Bueno fue que peleara por el sufragio efectivo, que derrocara a Porfirio Díaz, que comenzáramos a ejercer la ansiada democracia en México, malo fue su insuficiencia para gobernar. Este artículo dice que los terrenos, los montes y las aguas se distribuirán entre la comunidad de los pueblos y que los que se repartan no podrán ser vendidos ni enajenados. Al que tenga título de propiedad se le respetará la tierra. Dígame, ¿usted tiene sus papeles en orden?

—De tenerlos sí, bien enterrados en un pedazo del monte que yo me sé.

—Que no se le olvide dónde, porque ya mero a la parte relativa de la cuestión agraria se le dará rango de precepto constitucional. Haremos que Carranza se someta al Plan de Ayala sin cambiarle ni una coma.

—Yo quiero preguntarle, don Emilianozapata, cómo ve usté la cosa de la traición, qué piensa d'ella.

—Mire, mi amigo, yo perdono al que mata o al que roba si lo hace por necesidad. Pero al traidor... no lo perdono.

—Eso mero digo yo. Si mi consensia me dice que te quebre, te quebro; si no, non te quebro.

—Pues su conciencia dice bien, compañero, en estos tiempos hay que hacerle caso a ella y sólo a ella —se le desgajó la voz; retomó su figura gallarda y se despidió.

Mientras Zapata se alejaba, María Juana entendió mejor lo que Lila le había platicado la noche anterior: la gente está atenta a las promesas que saben que serían cumplidas, el poder de Zapata no es un fin en sí mismo sino una tarea, una responsabilidad, la rigurosa ordenación de sus ideas. Inexplicablemente María Juana se emocionó con aquel hombre ¿Tanto han luchado? ¿Es posible que se dejen matar por la tierra?

Alguien manifestó: Emiliano Zapata es una leyenda viva, es el único incorrupto en esta revolución, habrá que acabar pronto con él o lo perderemos todo, todo.

La puerta de la oficina postal estaba cerrada. Abrirían hasta el lunes...

Un corro de niños cantaba:

Hazte chiquito
hazte grandote
ya te pareces
al guajolote
ya los enanos
 ya se enojaron
porque a la enana
la pellizcaron.

María Juana regresó a El Retiro, calculó que Nilssen no tardaría en presentarse ¿Le contaría lo que descubrió en Suecia?

Por una de esas casualidades que la vida se encarga en colocar en el sitio exacto y que las probabilidades y las estadísticas se negarían a escrutar por inaplicables, el laberinto la llevó a lo insólito.

Llegó a Göteborg, una ciudad distante. Sola, vagando por las calles, entró a un teatro cualquiera, a una función cualquiera. Tenía frío. Necesitaba descansar y calentarse los pies. Encontró un lugar desocupado al centro de la penúltima fila. Una mujer de edad la dejó pasar. Comenzó el concierto. María Juana no tenía idea de lo que escuchaba, en cambio la mujer a su lado dominaba el tema, la secuencia, el compás; llevaba la melodía con la boca cerrada y la mano abierta. María Juana giró la cabeza insinuando así que se estuviera quieta, sólo que la mujer tomó el gesto como signo de simpatía y le sonrió. Qué simpática, qué linda es. En el intermedio salieron a beber moca caliente.

—Mi nombre es Anna. ¿Es usted extranjera? —curioseó en francés.

—Mitad española, mitad francesa.

—Ya veo. Por eso vino usted a este concierto de zanfonía ¿no es verdad? Sé que en Francia y en España este instrumento es usado en su música folklórica ¿no es verdad?

—Así es, me encanta la música tradicional ——mintió porque la señora Anna le cayó bien, tan solitaria y tan cálida, con ganas de platicar con alguien.

—En mi Suecia lo llamamos *nyckelharpa,* está asociado a la provincia de Uppland. Estos ejemplos de vals que acabamos de escuchar ofrecen en la composición una serie de figuras que se construyen a sí mismas de modo cíclico. Igual que la vida —lo explicó a una María Juana conquistada ya del todo por la viejecita—. Es hermosa, ¿no es verdad?

—Es encantadora. ¿Su familia es de músicos? —¿Por qué le preguntó por su familia? ¿Por qué eligió esa pregunta?

—No, mi padre era magistrado. Mi madre, una santa que le aguantó sus gritos y maltratos. Dios la premió con la muerte de los justos, una noche se quedó dormida y no despertó más. Fuimos ocho hermanos de los cuales sólo éramos dos mujeres, Lucía y yo. Hoy extraño mucho a mi hermana, en la infancia no tuve mejor amiga y cómplice de travesuras... Perdimos a los hermanitos pequeños a quienes las dos adorábamos. De muy jóvenes se fueron a Mexique —¿México? ¿Sus hermanos se fueron a México? eso se ponía interesante—. Oskar y Per Erik, eran gemelos.

A María Juana le hirvió la sangre, se le fue a la cabeza, de golpe le zumbó, resonó, aleteó; dentro de sí no podía concebir que fuera real lo escuchado, pero estaba segura de que no era un sueño. Ir descubriendo a quien tenía a su lado fue tan conmovedor como turbador. El mundo resultaba un pañuelo de encajes, pequeñito.

—¿Cuál es su apellido, señora Anna?

—Nilssen. Nilssen Orsova.

María Juana escondió su estupor detrás de una sonrisa. No se presentó, no le dijo: ¡yo conozco a tu hermano, querida Anna, me casé con él en México! Ella no haría eso. Qué va, para qué. En cambio, puso su mano sobre las manos arrugadas de la señora Anna e inquirió lo más inocentemente que pudo:

—¿Quiere contarme de su familia? Noto que se ha emocionado.

Sí, Anna se inquietó, parecía que el azar le había dado la oportunidad ideal para contar ese secreto que sólo Lucía y ella sabían y que juraron no comentar, ni siquiera con su madre, por más santa que fuera. Sus hermanitos nacieron idénticos, dos gotas de agua no se parecían tanto.

—Por eso Mamá les puso en los tobillos unos listones que los diferenciaban, uno azul y uno amarillo, ya no recuerdo cuál fue el de quién..., la cosa es que un día Lucía y yo, al bañarlos, se nos ocurrió cambiar los listones. Una travesura cándida. Nos reíamos cuando los hermanos mayores, que eran unos cerdos, castigaban a Per Erik sin saber que el de la diablura era en realidad Oskar y así pasaron los meses, muchos. Nunca dijimos la verdad. Poco a poco dejaron de ser dos gotas de agua, cada uno tenía su temperamento, sin embargo, el nombre propio, estaba suplantado. Luego, ya que ellos huyeron de la severidad de Padre, Lucía y yo nos cuestionamos en innumerables ocasiones si con esa acción no habríamos modificado el rumbo de sus vidas, si lo que tendría que vivir Oskar le hubiera correspondido vivir a Per Erik... o al revés.

La mujer no se quedó a escuchar la segunda parte del concierto, se disculpó. Es hora de mi remedio. Salió del teatro apoyada en su bastón. Desapareció.

¿Le contaría María Juana a Nilssen esta revelación?

Eric Nilssen se estacionó frente al mercado de San Ángel. ¡Estos indios! se multiplican como panes y peces. Quería llevarle fruta a su esposa. Alguna que no se sembraba en El Retiro, por supuesto, por eso busqué en el mercado, recorrí los pasillos ávido de encontrar la fruta que extasiara a María Juana. El mercado olía a sudor, a humo de copal. Qué. Cuál. Guanábana, chirimoyas, mamey, ¿cítricos? No. Una mujer, casi una niña, sentada sobre un petate, detenía en la palma de su mano uno de sus dos pechos desnudos; su esmirriado chamaco mamaba. Bastante grandecito para alimentarse aún de su madre. Botones como fresas... esos pezones. Desviaste la vista hacia la canasta de mimbre. Sobre una cama de hojas de plátano: higos. Higos maduros, reventados por la mitad; higos enteros, cerrados. A manera de hembra y macho. ¿O acaso no has advertido a qué se parecen los higos que abiertos por la mitad ofrecen su pulpa? ¿Acaso no has agarrado un enorme higo entero en tu palma tanteando su brío?

—Dame medio kilo, muchacha.

—¿Los quere aberto o cerrado?

—Escógelos tú —ella dejó el pecho en la boca del niño y tomó con esa mano unos y otros higos.

En El Retiro preguntó por María Juana, estaba en el jardín. Cortaste una rosa roja y te la pusiste en la solapa. La viste: vestida de popelina color arena, de esa arena fina guardada en los relojes que hay que girar con el fin de medir el paso del tiempo. La observó. La deseé, Señora, cómo la deseé. Recuerdo ese sabor de tu piel, ese rastro tuyo que nadie ha podido superar. Sabes a néctar, María Juana, sabes a mujer jugosa. Se acercó a ella por detrás, tan junto, tan apretado; le tapó los ojos con la derecha y escondió la zurda. Ella se sobresaltó ofuscada por el olor de quien la dejaba ciega de luz y la quemaba con su contacto, olor exclusivo evocador de escenas y sensaciones, de cuando ambos eran unos tontos de capirote, ni siquiera esposos, ni siquiera amantes ya que el sustantivo se refiere al verbo amar y ellos no supieron qué era amarse y todavía, tanto después, volvía la mutua sacudida, ésa, la que lleva la locura a rienda suelta. Noté el sobresalto de mi mujer. Pegué mi barbilla a su melena rojiza, corta y libre; mi índice recorrió su perfil, lento, callado, acomodaticio, bloqueó la boca de manera horizontal, bajó por el largo cuello unido al camino que separa los pechos donde los demás dedos, contagiados, hicieron su propio asedio en forma circular. María Juana giró el cuerpo. Nos miramos cara a cara. Propuse:

—Vamos a tu cama.

Ella bajó la mirada. No pretendía seguir. Por más que su cuerpo la importunara con el deseo de ir a la cama con Nilssen, igual que en aquellas tres ocasiones imborrables en los que él, su cuerpo, experimentó el vértigo de forma contundente iniciándola mujer, María Juana no podía, no quería entregarse ahora a Nilssen. José Ituarte. Los latidos de las sienes de Eric eran bombazos de sangre, se escuchaba su respiración entrecortada, entreabrió los labios dispuestos a un sabroso húmedo prolongado beso y en lugar de la boca de María Juana, encontró palabras:

—¿Llevas mucho de abstinencia? Supe que estuviste encerrado a solas por meses.

—¿Supiste? ¿Cómo? ¿Quién te lo dijo? —tronó tu quijada.

—Tu sobrina, Lila, la conocí anoche. Linda chica, muy profunda... extremadamente sensible... —se desprendió de los brazos que la asían.

—¿Y qué más te dijo? —cerré el puño de la mano enguantada.

La noche anterior María Juana llegó al bungalito, iba a entrar, se detuvo y prefirió tocar. Lila abrió creyendo que a Pedrocué se le habría olvidado decirle alguna cosa y así lo aclaró al tiempo que abría la puerta ¿Se te olvidó algo, Pedro? No era él. Una frente a otra y ninguna se atrevía a aclarar la duda, ¿quién es ella?, ya que ambas buscaban la respuesta en un silencio demasiado prolongado. Fue Lila quien adivinó asombrada.

—¡Usted es la madre de Maximiliano! La conozco por una fotografía que mi primo tiene en su recámara; aunque en ella no se ve el azul de sus ojos claros, pase, pase, señora, está en su casa, qué sorpresa, qué gusto le dará a Maximiliano, ¿sabe él que ha regresado?

—No, nadie lo sabe. ¿Y tú eres...?

—Disculpe usted mi falta de cortesía, soy Lila, la tercera hija de Mariana Luna y de Óscar Nilssen, el hermano de su esposo. Pase, señora, pase.

Buen inicio, María Juana vaticinó confianza y a la vez volvía la curiosidad, de nuevo el laberinto la situaba en el lugar preciso sin que ella hubiera buscado la vía; Lila encontró en la mítica mujer a una persona de carne y hueso, real. El bungalito estaba transformado, convertido en un agradable apartamento; la joven le había puesto su sello. Muebles, objetos, libros nuevos. Nuevo olor. María Juana se explayaba haciendo comentarios de los cambios y lo bien que los encontraba, sin embargo... en realidad necesitaba espacio para situar en su mente el sentimiento recién experimentado en su corazón. Lila no dijo: usted es la dueña de El Retiro, ni dijo usted es la esposa de Eric Nilssen, la descubrió como... "la madre de Maximiliano". De todos los títulos ése era el menos exacto y, hasta ese momento, el más doloroso: con la declaración usted es la madre de Maximiliano, sintió una bofetada.

—Cuéntame de él, de mi hijo, cualquier cosa —lo pidió de tal manera que Lila dedujo su emoción. ¿Cuántas veces se cuestionaron su mami y ella la actitud inexplicable de María Juana? Mariana Luna levantaba los hombros negándose a juzgar. Regresará algún día y querrá ser madre, pronosticaba. Sin saber por dónde empezar, Lila lo pensó bien y aprovechó la oportunidad: le platicó la anécdota de los gatitos. La historia que su primo le confió a ella y a Santiago una y otra vez, necio con lo mismo. Muy chiquillo, tendría seis o siete años, encontró en la azotea de la casa de Berlín una gata que parió allí mismo; el niño nunca había visto animales recién nacidos. Se acercó a ellos con curiosidad, hacía mucho calor, recordaba. Los observó. Sin pelo, los ojos cerrados, feos, indefensos, simpatizó con ellos. Agarró uno de los cuatro. La gata se lanzó contra él en un brinco hasta su pecho, le clavó las garras en los brazos, le dio zarpazos en la cara, le hundió colmillos en los dedos; él estaba asustado, nervioso, perturbado, tanto, que arrojó al cachorro con todas sus fuerzas y éste salió volando sin alas y se estrelló en la banqueta. Maximiliano huyó escaleras abajo perseguido por el terrorífico aullido de la gata —a María Juana le corrió un escalofrío en la columna vertebral—. El incidente fue cambiando de tono con los años. Al principio Maximiliano veía en sueños el amasijo de carne y sangre chorreado en la calle y tuvo pesadillas noche tras noche. Luego comenzó a inquirir el por qué. ¿Por qué si la gata tenía tantas crías no me regaló una? Más grandecito batallaba con las interrogaciones: ¿por qué me atacó? Al revelarse esta pregunta siguió el titubeo. ¿Una mamá gata defiende así a sus cachorros ante el peligro? Al final llegó la incertidumbre. ¿Por qué yo no tuve una madre así? ¿Por qué me abandonó? Santiago y Lila no supieron responder.

—Tal vez hoy en día pueda usted explicarle. Lo necesita, se lo merece. Sólo que tío Eric lo mandó a Nueva York, no sé cuándo regresa.

—¿Para qué lo mandó tan lejos?——clamó la madre.

Lila se dio cuenta de que se había metido en un problema, estaba dando demasiada información. Ahora no podía dar marcha atrás y tampoco quería mentir. María Juana entendió su posición. Puso su mano sobre las manos de la joven y le suplicó que le contara cuanto pudiera valer. Te lo agradeceré mucho, necesito estar al tanto, enmendar la página, si es que aún podía, conocer pormenores de los Nilssen y sus descendientes. Sé muy poco de ustedes. Su voz era cálida, sincera. En un torbellino de palabras, Lila le participó los sucesos más trascendentes de la familia; en cuanto lo hacía se observó con una gran necesidad de explayarse ante una persona aparentemente ajena a ellos y que sin embargo ponía atención en lo que escuchaba. Le platicó la diferencia de maneras de ser entre los hermanos, las veces que se alejaron y se reconciliaron y se volvieron a pelear. Compartió con María Juana la muerte de su madre y lo solidario y cariñoso que el tío Eric había obrado con ellas. "Ese fue el día que él perdió su dedo de la mano izquierda". Tal vez la diferencia mayor entre los dos hermanos era la forma de tratar a sus hijos. Óscar siete, Eric dos.

—Usted sabe de la existencia de Pedro, ¿verdad?

—Sí, por supuesto —mintió María Juana.

Lila y Santiago nunca entendieron por qué el tío le ocultaba a Maximiliano la existencia de Pedrocué, estaban seguros de que se llevarían bien, "sobretodo porque Pedro es muy justo, pacífico, modesto, dócil, sé que puede ayudar a Maximiliano y sé que esto es imposible, tío Eric odia lo que Pedro representa".

Platicaron mientras pasaba la noche, platicaron hasta que empezó a clarear. Tanta fue la confianza, que María Juana pudo compartir con Lila su relación con José Ituarte y vio en los ojos de la joven su propio entusiasmo reflejado.

—Luche por él, señora, es un regalo de la vida.

—No sé si vaya a perdonar mi partida, pero, tienes razón, merezco ser amada. Haré lo que esté a mi alcance.

Al regresar a su cuarto, María Juana agregó una postdata a la carta de José Ituarte pidiéndole que se encontraran en Nueva York: Toma el barco, sal de París, no quiero que te toque la guerra. No quiero que te maten. Te quiero vivo y a mi lado. Estaré en el hotel Plaza. Te espero.

—No te quedes callada, María Juana, dime qué más te dijo Lila —rugió Eric.

—Le pregunté por Maximiliano y contestó que...

—Que lo mandé lejos —le arrebataste la frase—. Creí conveniente alejarlo mientras se aclaraba mi situación personal.

—...me contestó que tal vez hoy en día pueda explicarle por qué me fui. He decidido ir a buscarlo.

No manifestaste el menor trastorno, Eric, tus ojos no tenían un brillo particular. En seguida vino la reacción opuesta.

—¿ Y yo? ¿Qué hago con el amor que se me ha quedado sin dueña?

—¿De qué hablas, Nilssen? ¿Cuál amor? ¿Cuál dueña? —no lo señaló enfurecida ni burlona.

—Tienes razón, fue un exabrupto necio. Ahora mismo te escribo los datos donde puedes encontrar a tu hijo en los Estados Unidos —enfatizó "tu hijo"— ¿Necesitas dinero para el viaje? Puedo proporcionarte una buena cantidad, mis negocios marchan bien —quería picarle la cresta a María Juana, que le increpara "¿tus negocios?", recuperar su agresividad, su insolencia, sus caprichos, como si le apuntase a un blanco al que no quisiese fallar.

Ella no se inmutó, así que la quise acorralar con algo que en verdad le doliera.

—¿Y puedo saber qué le vas a explicar a Maximiliano? ¿Cómo le vas a exponer tu abandono? ¿Te parece que tu conducta incalificable de tantos años puede ser perdonada así nada más?

—Anoche conocí también a Pedro. Bueno, no lo conocí en persona, Lila supo transmitirme su manera de ser. Qué suerte tienes, tú no requieres pedirle perdón. Pedro sabe que tú necesitas que te perdone, que te sientes culpable. Sin embargo, él perdona a su padre porque no cree que sea culpable. Conoce de sobra la tempestad en que vives. Yo sí tengo que pedir el perdón de Maximiliano.

Eric sintió una punzada en el pecho.

(¿Por qué se mete el narrador en mis sentimientos, qué sabe él de lo que sentí? Por muy omnisciente que sea nunca llegará a comprenderme del todo)

—No sé de qué hablas, ¿qué tonterías estás diciendo María Juana? —se me heló la garganta—. Y si me lo permites, voy a buscar a Lila.

—No está aquí. Salió a Toluca esta mañana.

—Supongo entonces que también sabes que tengo un hermano gemelo.

—Supones bien... acabo de enterarme —decidió mentir otra vez y no revelar el secreto de Anna.

—¿Necesitas que te precise otra cosa?

—Sí. ¿Qué te pasó en esta mano?

María Juana me tomó la zurda, me la acarició (sí, me la acarició), me miró a los ojos invitándome a algo incomprensible.

—Nada, un incidente fatal —con coraje retiraste el guante mostrándole la cicatriz— que me condena a no portar una argolla matrimonial.

Un cielo quieto se detuvo en la escena. La verdad arrollaba. Entre dorados y rojos. Eric agarró la rosa roja que se había puesto en el ojal, la apachurró y la arrojó en el jardín.

6 de diciembre. El Ejercito Libertador del Sur salió de San Ángel. La columna se engrosó con otros contingentes acampados en Tlalpan, Coyoacán, Churubusco. Sin contratiempo, la avanzada siguió por Mixcoac, Tacubaya, cruzó Chapultepec. Cincuenta y ocho mil hombres. Pedrocué entre ellos. En la Calzada de la Verónica se unieron con La División del Norte. Emiliano Zapata y Pancho Villa los encabezaban, uno cabalgaba en un rocillo oscuro, el otro en un alazán tostado. Después de cruzar Reforma, la vanguardia llegó a Palacio Nacional a las doce y diez minutos.

Al volver al centro de su ciudad de México, Eric Nilssen se encontró con la noticia: dos días después de que Pancho Villa hiciera su gloriosa entrada, vestido con un grueso suéter de lana y pistola amarrada al cinturón, se trepó en una escalera y reemplazó el nombre de la calle de Plateros por Avenida Madero.

—Ya nada será lo mismo. Nada. Maldición.

CAPÍTULO 18

Por sus frutos los conoceréis
Mateo 7: 16

Dos hombres hablan. No. Uno habla, el otro escucha mientras limpia su pistola.

Estábamos jugando. ¿Te acuerdas de él?, descendiente de negros al igual que Emiliano Zapata, que lleva en el cuerpo algo de raza negra. Sí debes recordarte, el del lunar en uno de sus ojos verduzcos; al que le hacen la chacota de que es bastardo de un europeo, aunque para mí que eso no es cierto pos ya parece que este hombrecito, porque es un hombre, joven, pero hombre, no haya tenido las agallas de reclamar su apelativo. Estábamos jugando. Si ni siquiera son tiempos de lucha, como aquéllos en el campo de batalla cuando Pedrocué se metía entre los huecos de la balacera a rescatar heridos, los arrastraba por los pies o por los brazos o de los güevos si era necesario, sin importarle que las balas le bordearan los huaraches o el sombrero con tal de llevar al destripado hasta un lugar seguro. Parece, dicen, que jamás ha matado un ánima. Eso dicen. Sólo que yo no estoy tan seguro que haya sido por blando.

Estábamos jugando. Aburridos de los tiempos de tregua, con ganas ya de oír refriegas y tiroteos. Nos pusimos a llenar latas con pólvora y tachuelas, les pusimos su mecha de fibras de maguey, la prendimos con un cigarro, la lanzamos al que estaba lejos y tenía que apagar la mecha, para luego devolverla a su atacante y volver a empezar. Merecidamente nos pasamos la mañana, estábamos jugando.

Nomás que te falle la memoria y no reconozcas a este Pedrocué del que te cuento. Si hasta creo que estabas conmigo la vez que llegamos a una quinta muy principal en Chimalistac. ¿O era por el rumbo de San Ángel?, y este Pedrocué pidió que lo esperáramos porque iba a visitar a una parienta, y ¿cuál parienta? si era una señorita muy emperifollada, muy catrina, los miré de lejos y pensé: es su amada, vi cómo se saludaban con un apretujón de cuerpos que parecía que se iban a acabar los brazos de tanto abrazarse. A menos que él contara la purita verdad y a ella la quisiera con amor fraterno, porque recuerdo que lo reparé en Villa de Ayala con otra mujer, bonita la condenada, a la que se comió a besos por aquí y por allá en lo oscurito. Yo los reparé escondido detrás de un árbol. Se la llevó cuando estábamos en la mera lucha revolucionaria contra Victoriano Huerta, ¿te acuerdas? La dejó encinta. Murió de alumbramiento mientras Pedrocué andaba en Azcapotzalco por un asunto personal. No sé qué fue del chamaquito, quién se lo llevó. Creo que alguien lo recogió y que él, Pedrocué, ni lo llegó a conocer ni sabe dónde anda. Creo.

Te digo que estábamos jugando. Ya andábamos muy bebidos en la tarde, como perros nos entercamos en hacer más digno el juego y que le ponemos a la lata una mecha más corta. De esta manera el artefacto podría explotar en las manos del que lo recibiera. Hay que hombrearse con la muerte. Apuntábamos con precisión a quién le echábamos el explosivo pensando en las consecuencias que le acarrearían si no lo amortiguaba de un pisotón o como fuera. Estuvimos jugando. Yo lo tiré hartas veces y hartas lo apagaron, a mí me llegó más de una y me dio tiempo de regresarlo, siempre lo sofocamos a tiempo. Nos dolían los hombros. Y la lengua seca.

Así le llegó su turno a Pedro, nomás un turno. A él sí le estalló y quedó con el brazo desmembrado, destrozado. La detonación se nos metió en los oídos de tal modo que no pudimos saber si se quejó. Pese a todo, recuerdo su gesto de dolor, algo que no podré olvidar en mucho rato, creo. Mi general Zapata lo fue a recoger, fue él mero quien lo cargó para llevarlo al hospital de Cuautla y ya luego me mandó, me ordenó a gritos, que buscara al viejo Espiridión para que diera con una persona, un tal Nilse, porque lo único que pedía el chico era hablar con él y el caudillo quería darle gusto en su voluntad.

Encontré a Espiridión, se puso tocado de angustia, desvaído, enmarañado. Le faltaba el aire por la noticia que yo mismo le llevé.

Si Pedrocué se muere, si llega a morirse, que sepa que sólo estábamos jugando y que a él le tocó la de malas en el juego. Si no se muere, quedará marcado por la desgracia, eso que ni qué.

Pos ahora que me acuerdo, ¿no fuiste tú el que le lanzó a Pedro aquella lata rellena de pólvora y tachuelas?

CAPÍTULO 19

Desdichado el hombre
que no ve más que la máscara
Desdichado el hombre
que no ve más lo que ella oculta
Nikos Kazantzakis

—¡Santo cielo!, ¿qué vamos a hacer?, a Óscar le ha dado por entregarse al trabajo. Nosotras estamos sufriendo su exagerado interés por mejorar los envases de la Cervecería, la desmedida dedicación por la fábrica, su afán por las campañas de publicidad. No entendemos. ¡Claro que no! ¿Cómo es que prefiere quedarse en la dichosa oficina hasta tarde todos los días? E inclusive regresar el sábado que por qué quién sabe qué lío traen con las corcholatas, debiera estar en su hogar con sus hijas y con nosotras. Sí, descansado y consentido.

—Un hombre se entusiasma lo mismo por su profesión que por su familia —explicó Óscar al recibir el torrente de quejas que le propinaban Martina y Maura.

—¿Será que ya no nos quieres?

—¿Qué mala cara has visto en casa?

—No sean tontitas, sí las quiero. ¿Se les antoja que juguemos a los dados?

Santiago se encierra en su cuarto. Piensa. Escribe notas:

—Todo está tan limpio y ordenado en esta casa. Una rutina previsible. Esta difícil costumbre de creer que mamá no está muerta. Aburrimiento. Monotonía. Conformismo... Casi puedo escuchar la justa demanda de mi madre: Santiago, hijo, haz algo con tu vida. La guerra revolucionaria cruzó por Toluca, pasaron por aquí las diferentes tropas de bandos contrarios y la población sufrió escasez de alimentos, caos, miedo. Yo, al contrario de Pedro, fui incapaz de entusiasmarme por la reforma social. No creo en tal cambio. No nací para hazañas espectaculares. La Revolución sueña con transformar la sociedad y casi estoy seguro de que no servirá de gran cosa. Mamá murió por su culpa y con eso pagué mi cuota, ¿no es así, madre?... ¿Qué... o quién... me salvará de la rutina? A papá ya no debo atormentarlo con mis dudas, no puede entenderlas porque le hacen ruido en la cabeza. Estoy más lejos que lejos de él. Y lo quiero.

Mamá me pidió, entonces, que si tenía dudas excursionara por el espejo que mi abuela Sanda le dio a papá. Me asomo en él y no acabo de reconocer qué encuentro. Maximiliano lo dice mejor que yo en una carta que me escribe desde Nueva York. Me cuenta que una mañana se vio en ese viejo objeto y se asustó al encontrarse con el reflejo de su padre. Se vio como él. Y no le gustó.

Tanto Maximiliano como yo atrapamos la sensación de vernos en el espejo de otro.

Me duermo con la certeza de que la vida es absurda. El hecho es que uno vive.

Por el balcón entra el pregón de la cambalachera. ¡Tejocooootes por venas de chile! ¡Tequezquiiiite por pan duro!

El insistente toque de la aldaba, una y otra vez con golpes fuertes y pertinaces, urgidos tan temprano, no puede traer más que malas nuevas. La noticia es inquietante y al escándalo en el patio lo trastornan, lo turban, lo atosigan las voces de las niñas, de las grandes, de las mujeres.

—Yo quiero ir, pobrecito, lo quiero abrazar.

—Yo quiero ir, no puedo dejarlo solo.

—Yo también quiero estar con Pedrocué.

—Llévanos, papacito, por favor, llévanos.

Dice Espiridión:

—Está herido de muerte, don Óscar, aún está vivo, hay que apurarnos, don Óscar, y traigo un mandato de él, que quiere ver a su papá, usted sabrá qué hacer, que yo sepa Pedrocué no tenía un padre, lo que se dice un padre. Me dan razón de que ha perdido mucha sangre, mucha sangre perdida y su brazo reventado en pedazos, volado en pedazos..., debe estar delirando... Cómo le hacemos, don Óscar, en qué nos vamos hasta Cuautla, onde que se haya muy retirado, si bien lo sé yo. Onde que ustedes no se han comprado un carro.

—Llévanos, papacito, por favor, llévanos.

Óscar se da un rápido regaderazo.

No puedo cargar con todas ellas. Imposible. Que se queden en Toluca, iremos Espiridión, Santiago y yo y Dios quiera que lo encontremos con vida. Santi irá a la Cervecería a conseguir transporte y luego llamará a la casa de Berlín, mi hermano jamás contesta la bocina y espero que esté Lila, reciba ella la noticia y lo lleve a Cuautla aunque sea a rastras. Pobrecita m'ija, cuánto vas a sufrir. Desde que vino de visita la última vez la recuperé, es tan fuerte y valiente esta niña mía. Me explicó su actitud con una claridad asombrosa, el porqué vive con mi hermano. Su razón es sencilla. Yo ignoraba que Lila le prometió a Pedrocué estar al pendiente de su padre, cerca, cuidarlo, ya que a él le está vedado. Habló también con Santiago y los vi cómo se abrazaban. Las sendas del reencuentro son misteriosas. ¿Acaso tú los cuidas de todo mal, Mariana del alma? Mi cielo. Protégeme a Pedro, que es más hijo mío que de mi hermano.

Eric Nilssen sale de su casa en ayunas. Sin bastón ni bombín. No avisa a los criados. Camina. Hace tiempo que tiene un deseo: subir al mirador de la Columna de la Independencia. Sabe que abren el acceso a las nueve. La mañana es clara, fresca, verá la ciudad desde las alturas. Su ciudad. Toma el Paseo de la Reforma. Cruza la avenida en la calle de Florencia y una sacudida del cuerpo le recuerda a aquel viejo tirado hace años frente a la estatua de Cuauhtémoc y su presentimiento: moriré atropellado. Sabe que así será. Pero hoy llega ileso a la glorieta. Recorre la columna en círculo. En cada uno de los vértices del monumento aparece una figura: la ley, la justicia, la guerra, la paz. Al frente, un niño esculpido en bronce conduce a un león: fuerte en la guerra, dócil en la paz. La puerta está abierta. Subo veinte, treinta, cincuenta, ochenta, ciento diez... ciento cincuenta y nueve escalones y el descanso. Miro hacía arriba y admiro los pechos de una mujer dorada y alada a la que llamamos El Ángel. En una mano sostiene una corona de laurel, la victoria; en la otra una cadena de eslabones rotos. Cuánto simbolismo. Lo único que puedo hacer a esta altura es mirar de frente. ¿Qué cosas ven los ojos cuando están abiertos? Zafo el guante de la mano izquierda. En su palma, que pongo a la altura de mi vista, están, irremediablemente señaladas, las líneas de mi vida. Tan transparentes como mi ciudad. A la única que no he traicionado. Ya no quiero ser dueño de mis errores, ya me han castigado suficiente. No más. Te volviste a poner el guante negro.

Ramona llega del mercado. Debe ir muy temprano o no encuentra abasto. Los víveres siguen escasos y a medio día suben de precio o los esconden. Para qué tanta comida si se le echa a perder, si no hay bocas que alimentar, si casi no hay servidumbre ni habitantes en la casa de Berlín, cada vez más sola y más desgraciada. El niño Maximiliano ya ni se acuerda de su Nita, qué pesar. Si no fuera por la señorita Lila, que es el espíritu guardián, de a tiro Ramona se iría a El Retiro donde serviría mejor, estaría pendiente de su mamá que además de sorda ahora agarró el mal de San Vito. Chucho cree que le deben gratitud a don Eric, que sin él ellos serían nada, que no pueden ser malagradecidos, que no pueden dejarlo; pos cuál malagradecidos si es él quien ha salido ganando, cierto que a Chucho y a ella no les ha faltado cobija y pan, pero ni ahorros tienen, han trabajado en servicio durante años, cumplimentando sin chistar lo que el señor ha ordenado. Ahora que la señora María Juana le dio harto dinero a doña Seferina, podrían poner un negocio allá en San Ángel, un taller mecánico, una peluquería, una verdulería. Y Chucho no quiere. Necio con que no. Nomás falta que Ramona lo convenza, ella sabrá hacerlo y si no lo convence pobre Chucho, cuánto vas a sufrir.

Lila está en el jardín de la casa de su tío, lee la carta que le envía Maximiliano.

Tengo una noticia que te sorprenderá. Siéntate porque si estás de pie te caerás de espaldas: conocí a mi madre. Sí, llegó a Nueva York de repente, sin avisar. Me dejó helado verla en la sala del apartamento que habito con los Quijano. Como supondrás, el primer golpe fue tenso, muy duro, desesperante y desagradable. Ninguno de los dos sabíamos qué hacer, qué decir. Tuve el impulso de gritarle, insultarla, darle la espalda o hasta lanzarme contra ella. En lugar de hacerlo guardé silencio con la cabeza hundida en el pecho. No se acercó a mí. Solamente oí mi nombre, Maximiliano, dijo, y la vi de frente: noté que brillaba en su mirada una luz de remordimiento, algo así. Se suavizó el encuentro. Me tomó de la mano, nos sentamos en el sofá y sin soltarme me explicó algo de un laberinto, de buscar la salida, qué sé yo. Ahora me siento encantado por mi madre.

Está hospedada en el hotel Plaza, el mejor de Nueva York, y yo voy todas las tardes a estarme con ella, hasta me dio llave de su habitación. Es muy guapa, se parece a mí, alta y pelirroja; la gente vuelve la mirada al vernos pasear del brazo por *Central Park*. La llevé a conocer el *Times Square* y el *Metropolitan Museum,* estábamos felices, no quise incluir a los Quijano en mi paseo con mamá, Loló me lo recrimina, que se aguante.

Me regaló una estilográfica que es con la que te escribo. Ahora sí nadie me quita a MI madre. Sola para mí. Ella y yo. Nadie más.

Lila dice en voz alta: pobre Maximiliano, cuánto vas a sufrir.

Suena el teléfono en la casa de Berlín.

La carga de la desgracia cae sobre Lila como un peñasco violento al escuchar a Santiago decir: Pedro se está muriendo, y ese dolor es nada comparado con la súplica ¡quiere ver a su padre, te pide que lo lleves, que lo quiere ver antes de morir! El compromiso pesa más que ella misma. Con un miedo atrapado entre los puños va al cuarto del tío Eric. Toca la puerta con menos fuerza de lo que a ella le golpea el corazón en el pecho. No responde, abre y él no está, ¿dónde anda?, ¡Ramona, ¿dónde está mi tío?!, pregunta Lila bajando los escalones de dos en dos. No sé, señorita, tal vez salió a caminar. Búscalo, que lo busque Jesús, que regrese, es urgente, muy urgente, y sube de nuevo ahora a su recámara y sin saber por qué descuelga los vestidos, el abrigo, sus faldas, los echa sobre la cama, saca su ropa íntima de los cajones y con igual furia la arroja sobre el taburete del tocador, como si con el hecho de tirar sus cosas personales pudiera deshacerse de la promesa que le hizo a Pedro, porque ella ya no puede más con este encargo, con esta responsabilidad que imagina eterna. Quiere huir. Dejar todo regado y huir. Si se queda a esperar a tío Eric ella no llegará a tiempo... Si se va, todo el enorme trabajo que ha sido cuidar al tío resultará vacío. Con una mano toca su cabeza y con la otra aprieta su pecho mientras dice en voz alta: mi corazón no puede de triste, todo me duele, todo. Se sienta en la cama a esperar.

Y, ¿de dónde agarró firmeza Lila para explicarme, para convencerme que mi sitio estaba al lado de mi hijo? Pedro. Mi mente no entiende lo que mi alma acepta de manera incuestionable. Es mi oportunidad, mi primer acierto, Pedro se aliviará y yo lo tendré a mi lado, lo haré feliz como cuando estábamos con su madre en el manglar. Sí, eso sucederá, al fin. Pedro Nilssen de ahora en adelante.

Deciden salir de inmediato a Cuautla, tomar la carretera de Cuernavaca. O mejor por Chalma, Señor, es más directo, asegura Jesús. Por donde sea, con tal de llegar, hay que llegar. Llegar. Lograrlo. Traerlo a casa.

Sólo que a veces el destino comete traición y pega por donde no se espera que pegue. Una estupidez: en plena subida a Amecameca hay un derrumbe a escasos 50 metros. No pueden moverse ni para atrás ni para adelante. Están atorados, sienten angustia, el maldito infortunio, ¿por qué? No es justo, repite Eric mientras mira a uno y otro lado y le chispean los ojos, dilatados.

Lila se sienta a la vera del camino, fría y húmeda. El Popocatépetl y el Iztaccíhuatl se ven más volcanes que de costumbre, entibiados por el sol del atardecer. Pedrocué se está muriendo, cómo es posible que Pedro esté muriendo. Cierra los ojos porque sabe que es necesario darle a ese tierno sol un adiós, conservarlo en la memoria, prometerle: buscaré a tu hijo perdido. El lazo que lo une a él es perpetuo igual que la nieve de los volcanes. Dedicaría su vida a buscar al hijo de Pedro. ¿Lo encontrará algún día? ¿Dónde buscarlo?

Corre el tiempo. La luz se transmuta en sombra. Hay viento, se cuela al esqueleto, hay que abrazarse a sí mismos. Mientras esperan, Eric se pone junto a Jesús, están muy cerca uno de otro. Jesús se da cuenta de cuánto apego le tiene a don Eric, de cuánto está dispuesto a obedecerlo y a servirlo sin importar que a Ramona le cause contrariedad. El camino se despeja. Alguien advierte que no deben seguir, las posibilidades de nuevos derrumbes son altas. Lo intentarán al día siguiente por otra carretera, tal vez el muchacho esté mejor y Eric imagina que puede viajar con ellos de regreso. Jesús da la razón a su señor, Lila se resigna sin decir palabra. Regresan a la ciudad de México. Silencio.

CAPÍTULO 20

Porque
el único sentido de las cosas
es el de no tener
Ningún sentido oculto
FERNANDO PESSOA

MUY NOCHE REPIQUETEA el timbre del teléfono.

—Tío Eric, Pedro ha muerto.

—¿Cómo que está muerto?

¿Muerto? ¿Por qué?, ¿es posible que aquello ocurra?, si es muy joven, él no puede morirse, no es usual que muera el hijo antes que el padre, no es lógico, ésa no es ley de vida y te llevas la mano izquierda a la nariz porque comienza a escurrírsete una hemorragia junto con gotas de sudor que salen de los poros abiertos y ambos, sangre y sudor, te llegan a los labios, a los dientes, a la lengua; tragas los hilos de sangre hasta que sientes que te vas a desmayar, ésa no es ley de vida, truena tu mandíbula, ¡ésta es una canallada! Te quitas el guante ahora sí para siempre y con esa mano tomas un objeto de metal pesado y lo estrellas contra el espejo que despedaza tu imagen en el reflejo.

Lila corre al patio trasero y se arrincona abrazándose las rodillas y preguntándose: ¿aún tengo que vivir con mi tío? ¿Mi promesa termina al fin?

Por teléfono Santi y Lila quedan en traer el cuerpo de Pedro al Panteón de La Piedad. Hay un lugar al lado de Mariana.

—Qué mejor que queden juntas sus dos nadas al calor de la sombra. De paso sabrás donde está mami, Santi, puedes venir a visitarla cuantas veces la necesites —a Santiago se le quiebra, se le desprende y se le vuelve a plantar una rama en el pecho.

Óscar y Eric Nilssen no tienen cabeza, no pueden pensar en otro trámite que no sea el inevitable encuentro de hermanos. Ellos, que nacieron del mismo vientre, el mismo día, que aprendieron a defenderse de Padre, que se ejercitaron juntos en recorrer el laberinto entre sermones y maltratos, peligraron absurdamente en un acto de marometa doble sin red protectora. ¿Por qué? ¿Por qué si se querían tanto? En ese acto de circo perdieron el equilibrio con recriminaciones y reproches. Cayeron desperdiciándose en el tiempo.

La llaga de la distancia se abre. Y cada uno en su almohada, se consulta si ha llegado la hora, si no queda más que levantar el vuelo en el columpio de la reconciliación.

El enterrador, Eric y Lila aguardan ya frente al sepulcro abierto. Santiago se presenta por la avenida principal del cementerio, custodiando el féretro, cargado entre cuatro hombres de la funeraria.

(Ven hasta mis no brazos, hijito Pedro, ven hasta mi oculto anhelo de llorar por ti, ven ahora que ya no puedo tocar tu frente apagada y ya no puedes mirar la vergüenza de tu padre).

El sobrino hace un gran esfuerzo y saluda al tío con una leve inclinación de la cabeza. Estrecha a la hermana sin poder mirar el hoyo en la tierra. Se toman de la mano.

Tarda, Óscar Nilssen tarda en llegar.

—¿Vendrá? —pregunta Eric.

—Sí, viene desde Toluca...

—...hay que esperarlo —contestan los hijos.

Un hombre cuarentón, corpulento, torpe, avanza arrastrando pies y alma. Detrás van tres niñas que se han alineado por edad o por estatura o porque al mandato de los dados les tocó a ellas acompañar a su padre. Azucena blanca en mano, musitan una oración, parece un coro de ángeles, *Ora pronobis*. Se desprenden de la fila al distinguir que están próximas a llegar al sitio del entierro y el patriarca palidece al descubrir a su hermano. Ernestina, Elena y Emilia corren hacia Lila a quien no han visto en mucho tiempo, se les zarandean las trenzas al aire, se le cuelgan de brazos y nuca, ¡la van a tirar!, la besan, se arrebatan las palabras y entre tropezones le cuentan que Pedrocué dijo algo antes de morir, algo que papacito se aprendió de memoria, algo que es tan importante, ninguna puede repetir con exactitud lo que dijo Pedrocué antes de morir, papacito sí lo sabe, se lo aprendió de memoria, repiten; por eso le piden que lo diga. Óscar carece de voz, las palabras se le ahogan en la garganta, piensa: traigo un nudo atorado. Se ordena: traga saliva. Lo hace. Respira aire. Los demás aguardan. Mira directamente a la tumba donde se encuentra Mariana:

No hay que llorar por la muerte de un ser querido. No hay distancia entre la vida y la muerte si mantienes viva el alma del que se va. Así lo conservarás inmortal dentro de ti, sin espacio ni tiempo.

Con las palabras de Óscar a Eric le recorre un vergonzoso relámpago de cabeza a pies, piensa cómo ahuyentar el dolor, la culpa, el remordimiento, la distancia, lo irremediable. A tu mente llega el perfil de tu hermano niño, tu idéntico, a la que se le sobrepone la imagen que de tu hijo tienes, la única imagen que de él tienes —sus uñas llenas de arena, las gotitas de sudor en su nariz, empapado con agua de lluvia— porque no volviste a verlo, Eric Nilssen, nunca lo volviste a ver y quisieras regresar el tiempo y aceptar de mil amores la sangre que entonces corría por las venas de tu niño, reconocer cuánto lo querías cada que él te admiraba de lejos y no lograba expresártelo. En este momento sabes con certeza que lo querías, que lo aceptabas tuyo. La redención tendrá que ser en tu ausencia, hijo, mi Pedro. Se te van a doblar las rodillas al borde de la fosa, Eric Nilssen. Da tres pasos hacia atrás. Se aleja de la tumba dos miradas hacia atrás. No quiere ver cómo inhuman sus restos. "¿Aquí van a meter la caja?", pregunta Emilia con un tanto de curiosidad y otro de miedo, "¡No te arrimes!", jala Elena horrorizada el vestido de su hermana, "¿cuánto dura un entierro?" Ernestina no acaba de entenderlo. Es la oportunidad de Eric y rodea casi paternalmente a las niñas, las aleja, se aleja con ellas, les pide que lo acompañen hasta aquel árbol que da sombra. Óscar sigue sus pasos. Eric siente que Óscar persigue sus pasos. Los gemelos se avistan tan cerca, sus ojos se enredan como hiedras, tan urgentes.

Santiago da la orden para que bajen el ataúd de madera. En pleno rayo de sol se abraza constreñidamente a Lila. Lila no resiste el llanto, se entrega a él, ha reconocido las palabras de su madre compartidas con Pedro, sólo con él, y hasta ahora encuentra eco en la plegaria. Oprime la mano de Santiago y éste corresponde con un apretón y se rinde a los sollozos. Se les ha venido la muerte encima sin aceptarla y necesitan tiempo, digerir hoy también la muerte de Pedro, una muerte tan brutal como la de su madre, tan inaceptable, tan injusta, absurda, qué vamos a hacer con esta sinrazón de la muerte se dicen con los puños cerrados. Qué vamos a hacer.

Las niñas se apartan, andan por allá, descubriendo serafines de mármol blanco, espíritus bienaventurados, se asoman por las ventanas a las casitas de los muertos.

El viento mueve las ramas de los árboles y el sepulturero hecha paladas de tierra...

trash...

trash...

trash... Mariana y Pedro se encuentran bajo tierra.

trash... paladas de tierra desentierran viejos dolores, dispersos en el cristal que descubre a los gemelos y les susurra; "Dame apoyo desde tu sufrimiento que se me asemeja". Trash. Trash. Sobrevive el silencio. Se miran. Eric abre los brazos, la confianza, el gusto de tener de nuevo a Óscar que se acerca despacio y reclina la cabeza en el hombro de su gemelo quien también, también, tiembla.

El enterrador apisona la última capa.

—Perdóname —es Eric quien lo pide.

—Y tú a mí.

—¿Crees que nunca más pelearemos?

—Puede que sí, puede que no.

—Estaré en contacto contigo, hermano. Esta vez es verdad.

Óscar y su familia desaparecen al dar la vuelta en la esquina. Jesús espera a la puerta del panteón con la portezuela del coche abierta.

—¿A casa, señor?

—Ve tú, yo necesito caminar — dispone Eric Nilssen.

Lo hace reconociendo que hoy se le ha manifestado una parte de sí mismo que tenía oculta en la sombra, ¿qué?, eso que no podía admitir. Repudiarlo durante años fue igual a lo que hacen los niños que cierran los ojos y se creen invisibles. Eric Nilssen se dio cuenta de que el entorno vivido en el panteón integró un reflejo: qué hubiera sido de él si el destino lo hubiera llevado por otra vía. Lo descubrió en el espejo de otro, en su hermano gemelo.

Finalmente...

Yo, Eric Nilssen, permanezco. Sólo camino solo.

LA ÚLTIMA PALABRA

ERIC NILSSEN CREYÓ que aquí desaparecería mi presencia porque con él finaliza la historia. No es así. Dejaré que camine solo.

Yo debo resolver una escena que se me quedó pendiente.

María Juana está en Nueva York. Es de noche. No puede dormir. Anda en la sombra porque le inquieta la duda. ¿Llegará mañana José Ituarte en el barco? ¿Habrá recibido la carta? Tiene la certeza de que va a tomar el riesgo de ser amada. Beberá el amor por sí mismo, sin presionarlo. ¿La perdonó él por no avisar su partida? No debe demandar, sólo desea salvar el atajo como esa nube por donde se asoma entreabierta la luna; parda nube de tonos bermellones que permite la irradiación plateada. En este trecho del camino no ha contemplado la posibilidad de ver la vida pasar, porque no ha corrido el riesgo de perder la vida viéndola pasar. Reconoce que bastó una decisión, una hora fuera del reloj, para que la realidad de dejarse amar fuera recibida porque sí y sin tanto por qué. ¿Aparecerá él mañana en el barco?

Con este desvelo llega al muelle, sola. Se topa con una multitud en el desembarcadero, burbujas de gente rebotan entre tumbos en la resaca, tumultos, nudos de muchedumbre y ruido y rostros, cientos de rostros irreconocibles que se dirigen hacia destinos anónimos; maletas, baúles, todo va hacia alguna parte y no toma en cuenta a María Juana que choca contra cuerpos sin ojos, quiere encontrarse con una mirada, una, la que ella busca. ¿Hace cuánto tiempo que se protege en el muelle?, ¿minutos?, ¿horas?, ¿cuántas? ¿Hace cuánto que espera este momento? El viento sopla, sopla fortísimo, es un viento borroso, se le viene encima en una marea de olas perdidas y no está, él no está. No llegó. ¿Dónde queda su tiempo de sueños, señora?

Cae la tarde. Regresa al Hotel Plaza. Sube a su habitación. Al abrir la puerta ve dos cosas: la mirada de Maximiliano y un enorme ramo de rosas rojas.

Entonces ella se pregunta:

¿Y él, cómo habrá hecho para conseguir un ramo de rosas rojas en esta época del año?

ÍNDICE

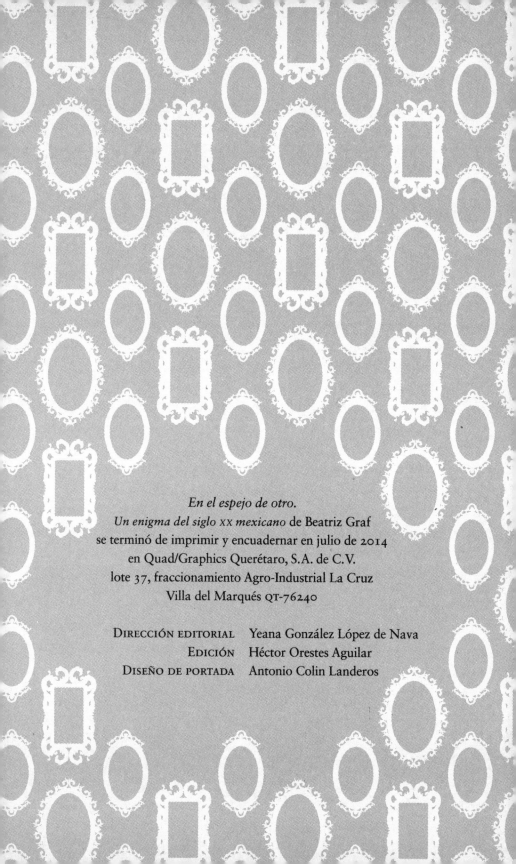

En el espejo de otro.
Un enigma del siglo XX *mexicano* de Beatriz Graf
se terminó de imprimir y encuadernar en julio de 2014
en Quad/Graphics Querétaro, S.A. de C.V.
lote 37, fraccionamiento Agro-Industrial La Cruz
Villa del Marqués QT-76240

DIRECCIÓN EDITORIAL Yeana González López de Nava
EDICIÓN Héctor Orestes Aguilar
DISEÑO DE PORTADA Antonio Colin Landeros